Rutger Bregman
ルトガー・ブレグマン[著]
野中香方子[訳]

隷属なき道

AIとの競争に勝つ ベーシックインカムと一日三時間労働

文藝春秋

隷属なき道

AIとの競争に勝つ　ベーシックインカムと一日三時間労働

目次

隷属なき道

ＡＩとの競争に勝つ　ベーシックインカムと一日三時間労働

ユートピアの描かれていない地図など一見の価値もない。いつの世にも人間が上陸する国がその地図には載っていないのだから。人間は、その国にたどり着くと、再びはるか彼方の水平線を見据え、帆を上げる。進歩とは、ユートピアが次々に形になっていくことだ。

——オスカー・ワイルド（一八五四〜一九〇〇）

第一章　過去最大の繁栄の中、最大の不幸に苦しむのはなぜか？

産業革命以降の二世紀で、長く停滞していた世界経済は二五〇倍、一人当たりの実質所得は一〇倍に増えた。これは中世の人々が夢見た「ユートピア」なのか？

ではなぜ、うつ病が歴史上かつてないほどの健康問題になっているのか？


初めに少しばかり歴史の授業を。

そう、昔は、すべてが今より悪かった。

ほんのつい最近まで、ほとんどの人は貧しく飢えており、不潔で、不安で、愚かで、病を抱え、醜かった、というのが世界の歴史の真実である。一七世紀という近い過去にあっても、フランスの哲学者ブレーズ・パスカル（一六二三～一六六二）は人生を、「涙に満ちた深い谷」と描写した。「人間は偉大だ」と彼は言う。だが、続きがある。「それは、己がひ弱な存在だと知っているからだ」。イギリスでは哲学者のトマス・ホッブズ（一五八八～一六七九）が、人生は基本的に「不快で、残酷で、短い」と評した。

五〇年前の平均的オランダ人よりも豊かに暮らすホームレス

だが、この二〇〇年の間にすべてが変わった。またたく間に、わたしたちの種はこの星の支配者になった。何十億もの人が突如として裕福になり、十分な栄養を得、清潔で、安全で、賢く、健康になり、場合によっては美しくなった。一八二〇年には世界人口の八四パーセントがきわめて貧しい生活を送っていたが、一九八一年までにその数字は四四パーセントに下がり、それから数十年しかたっていない現在、一〇パーセントを下回っている。[1]

この傾向が続けば、かろうじて残る著しい貧困は、じきにすっかり姿を消すだろう。今、貧困層と呼ばれている人々でさえ、歴史上前例のない豊かさを味わうことになるのだ。わたしが暮らすオランダでは、公的補助を受けているホームレスの生活費は、一九五〇年の平均的なオランダ人より多く、この国が七つの海を支配していた黄金時代の人々より四倍も多い。[2]

もっとも、かつては何世紀にもわたって、時が止まったような状況だった。歴史書のページを埋める出来事はたくさん起きたが、生活は良くならなかった。一三〇〇年のイタリアの農夫をタイムマシンに乗せて一八七〇年代のトスカナ地方に連れて来たとしても、農夫は違いにほとんど気づかないはずだ。

歴史家の見積もりによると、一三〇〇年頃のイタリア人の平均年収はおよそ一六〇〇ドルだった。それから六〇〇年後、つまり、コロンブス、ガリレオ、ニュートンが現れ、科学革命、宗教改革、啓蒙運動が起こり、火薬、印刷、蒸気機関が発明された後の、イタリア人の平均年収は……相変わらず一六〇〇ドルだった。[3] 六〇〇年におよぶ文明化を経ても、平均的なイタリア人の生活レベルはほとんど変わらなかったのだ。

一八八〇年頃、つまり、アレクサンダー・グラハム・ベルが電話を発明し、トーマス・エジソンが白熱電球の特許を取り、カール・ベンツが最初の自動車を作り、ジョゼフィーン・コクランがおそらく史上最も奇抜な発明品である皿洗い機を考案した時代になって初めて、我らが

図1　驚くべき進歩を遂げた2世紀

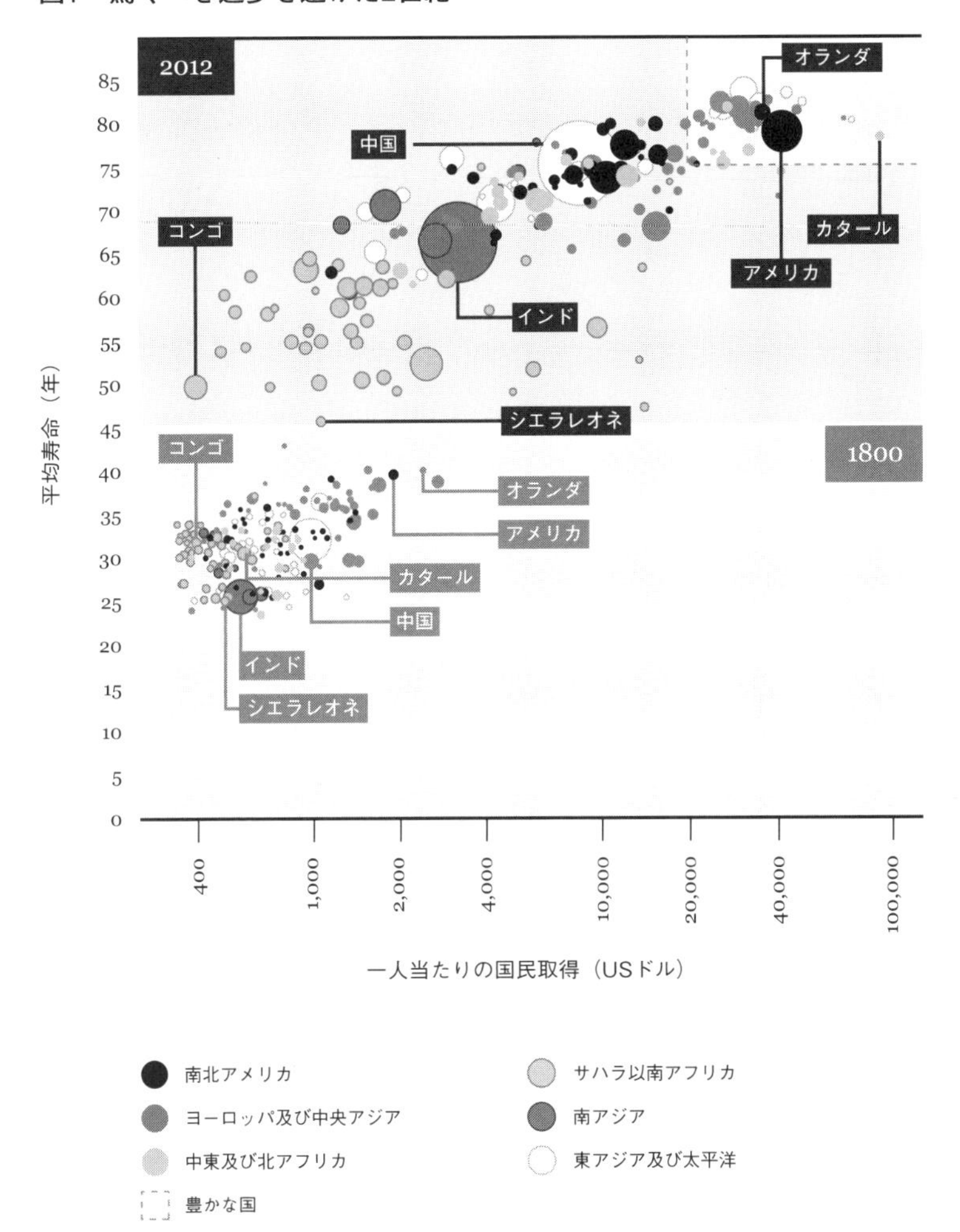

この図表を理解するには少々時間がかかるだろう。それぞれの円は国を表す。円が大きいほど人口が多い。下段は1800年、上段は2012年の状況。1800年の平均寿命は、最も豊かな国（たとえばオランダやアメリカ）でさえ、2012年の平均寿命が最も短い国（シエラレオネ）を下回っている。つまり、1800年にはすべての国が富と健康のどちらにおいても劣っていたが、今日ではサハラ以南アフリカの地域でさえ、1800年の最も豊かな国々に勝っているのだ（もっとも、コンゴの国民所得は過去200年でほとんど変わっていない）。たしかに今ではかつてないほど多くの国が「豊かな国」となり（図表の右上部分）、平均所得は２万ドルを超え、平均寿命は75歳を上回っているのだ。

出典：Gapminder.org

イタリア人農夫も進歩の波に乗れるようになった。それは何と激しい波乗りだったことか。過去二世紀の間に、世界の人口と富は爆発的に増えた。今や一人当たりの所得は一八五〇年の一〇倍に増えた。現代の平均的なイタリア人は、一八八〇年のイタリア人に比べて一五倍も豊かだ。では、世界経済は？ それは、産業革命前の時代、つまり、ほぼすべての場所で、ほぼすべての人が、貧しく、空腹で、不潔で、不安で、愚かで、病にかかり、醜かった時代の二五〇倍に膨らんだ（図1）。

中世の理想郷「コケイン」に住むわたしたち

昔の生活はたしかに過酷だったので、人々がより暮らしやすい世界を夢見たのは当然のことだ。

人々が思い描く理想郷の中でも、乳と蜜の流れる土地「コケイン」の豊かさは際立っている。そこへ辿りつくには、五キロメートルにわたって続くライス・プディングの道を食べ尽くさなければならない。だが、そうするだけの甲斐はある。コケインにはワインの川が流れ、頭上を鴨のローストが飛び、木にはパンケーキが実り、焼きたてのパイやペストリーが空から降ってくるのだ。農夫も職人も聖職者も、みな平等で、陽光の降り注ぐなか、一緒にくつろいでいる。「コケイン」、すなわち「豊饒の地」では、人々が言い争うことはない。代わりに彼らは、パーティーを開き、ダンスをし、酒を飲み、相手かまわず一緒に寝る。

オランダの歴史家ハーマン・プレイジは書いている。「中世の人々から見れば、現代の西ヨーロッパはコケインそのものだ。ファストフードはいつでも食べられるし、気象のコントロールさえ可能で、自由に誰とでも恋愛できる。働かなくても収入が得られ、美容整形で若さを保つことができる」[4]。世界的に今日では、空腹に悩む人より、肥満に悩む人の方が多い[5]。また、西ヨーロッパにおける殺人発生率は、平均で中世のおよそ四〇分の一に下がった。さらに、あなたが正式なパスポートを持っていれば、社会のセーフティネットが守ってくれる[6]。

だが、そうしたことが、わたしたちにとって最大の問題になっているらしい。今日では、中世の人々が抱いたユートピアへの夢は消えた。今より消費を少々増やし、安全性を少々高めることは可能だ——だが、生活の向上がもたらした環境汚染、肥満、政府による監視という不気味な影は広がる一方だ。中世の夢想家にとってコケインは、夢見る楽園であり、プレイジの言葉を借りれば、「この世の苦しみから逃れられる場所」だったはずなのだが。それでも、例の一三〇〇年のイタリアから連れてきた農夫に、この世界がどう見えるかと尋ねたら、彼の頭にはきっと、コケインという言葉が浮かぶだろう。

実のところ、わたしたちは聖書の予言が現実になった時代を生きている。中世なら奇跡に思えたようなことが、今では当たり前になっている。見えない人の目が開き、歩けなかった人が歩くようになり、死者は復活する。たとえば、「アーガスII」は、遺伝性疾患で視力が落ちた人にある程度まで視力を回復させる人工網膜デバイスだ。また、「リウォーク」は、下半身不随の人を再び歩けるようにする歩行アシスト装置である。そして、一九八三年に絶滅したカエルの一種のカモノハシガエルは、オーストラリアの科学者のおかげで、文字通り生き返った。保存されていた細胞のＤＮＡから胚が復元されたのだ。この研究チームの次の狙いはタスマニアタイガーだ。彼らの研究は、絶滅種の復活を目指す「ラザロ・プロジェクト」（キリストが死から蘇らせた男「ラザロ」に因んで名づけられた）の一環である。

一方、SF（サイエンス・フィクション）もまた、サイエンス・ファクト（科学による現実）になりつつある。すでに運転手のいない車が路上を走っている。また今この時にも、3Dプリンターは完全な胚細胞の構造を成形し、脳にチップを埋め込まれた人々は思いどおりにロボットアームを動かしている。同様の革新はいくつも起きた。一九八〇年以来、太陽エネルギー一ワット当たりのコストは、九九パーセントも削減された。この数字は誤植ではない。うまくいけば、3Dプリンターとソーラーパネルは、流血を伴う革命などなしに、カール・マルクスの理想（生産手段のすべてを大衆が管理するという理想）を実現するだろう。

六〇億人が携帯を持ち、平均寿命は一〇〇年前の倍以上

また、長い間、豊饒の地は富裕な西側諸国に暮らす少数のエリートのものだったが、そんな時代も終わった。中国が資本主義を受け入れて以来、七億人もの中国人が、著しい貧困から抜け出した[7]。アフリカもまた、経済の荒廃という悪評を急速に挽回しつつある。今や世界で最も急速な経済成長を遂げている一〇カ国のうち、六カ国がアフリカの国だ[8]。二〇一三年の時点で、この地球に暮らす七〇億人のうち六〇億人が、携帯電話を持っていた（ちなみに、暮らす環境にトイレがあるのは四五億人[9]）。全世界でインターネットにアクセスできる人の割合は、一九九四年から二〇一四年までの二〇年間で、〇・四パーセントから四〇・四パーセントに跳ね上がった[10]。

また、健康の向上は豊饒の地に最も期待されることだが、その状況は祖先たちの予想をはるかに越えた。平均寿命を一週間にたとえれば、それは富裕国ではプラス二日、アフリカではプ

ラス四日長くなった。[11] 全世界の平均寿命は、一九九〇年には六四年だったが、二〇一二年には七〇年になった。[12] 一九〇〇年の倍以上だ。

飢える人も減ってきている。現代の豊饒の地では、鴨のローストは空を飛んでいないとしても、栄養失調に苦しむ人の数は、一九九〇年に比べて三分の二以下になった。全世界で、一日二〇〇〇カロリー未満で暮らす人の割合は、一九六五年には五一パーセントだったが、二〇〇五年にはわずか三パーセントになった。[13] 一九九〇年から二〇一二年までの間に、新たに二一億人以上が清潔な水を飲めるようになり、発育不全の子どもの数は三分の二に減少し、子どもの死亡率は四一パーセントも下がった。また、妊産婦の死亡率は半分になった。

病気についてはどうだろう。史上最強の殺し屋だった天然痘は根絶された。ポリオもほとんど消え去り、二〇一三年のポリオ患者は一九八八年に比べて九九パーセント減った。同時に、多くの子どもが、かつては一般的だった病気の予防接種を受けるようになった。たとえば、全世界の麻疹ワクチン接種率は、一九八〇年には一六パーセントだったが、現在では八五パーセントだ。その結果、二〇一四年の麻疹による死亡者数は二〇〇〇年の四分の一以下になった。結核の致死率は、一九九〇年の半分近くに下がった。マラリアによる死亡者数は二〇〇〇年の四分の三になり、エイズによる死亡者数も二〇〇五年の四分の三になった。

一部の数値はあまりに良すぎて、信じがたいほどだ。例えば、五〇年前には、子どもの五人に一人が、五歳の誕生日を迎える前に亡くなっていた。現在では？　二〇人に一人だ。一八三六年、世界で最も裕福な男だったネイサン・メイアー・ロスチャイルドは、ただ抗生物質がなかったというだけで、五八歳で死んだ。ここ数十年で、麻疹、破傷風、百日咳、ジフテリア、ポリオに効く格安のワクチンが登場し、毎年、二〇世紀の戦死者数に相当する命を救っている[14]

図2　ワクチンの勝利

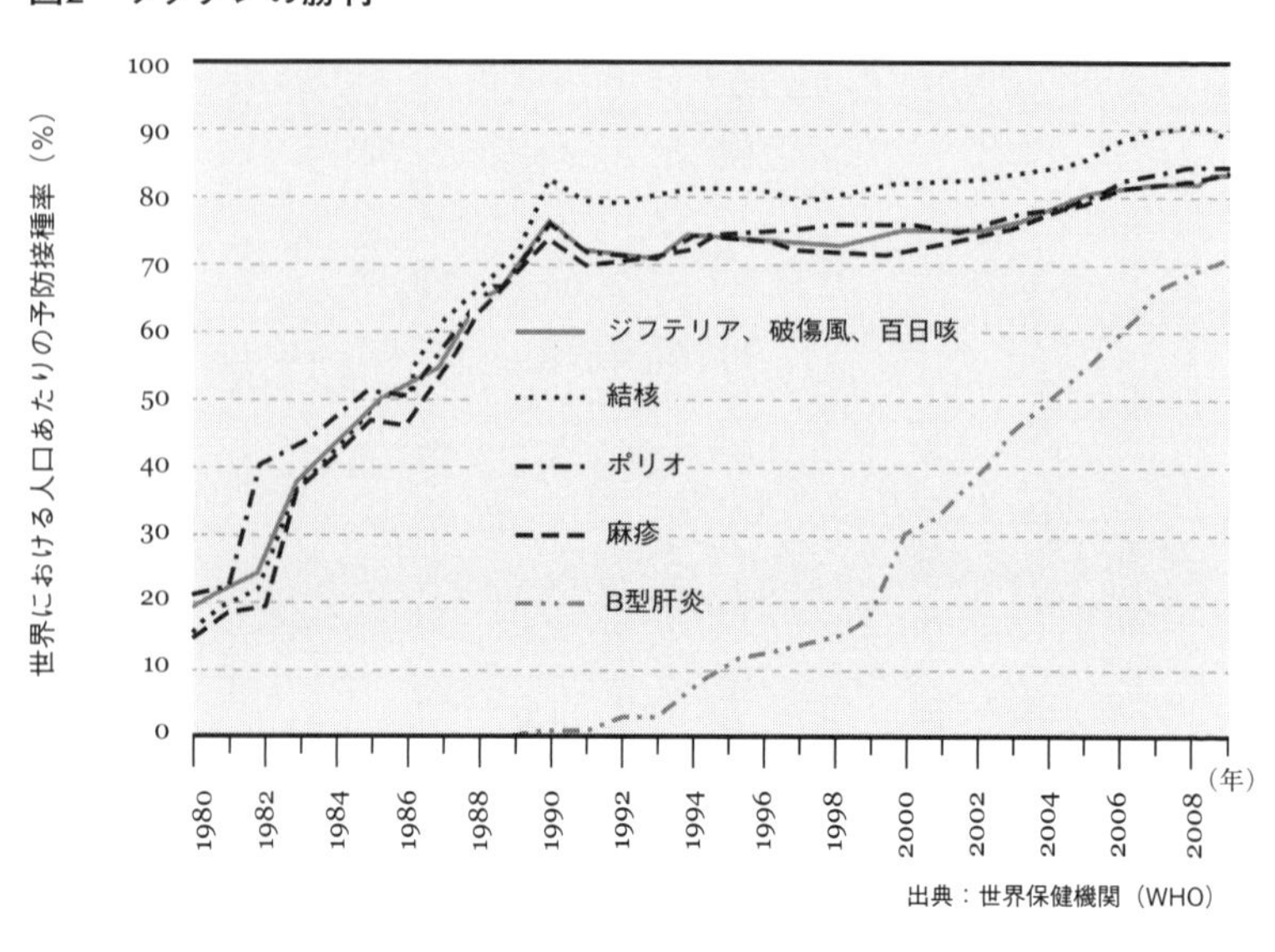

出典：世界保健機関（WHO）

（図2）。

　もちろん、今も克服すべき病気は多く残っている。がんもその一つだ。だが、それについても進歩が続いている。二〇一三年、一流の科学誌『サイエンス』は、免疫系を活性化して腫瘍と闘う方法が見つかったと発表し、その年最大の科学的進歩だと絶賛した。同じ年、ヒト幹細胞のクローン作製が初めて成功し、ある種の糖尿病を含むミトコンドリア病の治療の進展が期待できるようになった。

　中には、一〇〇〇歳の誕生日を祝うまで長生きする人がすでに誕生していると主張する科学者までいる[15]。

　一方、頭もどんどん良くなってきた。一九六二年には、学校に通っていない子どもの割合は四一パーセントだったが、現在では一〇パーセン

図3　戦争は減ってきている

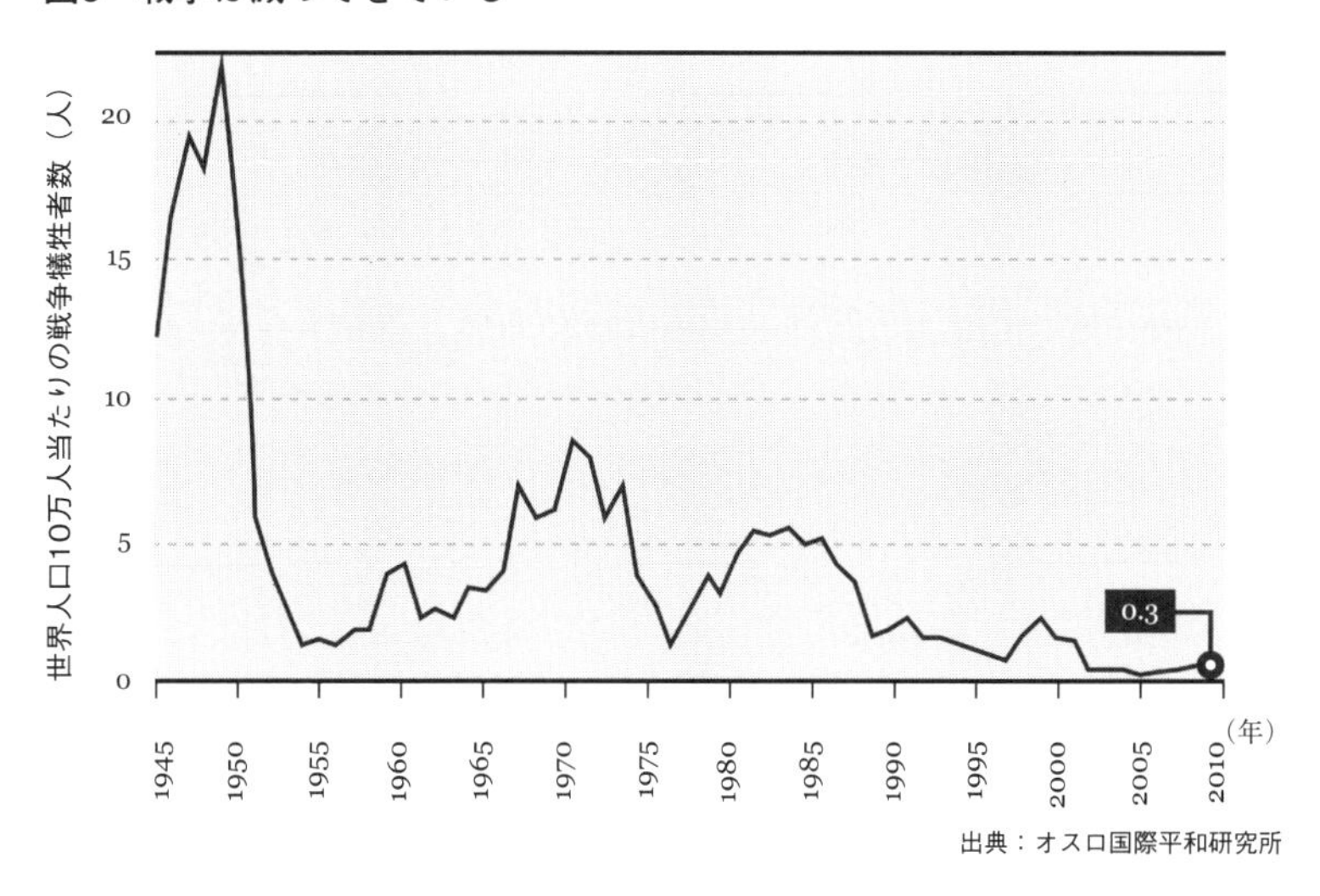

出典：オスロ国際平和研究所

トを下回った[16]。ほとんどの国でIQの平均値は一〇年ごとに三〜五ポイント上がっている。これは主に栄養状態と教育が向上した結果だ。おそらくそれが、現代人が人間として洗練され、この一〇年が世界史上最も平和な一〇年になった理由だろう。オスロの国際平和研究所によると、年間の戦争による犠牲者数は、一九四六年から九〇パーセントも下がったという（**図3**）。殺人や強盗や他の犯罪も減ってきている。「この豊かな世界では、犯罪はますます減る傾向にある」と、イギリスの経済誌『エコノミスト』は先頃発表した。「犯罪者はまだいるものの、減る一方で、また、老いつつある[17]」

希望なき豊饒の地

ようこそ、別名、豊饒の地へ。

ようこそ、良い生活へ。誰もが裕福で、安全で、健康な楽園へ。ここでは、足りないものはただ一つ、朝ベッドから起き出す理由だ。なぜなら、楽園では向上のしようがないからだ。早くも一九八九年にアメリカの政治経済学者、フランシス・フクヤマは、わたしたちはすでに生活が「経済的な計算に収束し、技術的な問題や環境問題の解決に追われ、洗練された消費者の要求を満たし続ける」時代に到達したと述べた[18]。

購買力を一パーセント向上させるか、炭素排出量をいくらか削減するか。あるいは新たな仕掛けを発明するか。わたしたちに想像できるのはせいぜいそのくらいだ。わたしたちは有り余るほど豊かな時代に生きているが、それは何とつまらないことだろう。フクヤマの言葉を借りれば、そこには「芸術も哲学もない」。残っているのは、「歴史の遺物をただ管理し続けること」なのだ。

オスカー・ワイルドによると、豊饒の地にたどり着けば、人は再びはるか彼方の水平線を見据え、帆を上げるはずだった。「進歩とは、ユートピアが次々に形になっていくことだ」と彼は書いた。だが今、遠い水平線上にはなにも見えず、豊饒の地は霧に包まれている。この豊かで安全で健全な世界に意味を与えるという歴史的任務を果たすべきときに、わたしたちはむしろユートピアを葬ってしまった。手に入れた世界以上に良い世界を思い描くことができないので、新たな夢を見ることができずにいる。実際、富裕国の人の大半は、子どもたちは親世代より悪い時代を生きることになると信じている[19]。

この時代の、そしてわたしたち世代の、真の危機は、現状があまり良くないとか、先々暮らしぶりが悪くなるといったことではない。

それは、より良い暮らしを思い描けなくなっていることなのだ。

厳格なルールに基づくユートピア

本書は未来を予測するものではない。

むしろ、未来への扉の鍵を開こうとするものであり、わたしたちの心の窓を開くための試みなのだ。当然ながらユートピアは、将来の展望よりも、それが想像されていた時代について多くを語る。例えばコケインの情景は、中世の生活がどんなものであったかをありありと語っている。それは実にひどいものだった。もっと正確に言えば、かつては、ほぼあらゆる場所で、ほぼあらゆる人の生活が、ほぼすべての場合においてひどいものだった。ゆえに、どの文化にもそれぞれのユートピアが存在するのだ[20]。

シンプルな願望は、シンプルなユートピアを生む。もしあなたが空腹なら、たっぷりのご馳走を思い浮かべるだろう。寒ければ、燃えさかる火を思い描き、病に冒されていれば、不老不死を夢見るはずだ。人生が不快で、過酷で、短かった時代のユートピアには、これらの願望が反映された。「大地からは恐怖も病も生ぜず」と紀元前五世紀のギリシャの詩人テレクレイデスは夢想した。「必要なものはすべて自然に現れた。すべての川にワインが溢れた。［中略］魚たちが家にやってきて、自分から焼き網に乗って焼かれ、食卓に並んだ[21]」

だが、話を進める前に、ユートピアには二つのタイプがあることと、その違いを理解していただきたい[22]。一つは、馴染み深い、詳細な計画に基づくユートピアだ。カール・ポパーやハンナ・アーレントといった偉大な思想家や、一九八〇年以来の世界的思潮であるポストモダニズムまでもが、この種のユートピア観を潰そうとしてきた。そして彼らはおおむね成功した。彼らの言葉は今も、計画に基づくパラダイスに記された最後の言葉となっている。

この計画書の土台となるのは、抽象的な理想ではなく、意見の相違を認めない、不変の厳格なルールだ。イタリアの詩人トマソ・カンパネッラが一六〇二年に書いた『太陽の都』（一穂社、二〇〇四年）がよい例だ。カンパネッラのユートピア、いやむしろディストピア（暗黒郷）では、個人の所有権は一切認められず、博愛が義務づけられており、喧嘩した人は死刑に処せられる。個人の生活は、子をもうけることまで国に管理され、例えば、賢い人は愚かな人と、太った人は痩せた人としか結婚できない。あらゆることが、好ましい平均的な人間を生み出すために管理されるのだ。また、誰もが密告者の大規模なネットワークによって監視されている。ルールに違反した人は、自分の素行の悪さを思い知るまで激しく批判され、自ら進んで石打ちの刑に服する。

その後の歴史を知るわたしたちには、カンパネッラが描いた世界に、ファシズムやスターリン主義、集団虐殺のおぞましい予兆が見えるはずだ。

正しい問いを投げかけるユートピア

だが、ユートピアを描くにはもう一つの、ほぼ忘れられている方法がある。計画に基づくユートピアが高画質の写真だとすれば、こちらのユートピアはぼんやりとした輪郭にすぎない。それが示すのは解決策ではなく道標だ。人々を無理やり縛るのではなく、変わろうという気にさせる。さらにこちらのユートピアは、ヴォルテールの言葉通り、「完璧は善の敵」であることを知っている。あるアメリカ人哲学者が述べたように、「ユートピアについて真剣に考える人は、計画に基づくユートピアという構想を、おそらくは不快に思う」のだ[23]。

ユートピアという言葉の生みの親であるイギリスの哲学者、トマス・モアがその著書で描いたのも、こちらのユートピアだった。彼のユートピアは詳細な計画書ではなく、むしろ普通の人々が極貧の暮らしを強いられている時代に、特権階級が貪欲に贅沢を求めることを告発するものだった。

ユートピアについてまじめに考えすぎると危険だということを、モアは理解していた。ユートピア研究の第一人者である哲学者のライマン・タワー・サージェントは、「人は自分の信条を情熱をもって信じつつも、そのたわいなさを自覚し、笑い飛ばせるようでなければならない」と述べている。ユーモアや風刺と同様に、ユートピアはわたしたちの心の窓を開け放ち、視野を広げる。なればこそ、それは重要なのだ。人間も社会も、年を取るにつれて現状に慣れ、自由が監獄となり、真実が嘘になることもある。現代の信条、悪くすれば、信じるべきものはもう何も残っていないという信条は、わたしたちの目をふさぎ、今も日常にあふれている短絡さや不正を見えなくする。

少し例を挙げよう。わたしたちはかつてなく裕福になったというのに、なぜ、一九八〇年代以降、以前にもまして懸命に働いているのだろう。はびこる貧困を一気に解消するだけの富があるというのに、なぜ数百万の人が今も貧困の中に生きているのだろう。なぜ所得の六割以上が、どこの国に生まれたかによって決まるのだろう[24]。

ユートピアは簡単な答えをもたらさない。もちろん解決策もだ。だが、それは正しい問いを投げかける。

似たり寄ったりの政党、違いは所得税率だけ

残念ながら今日では、夢を見ることができなくなった。言い古されたことではあるが、夢は往々にして悪夢になるものだ。ユートピアという夢もまた、不和や暴力、ひいては大量殺戮の温床にさえなってきた。そして最終的に、暗黒郷（ディストピア）へと変貌する。結局のところ、ユートピアはディストピアなのだ。もう一つ、言い古されたことだが、「人間の進歩というのは、一種の神話にすぎない」。それにもかかわらず、わたしたちは中世の人が思い描いた楽園をどうにか築いてきた。

たしかに歴史は、あらゆる宗教が狂信的な分派を生んだのと同様に、ユートピア的理想から生まれた脅威——ファシズム、共産主義、ナチス主義——で溢れている。だが、急進的な一派が暴力を煽るからといって、その宗教をまるごと切り捨てるべきだろうか。ユートピア的理想主義も見限るべきなのか。より良い世界をともに夢見ることを、ただやめるべきなのか？

もちろんそうではない。だが、それがまさに今起きていることなのだ。現在では、楽観主義は消費者信頼感［訳注：消費者が現在・将来の暮らし向きを良いと確信していること］と同義になり、悲観主義は、消費者信頼感の欠乏を意味するようになった。楽観しようにも、別世界の夢のような生活を思い描くことはできなくなったのだ。社会として何ができるかという期待は急速に蝕まれ、わたしたちはユートピアのない、冷たく厳しい現実の中に置きざりにされた。残っているのは、すべてを専門家に委ねようとする技術家主義（テクノクラシー）だけだ。政治は、問題を管理するだけのものになった。政党はどこも似たり寄ったりで、有権者はどこを選べばいいのかと途

方に暮れている。違いは公約とする所得税率だけ、という有様だ[25]。

この潮流はジャーナリズムによく現れている。そこでは、政治はゲームとして描かれ、争われるのは、理想ではなく、政治家のキャリアだ。大学の研究の場にもこの流れは見受けられ、誰もが書くことに追われて読むことができず、論文発表に追われて討論ができない。実際、二一世紀の総合大学は工場も同然なのだ。病院や学校、テレビ網についても同じことが言える。重要なのは目標を達成することだ。経済成長であれ、視聴率であれ、論文であれ、じわじわと、しかし確実に、質より量が優先されるようになってきた。

自由を謳歌する市場と商業

そして、このすべての原動力となっているのが、「自由主義」と呼ばれる、ほとんど中身のないイデオロギーだ。今日、重要とされているのは、「自分らしく」あること、「自分の好きなことをやる」ことだ。自由はおそらく人間が最も重視する理想である。だが、現状のそれは、中身のない自由だ。そうなったのは、わたしたちがいかなる形であれ道徳を恐れ、公の場でそれを語ることをタブーにしてしまったからだ。たしかに公の場では「中立的」であるべきだが、現状のそれは過剰なほど寛大だ。街は誘惑に溢れている。酒を飲め、騒げ、金を借りろ、欲しいものを買え、人を陥れろ、圧力をかけろ、詐欺をはたらけ、と。言論の自由をどう呼ぶにせよ、わたしたちの価値観は、企業がゴールデンタイムのコマーシャルで押し売りする価値観に怪しいほどよく似ている[26]。わたしたちや子どもたちに対して広告業界が行使する影響力のごく一部でも、一政党、あるいは一宗派が持っていたら、わたしたちは武器を手に立ち上がるだろう。だが、コマーシャルの舞台は自由市場なので、わたしたちは黙認しているのだ[27]。

政府に残された唯一の仕事は、当面の生活の応急処置だ。おとなしく従順な市民という計画書からはみ出す人があれば、政治的権力は嬉々としてその人を型にはめ込む。手段となるのは、制御、監視、抑圧である。

一方、福祉国家は、欲求不満の原因よりも、症状に重点を置くようになってきた。わたしたちは病気になれば医者へ行き、悲しくなればセラピストを訪れ、肥満になったら食事療法士のところへ行き、有罪を宣告されれば刑務所に入り、失業すればジョブコーチ（職業適応援助者）のもとへ行く。こうしたサービスには莫大な費用がかかるが、大した成果は出ていない。例えばアメリカは世界で最も医療費のかかる国だが、平均寿命は短くなっている。

そうしている間にも、市場と商業は自由を謳歌している。食品業界は塩と砂糖と脂肪たっぷりの安価な食品を提供し、すぐさまわたしたちを医者と食事療法士のところへ送る。先端技術は多くの職業を奪い、わたしたちをジョブコーチのもとへ送り込む。そして広告業界は、わたしたちをそそのかし、ただライバルにあっと言わせるためだけに、なけなしの金でいりもしないものを買わせるのだ[28]。その結果わたしたちは、またセラピストのもとで嘆くことになるのだろう。

これが、今わたしたちが住んでいる暗黒郷（ディストピア）だ。

うつ病は一〇代の若者における最大の健康問題

もっとも、いくら強調しても足りないのだが、これはわたしたちが恵まれていないということではない。それどころか、現代の子どもたちに悩みがあるとすれば、それはあまりにも可愛がられすぎていることだ。サンディエゴ州立大学で、今と昔の若者の傾向を研究している心理学者ジーン・トウェンギによれば、一九八〇年代以降、若者の自尊心は急激に高まったという。若い世代はこれまで以上に自分のことを、賢く、分別があり、魅力的だと考えている。「この世代の子どもたちは皆、『あなたはなりたいものになれる。あなたは特別だ』と言われて育ちました」とトウェンギは語る。[29]そうやって自己愛を育てられたものの、無限の可能性があるはずの広大な世界に送り出されたとたん、多くの若者が壁に突き当たり、燃え尽きる。現実の世界は寒々として過酷で、競争と失業に満ちていることを彼らは悟る。星に願いをかけたらすべてがかなうディズニーランドではない。そこは過酷な競争社会で、結果を出すことができなければ、責めを負うのは自分しかいないのだ。

驚くことではないが、そのような自己愛の裏には、不確実性という巨大な海が潜んでいる。トウェンギはまた、この数十年で人々が大いに臆病になったことを発見した。一九五二年から一九九三年までに行われた二六九件の研究を比較し、一九九〇年代初期の北アメリカの平均的な子どもは、一九五〇年代初期の精神病患者よりも不安感が強いと結論づけた。[30]世界保健機関（WHO）によると、現在、うつ病は一〇代の若者の最大の健康問題となっており、二〇三〇年には世界の病気の第一位になるという。[31]

まさに悪循環だ。かつてないほど多くの若者が精神科医にかかるようになり、また、かつてないほど多くの若者が、仕事を始めてすぐに燃え尽きてしまう。そしてかつてないほど多くの人が抗うつ剤を飲んでいる。失業、不満、うつ病といった社会全体の問題は、いつも個人の責任にされる。成功を選択できるのなら、失敗も選択の結果だ、と。仕事を失くしただって？

もっと懸命に働けばよかったのに。病気になっただって？　不健康な生活をするからだ。気分が塞ぐって？　薬を飲めばいい。といった具合だ。

一九五〇年代には「自分は特別な人間」だと考えている若者は、一二パーセントしかいなかったが、今日では八〇パーセントもいる[32]。だが実情は、特別どころか、わたしたちはますます似たり寄ったりになっている。皆が同じベストセラーを読み、大ヒットした同じ映画を観て、同じスニーカーを履いている。祖父母の世代は、家や教会や国に課された義務を果たしたものだが、現代人は、メディアや宣伝広告や家父長的な国に縛られているのだ。しかし、わたしたちはますます似通ってきているものの、大きな共同体の時代はすでに過去のものになった。教会や労働組合に所属することが減り、かつては右派と左派を分けていたものが、もはや意味をなさなくなった。わたしたちが気にかけるのは「問題解決」だけだ。政治は経営コンサルタントに任せればいいと思っているかのように。

確かに、中には昔ながらの進歩への信奉を復活させようとする人もいる。わたしたち世代の文化的原型が「オタク」で、そのアプリケーションソフトやガジェットが経済成長の希望を象徴するのは驚くべきことだろうか。「ぼくたち世代の優秀な人の頭にあるのは、世間の人にいかに広告をクリックさせるかということだけだ」。かつて数学の天才と賞賛されたある若者が、最近、フェイスブックでこう嘆いた[33]。

資本主義だけでは豊饒の地を維持できない

誤解しないでいただきたい。豊饒の地の門を開いたのが資本主義であるのは確かだ。だが、資本主義だけでは、豊饒の地を維持することはできないのだ。進歩は経済的繁栄と同義になったが、二一世紀に生きるわたしたちは、生活の質を上げる別の道を見つけなければならない。政治に無関心な技術家主義（テクノクラシー）の時代に育った西側諸国の若者が大人になろうとしている今、新たなユートピアを見つけるために、政治をこの手に取り戻す必要がある。

その意味では、今日の社会に溢れる不満に、わたしは勇気づけられる。というのも、不満は、無関心とはまったく違うからだ。ノスタルジア、すなわち過ぎ去った過去への憧れが、人々に広がっているという事実は、わたしたちがまだ理想を持っていることを示唆している。たとえそれを生き埋めにしてしまっているとしても。

真の進歩は、知識を基盤とする経済には生み出せないものから始まる。それは、より良く生きるとはどういうことかという叡智である。ジョン・スチュアート・ミルやバートランド・ラッセル、ジョン・メイナード・ケインズといった偉大な思想家たちがすでに一〇〇年前に主張していたことを、今、実行しなければならない。それは、手段より目的を重んじ、何かを選択する際には、有用性ではなく良いかどうかで選ぶ、ということだ[34]。心を未来に向けよう。世論調査の結果や、連日の悪いニュースに嘆くのをやめるために。他の道を探し、新たな共同体を形成するために。そして、この閉塞的な時代に別れを告げて、誰もが理想とする世界を理解するために。

そうすれば、今いる場所を越えて、再び世界に目を向けることができる。そこでは、古き良き進歩が今も悠々と進んでいくのを見ることになるだろう。飢えや戦争が減り、経済的に豊かになり、平均寿命が延びるという、素晴らしい時代に自分たちが生きていることを知るだろう。だが同時に、わたしたち——世界で最も富裕な一〇パーセント、五パーセント、あるいは一パーセント――には、しなければならないことがまだたくさんあることにも気づくはずだ。

想像と希望を生む二一世紀のユートピアを

さて、ユートピア的思考に戻る時が来た。

必要なのは新たな指針、つまり、はるかな未知の大陸「ユートピア」が描かれた、新たな世界地図だ。だが、そのユートピアは、ユートピア信者たちが独自の神権政治や五カ年計画をもって押し付けようとする厳格な計画書ではない。そのようなユートピアは、人々を熱狂的な夢に酔わせるだけだ。考えてみてほしい。「ユートピア」という言葉の語源は、ギリシャ語の、「良い場所」eu-toposとも、「(どこにも) 無い場所」ou-toposとも言われている。必要とするのは、想像力をかきたてる、今までとは異なる水平線だ。さらに言えば、水平線は一つではない。つまるところ、相反するユートピアの存在こそが、民主主義のエネルギー源なのだ。

いつの時代でも、ユートピアは小さなことから始まる。現在、文明と呼ばれているものの基盤は、はるか昔に、独自の道を勇ましく進んだ夢想家たちによって築かれた。スペインの修道士バルトロメ・デ・ラス・カサス(一四八四~一五六六)は、入植者と中南米の原住民は対等な地位にあるべきだと主張し、誰もが幸せに暮らせる植民地を作ろうとした。工場のオーナーだったロバート・オウエン(一七七一~一八五八)は、イギリス人労働者を劣悪な労働環境から解放することを目指した。彼が経営する紡績工場では、従業員には適正な賃金が支払われ、体罰は禁じられた。また、哲学者のジョン・スチュアート・ミル(一八〇六~一八七三)は男女平等を確信してさえいた(これには、彼の妻が仕事上のパートナーだったことも関係しているだろう）。

　だが、一つ確かなことがある。こうした、目をしっかりと見開いた夢想家たちがいなければ、わたしたちは皆、いまだに貧しく、空腹で、不潔で、不安で、愚かで、病にかかり、醜かった、ということだ。ユートピアがなければ、わたしたちは進むべき道を見失う。今の時代が悪いと言っているのではない。むしろその逆だ。けれども、より良い暮らしへの希望が持てない世界は、あまりにも寂しい。かつて、イギリスの哲学者バートランド・ラッセルは書いた。「人間が幸せでいるためには、あれやこれやの楽しみばかりでなく、希望や冒険心や変化が必要だ[35]」と。彼は別の場所でこう続けた。「求めるべきは、完成したユートピアではなく、想像と希望が生きて動いている世界である[36]」

第一章　過去最大の繁栄の中、最大の不幸に苦しむのはなぜか？　まとめ

・過去二世紀の間に、世界の人口と富は爆発的に増えた。今や一人当たりの所得は一八五〇年の一〇倍に増えた。世界経済は、産業革命前の時代、ほぼすべての人が、貧しく、空腹で、不潔で、不安で、愚かで、病にかかり、醜かった時代の二五〇倍に膨らんだ。

・全世界の平均寿命は、一九九〇年には六四年だったが、二〇一二年には七〇年になった。これは一九〇〇年の倍以上。

・飢える人も減ってきている。現代では栄養失調に苦しむ人の数は、一九九〇年に比べて三分の二以下になった。全世界で、一日二〇〇〇キロカロリー未満で暮らす人の割合は、一九六五年には五一パーセントだったが、二〇〇五年にはわずか三パーセントになった。

・中世の世界から見れば現代はユートピアそのものだ。しかし手に入れた世界以上に良い世界を思い描くことができないので、新たな夢を見ることができずにいる。実際、富裕国の人の大半は、子どもたちは親世代より悪い時代を生きることになると信じて

いる。

・政治は、問題を管理するだけのものになった。政党はどこも似たり寄ったりで、有権者はどこを選べばいいのかと途方に暮れている。違いは公約とする所得税率だけ、という有様だ。

・一九五二年から一九九三年までに行われた二六九件の研究を比較し、一九九〇年代初期の北アメリカの平均的な子どもは、一九五〇年代初期の精神病患者よりも不安感が強いと結論づけた。世界保健機関（ＷＨＯ）によると、現在、うつ病は一〇代の若者の最大の健康問題となっており、二〇三〇年には世界の病気の第一位になるという。

・一九五〇年代には「自分は特別な人間」だと考えている若者は、一二パーセントしかいなかったが、今日では八〇パーセントもいる。

・資本主義だけでは、現代の豊饒の地を維持することはできないのだ。進歩は経済的繁栄と同義になったが、二一世紀に生きるわたしたちは、生活の質を上げる別の道を見つけなければならない。

お金があるのは、貧乏なよりいい。経済的なことだけ考えればね。

――ウディ・アレン（一九三五～）

第二章　福祉はいらない、直接お金を与えればいい

生活保護や母子家庭手当て、就学援助、幾多ある福祉プログラムを全てやめる。そのかわりに全ての国民に、例えば一律年間一五〇万円の金を与える。それがベーシックインカム。ニクソン大統領はその実施をもくろんでいた

ホームレスに三〇〇〇ポンドを給付する実験

二〇〇九年五月、ロンドンで一つの実験が行われた。被験者は一三人のホームレス男性で、彼らは路上生活のベテランだ。何人かは四〇年近くにわたって、ヨーロッパの金融の中心であるロンドンの「シティ」の冷たい舗道の上で眠る生活をしてきた。警備費、訴訟費用、社会福祉費等々、これら一三人のトラブルメーカーのために、四〇万ポンド［当時1ポンドは約一五〇円］以上の公金が使われていた[1]。それも毎年、である。

このままでは、市の行政サービスや慈善団体の負担があまりにも大きい。そこで、ロンドンを拠点とする援助団体ブロードウェイは、画期的な決定をした。「今後、シティに暮らす一三人の生粋の浮浪者は、ＶＩＰ待遇を受けることになる。フード・スタンプやスープの炊き出しやシェルターとはもうおさらばだ。彼らはもっと劇的で即時的な救済を受けるのだ」と。

これらの路上生活者は、フリーマネー（自由に使えるお金）を給付されることになったのだ。正確に言えば、彼らは小遣いとして三〇〇〇ポンドを与えられるが、その見返りに何かをする必要はない。[2] 使い道は各自の判断にまかせる。アドバイザーに相談したければ、そうしていいが、それも自由だ。そのお金には紐が付けられているわけではなく、煩わしい質問もなしだ。[3]

唯一問われるのは、「自分には何が必要だと思うか？」ということだった。

ガーデニング教室に通い始めた元ヘロイン中毒者

「正直なところ、それほど期待していなかった」とあるソーシャル・ワーカーは後に回想した。[4] だが、浮浪者の希望は実にまともだった。電話、辞書、補聴器――それぞれ、自分に何が必要かをよく知っていた。そして彼らの大半はきわめて倹約家だった。一年後に調べたところ、三〇〇〇ポンドのうち、平均で八〇〇ポンドしか使っていなかったのだ。

例えば、二〇年間ヘロインを常用していたサイモンの場合、そのお金で人生が一八〇度変わった。彼は身ぎれいにして、ガーデニング教室に通い始めた。「どういうわけか、ぼくの人生で初めて、全てがうまく行きはじめた」と、彼は後に述べている。「身なりに気を配り、身体を洗い、髭を剃るようになった。今では家に戻ることを考えている。子どもが二人いるからね」

実験開始から一年半後には、一三人の路上生活者のうち七人が、屋根のある生活をするようになっていた。その他に二人が、アパートを借り、そこへ移ろうとしていた。そして一三人全員が、支払い能力や個人的成長へとつながる重要な足がかりを得ていた。彼らは受講登録をし、料理を学び、リハビリをし、家族を訪ね、将来の計画を立てていた。

「あの金が彼らを力づけました」と、ソーシャル・ワーカーの一人は語る。「彼らに選択する権利を与えたのです。それが変化をもたらしたのでしょう」。数十年にわたってあちこち移動させられ、罰せられ、訴えられ、守られていた悪名高き浮浪者たちが、路上生活から救い出された。その費用は？　ソーシャル・ワーカーの賃金を含め、年間五万ポンドほどだ。つまり、そのプロジェクトは一三人を救っただけでなく、かなりのコストを削減したのだ。[5]『エコノミスト』誌でさえ、「ホームレス対策費の最も効率的な使用法は、彼らにそのお金を与えることだ」と結論づけた。[6]

フリーマネーは人を怠惰にするのか？

貧乏人はお金の扱いが下手だ、という見方は広く浸透しており、自明のことのようにも思える。そもそも、お金の使い方がうまければ、貧乏になるはずがない。彼らは新鮮な果物や本ではなく、ファストフードやソーダにお金を使うにちがいない、とわたしたちは推測する。そういうわけで、彼らを「支援」するために、あまたの事務手続きや登録制度や大勢の検査官を必要とする独創的な支援プログラムがいくつも施行されてきた。そのすべては、「働きたくない者は、食べてはならない」（テサロニケ人への第二の手紙　三章一〇節）という聖書の教えを軸としている。近年、政府による支援は、ますます就労重視の方向に進んでいるが、対象者は、仕事への応募、職場復帰プログラムへの登録、強制的な「ボランティア」作業を求められる。そうした支援は、「福祉から就労へ」の移行だと賞賛されているが、その下敷きとなっているメッセージは明らかだ。すなわち、フリーマネーは人を怠惰にする。

だが、そうではないという証拠が揃っている。

バーナード・オモンディを紹介しよう。西ケニアの貧しい地域に暮らす彼は、何年も石切り場で働き、一日二ドルの稼ぎを得ていた。だがある朝、奇妙なメールが届いた。「そのメールを見たとき、ぼくは跳びあがったよ」とバーナードは回想する。五〇〇ポンドが彼の銀行口座に振り込まれたというのだ。彼にとってそれはほぼ一年分の稼ぎに相当した。

数カ月後、『ニューヨーク・タイムズ』紙の記者がバーナードの村を訪れた。村人全員が宝くじに当たったかのようだった。村には現金がどっさりあった。しかし、それで酒を買おうとする人は一人もいなかった。そのかわり、家々は修繕され、小規模のビジネスが始まっていた。バーナードはあの金で新品のインド製のバジャジ・ボクサー・オートバイを購入し、バイク・タクシーの運転手として日に六~九ドルを稼ぐようになっていた。彼の収入は三倍以上になった。

「お金をもらったことで、貧しい人々は選択の自由を得たんだ」とマイケル・フェイは言う。フェイは、バーナードに「たなぼた」をもたらした支援組織ギヴ・ディレクトリの創始者だ。「それに、実を言えば、貧しい人々が何を必要としているかが、ぼくにはよくわからなかった」[7]。フェイは人々に魚を与えたわけではなく、魚の獲り方を教えたわけでもない。彼は、貧しい人々が何を必要としているかを本当に理解しているのは、貧しい人々自身だという信念のもと、彼らに現金を与えたのだ。わたしが、なぜギヴ・ディレクトリのウェブサイトには心に訴えるような映像や画像がほとんどないのか、と尋ねると、フェイは、過剰に感情に訴えることはしたくないから、と言った。「ぼくたちのデータは、十分確かだ」

ケニアでもウガンダでもフリーマネーが収入増をもたらす

彼は正しい。マサチューセッツ工科大学の研究によれば、ギヴ・ディレクトリの現金助成は、被支援者の収入の継続的な増加を促し（助成の前より三八パーセント増）、家と家畜の所有率も、急上昇させ（五八パーセント増）、子どもが飢えてすごす日数を四二パーセント減らした。さらに、寄付の九三パーセントが、被支援者の手に渡っている。[8] ギヴ・ディレクトリが成果を数で示したところ、グーグルはすぐ二五〇万ドルを寄付した。[9]

幸運な経験をしたのは、バーナードと仲間の村人たちだけではなかった。二〇〇八年、ウガンダ政府は、一六歳から三五歳の一万二〇〇〇人に、およそ四〇〇ドルを与えることを決定した。全て自由に使っていい。求められるのは、ビジネス計画を出すことだけだ。五年後、効果は驚異的だった。人々はその金を自らの教育やビジネスに投資し、結果として収入がおよそ五〇パーセント増えた。雇用率も、六〇パーセント超増えていた。[10]

また、ウガンダの別のプログラムでは、同国北部の一八〇〇名以上の貧しい女性に一五〇ドルずつ与えて、同様の結果を得ている。彼女らの収入は、約一〇〇パーセント増えた。そのフリーマネーに加えて、救援活動家の支援も受けた女性は、収入の伸び率が少し上回ったが、後に研究者は、救援活動家に頼らず、その給与に相当する三五〇ドルを助成金に加えたほうが、効果はもっと上がったはずだと述べている。[11] 報告書があっさりと結論づけたように、この結果は「アフリカと世界各地の貧困軽減プログラムの大きな変化」を示唆している。[12]

四五カ国、一億一〇〇〇万世帯に届けられた現金

世界各地で行われた研究により、確たる証拠が示されている。フリーマネーは機能するのだ。すでに研究によって、フリーマネーの支給が犯罪、小児死亡率、栄養失調、一〇代の妊娠、無断欠席の減少につながり、学校の成績の向上、経済成長、男女平等の改善をもたらすことがわかっている。[13]「貧乏人が貧乏である第一の理由は、十分な金を持っていないところにある」と、経済学者チャールズ・ケニーは言う。「ゆえに、彼らにお金を与えると、その状況が大いに改善されることは、驚くにあたいしない」[14]

マンチェスター大学の研究者らの著書、『貧者には金を与えよ（Just Give Money to the Poor）』には、フリーマネーが功を奏した事例が、無数に挙げられている。ナミビアでは、栄養失調の割合が四二パーセントから一〇パーセントに急落し、無断欠席は四〇パーセントから実質ゼロに、犯罪は四二パーセント減少、という結果が出た。マラウイでは、使い道にかんする制約の有無にかかわらず、少女と女性の就学率が四〇パーセントも向上した。どこでも、いつでも、最も恩恵を受けるのは子どもたちだ。飢えや病気に苦しむことが少なくなり、身長は伸び、学校の成績は向上し、労働を強いられる可能性は低くなる。[15]

ブラジルからインドまで、メキシコから南アフリカまで、送金プログラムはグローバル・サウス（南の発展途上国）で広く行われるようになった。国連が二〇〇〇年にミレニアム開発目標を定めたとき、送金プログラムは視野に入っていなかった。しかし二〇一〇年にはすでに、四五カ国の一億一〇〇〇万を超える家庭に現金が届けられていた。

マンチェスター大学に話を戻すと、研究者らは送金プログラムの利点を次のようにまとめた。（1）各家庭がお金を上手に利用し、（2）貧困が減少し、（3）収入、健康、税収の面でさまざまな長期的利益がもたらされ、（4）プログラムにかかるコストは他の方策より少ない[16]。となれば、SUV車に乗った金のかかる白人を派遣する必要がどこにあるのだろう。彼らに給料を支払う代わりに、その金を貧しい人に渡せばいいのだから。そうすれば現地の役人がうわまえをはねるのも防げる。さらに、フリーマネーは経済全体の潤滑油となる。人々はより多く購入し、それが雇用と収入の増加に拍車をかけるのだ。

アルコール中毒者、麻薬中毒者、軽犯罪者もお金を無駄にしない

無数の援助団体と政府は、貧しい人々が何を必要としているかを知っているつもりになって、学校やソーラーパネルや牛を彼らに贈る。そう、確かに、牛は、いないより一頭いた方がましだ。だが、そのコストはどうすればいいのか？　ルワンダの研究によれば、一頭の多産の牛を飼うのにかかる費用は、およそ三〇〇〇ドルだ（搾乳場の維持も含め）。ルワンダ人にとっては、五年分の賃金である[17]。貧しい人に提供されるさまざまな講座について言えば、その目的が漁、識字、ビジネス経営のいずれであっても、コストはかかるが成果は少ないことが、数々の研究によってわかっている[18]。「貧困とは、基本的に現金がないことだ。愚かだから貧困になったわけではない」と、経済学者ジョゼフ・ハンロンは主張する。「靴をはいて立ち上がろうとしても、そもそも靴がなければ話にならない[19]」

お金に関して重要なのは、自称専門家が貧しい人々にとって必要と考え用意したものではな

く、当事者が自分にとって必要なものを買うためにそれを使えるということだ。貧しい人々がフリーマネーで買わなかった一群の商品がある。それは、アルコールとタバコだ。実のところ、世界銀行が行なった大規模な研究によると、アフリカ、南アメリカ、アジアで調査された全事例の八二パーセントで、アルコールとタバコの消費量は減少した。[20]

さらに驚くべき結果が出た。リベリアで、最下層の人々に二〇〇ドルを与える実験が行われた。アルコール中毒者、麻薬中毒者、軽犯罪者がスラムから集められた。三年後、彼らはそのお金を何に使っていただろう？ 食料、衣服、内服薬、小規模ビジネスだ。「この男たちがフリーマネーを無駄に使わないのだとしたら」、研究者の一人は首をかしげた。「いったいだれが無駄に使うだろう？」[21]

それでも「貧しい人々は怠惰だ」という主張は、何度も持ち出される。この見方があまりにも根強いため、科学者はそれが本当かどうか調査することになった。ほんの二、三年前、一流の医学雑誌『ランセット』は、その結果を次のようにまとめた。貧しい人々は、フリーマネーを受け取ると、総じて以前より仕事に精を出すようになる、と。[22] ナミビアでの実験の最終報告では、ある司教がふさわしい聖書の一節を紹介した。「出エジプト記の一六章をよく読みなさい」と司教は記す。「奴隷制から逃れ長い旅にあるイスラエルの人々は、天からのマナ（食物）を受け取った」と司教は続けた。「だが、それで彼らが怠惰になることはなかった。彼らはマナのおかげで、旅を続けられるようになったのだ」[23]

ハイエクやフリードマンも支持したベーシックインカム

フリーマネー。それは歴史に名を残す思想家たちによって、すでに何度も提唱されたアイデアだ。トマス・モアは一五一六年に著書『ユートピア』で、それについて夢想した。ノーベル賞受賞者を含む、何人もの経済学者や哲学者があとに続いた。[24] フリーマネーの支持者は、左派から右派、新自由主義思想を牽引したフリードリヒ・ハイエクやミルトン・フリードマンにまで及ぶ。[25] そして世界人権宣言（一九四八年）第二五条は、いつかそれが実現することを約束している。

ユニバーサル・ベーシックインカムだ。

それは数年間に限るものではなく、発展途上国や貧しい人々だけを対象とするものでもない。文字通り、フリーマネーは「すべての人」に与えられる。好意としてではなく、権利として与えられるのだ。「共産主義へと至る資本主義の道」と呼べるだろうか。[26] 月々の手当は生活するには十分で、もらったからと言って何かをする必要はない。唯一の条件は、あなたに「脈がある」つまり、生きているということだけだ。[27] その金を賢く使っているかどうかを見張られているわけではないし、役に立っているかどうかを質問されることもない。特別給付や補助プログラムもない。あるのはせいぜいシニア、失業者、働けない人々への追加手当だ。

ベーシックインカム。その考えは、まさに時宜を得ている。

カナダ「ミンカム」という世界最大規模の実験

カナダ、ウィニペグの倉庫の屋根裏では、およそ二〇〇〇個の箱が埃をかぶっている。その箱には、グラフ、表、報告書、インタビューといったデータが詰まっている。戦後に行われた、きわめて魅力的な社会実験のデータだ。

ミンカム。

マニトバ大学の教授エヴリン・フォーゲットがその記録の存在を知ったのは、二〇〇四年のことだった。その後、五年にわたって、彼女はそれらを探し続け、二〇〇九年になってようやく、アメリカ国立公文書記録管理局で発見した。「（管理局は）廃棄を検討している最中でした。場所をとるし、だれも興味を示さなかったから」と、彼女は後に回想する。[28]

その屋根裏に初めて足を踏み入れた時、彼女は目を疑った。そこには、五世紀前にトマス・モアが描いた夢が現実世界でどんな意味を持つかを語る情報が、ぎっしりしまい込まれていたのだ。

それらの箱に収められたおよそ一〇〇〇件のインタビューの中に、ヒュー・ヘンダーソンとドリーン・ヘンダーソン夫妻のものがあった。三五年前に実験が始まった時、ヒューは高校の用務員で、ドリーンは主婦として二人の子どもを育てていた。暮らしは楽ではなかった。食料の足しにと、ドリーンは庭先で野菜を育て、ニワトリを飼っていた。一ドル札を「めいっぱい引き延ばして」大切に使った。

しかし、そんなある日、きちんとした身なりの男性が二人、玄関先に現れた。「わたしたちは用紙に必要事項を記入しました。彼らは、我が家の収入と支出を尋ねました」と、ドリーンは回想する。[29]その日を境に、夫妻の金銭問題はすっかり解決した。夫妻はミンカムに登録したのだ。ミンカムとは、カナダで行われた初の大規模な社会実験で、世界最大規模のベーシックインカム実験である。

一九七三年三月、地方長官はそのプロジェクトに、現在の八三〇〇万米ドルに相当する費用を充てることを決定した[30]。そして、ウィニペグの北西にある人口一万三〇〇〇人の小さな町、ドーフィンを、実験地域として選んだ。これによりドーフィンの全住民はベーシックインカムが保障され、誰一人、貧困線より下に落ちないことが確実となった。具体的には、町の住民の三〇パーセントに相当する一〇〇〇世帯のもとへ、毎月小切手が郵送されるようになった。四人家族なら、年間で現在のおよそ一万九〇〇〇ドルに相当する金額が与えられたが、何も質問されなかった。

実験が始まると、一群の研究者がその町にやってきた。経済学者は住民の労働量が減ったかどうかを調べ、社会学者は家族生活への影響を探り、人類学者はコミュニティの中に身を置いて住民の反応を直接確かめた。

四年間、全ては順調だったが、選挙で保守陣営が勝つと、実験は土台から崩れた。新内閣は、政府が費用の四分の三を負担していたその金のかかる実験の価値を認めようとしなかった。新政府には実験結果を分析する費用さえ出すつもりがないことを知ると、研究者らは実験を中止し、それまでの結果のファイルを二〇〇〇個ほどの箱にしまい込んだ。

ドーフィンには失望が広がった。一九七四年の開始以降、ドーフィンでの実験はパイロットプログラムで、やがてミンカムは全国的に展開されると期待されていた。だが今では、それは忘れ去られる運命にあるようだった。「かねてよりミンカムに反対していた官僚たちは、そのデータの分析に費用をかけるつもりはなく、以前からの思いを公言した。それはうまくいかない、と」と、研究者の一人は語る。「一方、ミンカムに賛成だった人々も、データの分析には及び腰だった。というのも、分析のためにさらに一〇〇万ドルを費やし、その結果が思わしくなかったら、恥の上塗りになるからだ[31]」

フォーゲット教授が初めてミンカムのことを聞いた時、その実験から何がわかったのかを知る人はいなかった。しかし偶然にも、ほぼ同じ時期の一九七〇年代に、カナダではメディケア（公的医療保険）制度が導入されていた。メディケアの資料は、ドーフィンと近隣の町を比較する豊富なデータをフォーゲットに提供した。彼女は三年にわたって、統計分析のあらゆる手法によってそのデータを細かく調べた。どの方法を試しても、結果は同じだった。

ミンカムは大成功だったのだ。

ミンカムで入院期間が八・五パーセント減少

「年収が保証されると、人々は働くのをやめて、家族を増やすのではないかと、政治的には懸念されていました」と、フォーゲットは言う[32]。

だが、実際にはまったく逆の結果になった。結婚する年齢は遅くなり、出生率は下がった。彼らの学業成績はおおむね向上した。「ミンカム集団（コホート）」は、より懸命により速く学習した。また、全労働時間は男性で一パーセント、既婚女性で三パーセント、未婚女性で五パーセント下がっただけだった。一家の稼ぎ手である男性の労働時間はほとんど減らなかったが、現金の補助を得たことで、新生児をもつ母親は数カ月の育児休暇を取ることができ、学生はより長く学校に留まることができた[33]。

しかし、フォーゲットの発見の中でも最も驚くべきことは、入院期間が八・五パーセントも減ったことだ。先進国でヘルスケアにかかる公共支出の大きさを考えると、その財政的意味は大きい。実験が年を重ねるにつれ、家庭内暴力も減少し、メンタルヘルスの悩みも減った。ミンカムは、町全体をより健康にしたのだ。フォーゲットは、ベーシックインカムが次世代に及ぼす影響についても、賃金と健康の両面から追跡できた。

保障所得は大量離職を促すか？

ドーフィンは、北米で保障所得実験が行われた五つの町の一つだった。他の四つは全てアメリカにある。当時のアメリカはヨーロッパ諸国の大半と同程度にまで、社会のセーフティネット（最低限の生活保障をする社会保障）を実現しかけていたのだが、今それを知る人はほとんどいない。一九六四年、リンドン・Ｂ・ジョンソン大統領が「貧困との戦い」を宣言した時、民主党と共和党は、基本的福祉の改善の名の下に結束した。

まず、何らかの試運転が必要だった。そこで数千万ドルの予算を組み、ベーシックインカムを八五〇〇人以上のアメリカ人に提供することにした。場所はニュージャージー、ペンシルベニア、アイオワ、ノースカロライナ、インディアナ、シアトル、デンバーだ。こうして実験群と対照群を用いての、史上初の最大の社会実験が始まった。研究者は、以下三つの疑問の答えを求めていた。（1）保障所得を受け取った場合、人々の労働量は著しく減少するだろうか？（2）費用がかかりすぎるだろうか？（3）それは政治的に実行不可能なものか？

答えは、ノー、ノー、イエス、だった。

全体的に、労働時間の減少はわずかだった。「わたしたちの発見は、『貧乏人＝怠惰』論を支持しない」と、デンバーの実験のチーフ・データアナリストは言った。「その不吉な論が予言した大量離職の気配は一切見られなかった」。賃金労働の減少は一世帯あたり平均九パーセントで、全ての州においてこれは、幼い子どもをもつ若い母親が、外で働く時間を減らしたのが原因だった[34]。

後の調査では、この九パーセントさえ、多めの見積もりであることがわかった。最初の研究では、自己申告による収入に基づいて計算されたが、そのデータを公式の記録と見比べると、収入のかなりの部分が報告されていないことがわかったのだ。この食い違いを修正したところ、労働時間の減少はきわめてわずかだったことが判明した[35]。

「減少した賃金労働時間は明らかに、より良い仕事探しや家庭での労働といった、有益な活動に充てられていた」と、シアトルの実験の報告書には記されている。例えば、高校中退のある母親の場合、労働時間を減らしたのは、心理学の学位を取得して研究職に就きたいからだった。別の女性は演劇クラスを受講し、彼女の夫は作曲を始めた。「今、わたしたちは自立した、収入のあるアーティストなのよ」と、彼女は研究者に語った[36]。保障所得のおかげで、朝から晩まで働かなくてもすむようになった若者たちは、さらに教育を受けることを選んだ。ニュージャージーの被験者では、高校を卒業する割合が三〇パーセント上昇した[37]。

ベーシックインカム法案を提出したニクソン大統領

改革の年となった一九六八年、世界中の街頭で若者がデモを繰り広げていた。その年、五人の著名な経済学者——ジョン・ケネス・ガルブレイス、ハロルド・ワッツ、ジェームズ・トービン、ポール・サミュエルソン、ロバート・ランプマン——は、議会に公開書簡を送った。「国民のすべてが、公に貧困と定義されるより上の収入を保障されて初めて、国はその責務を果たしたと言えるだろう」という彼らの言葉は『ニューヨーク・タイムズ』の第一面に掲載された。経済学者たちによれば、そのコストは「相当なものだが、国の経済と財政能力の範囲内に収まるだろう」とのことだった。[38]

その公開書簡には、志を同じくする経済学者、一二〇〇名の署名が添えられていた。

彼らの訴えを、政府は真摯に受け止めた。次の八月、ニクソン大統領は控えめなベーシックインカムを給付する法案を議会に提出し、それを「わが国の歴史上、最も重要な社会立法」と呼んだ。ニクソンは、ベビーブーム世代はそれ以前の世代には不可能と思えたことを二つやり遂げるだろう、と語った。人間を月へ送ること（ひと月前に達成された）と、もう一つは貧困の撲滅だ。

ホワイトハウスの世論調査によると、全新聞の九〇パーセントが、その計画を大いに賞賛した。[39]『シカゴ・サンタイムズ』は「大きな飛躍」、『ロサンゼルス・タイムズ』は「大胆な新計画」と書き立てた。[40]全米キリスト教会協議会も賛成し、労働組合や法人部門でさえ、その計画に好意的だった。[41]ホワイトハウスには、次のような電報が届いた。「ブラボー！　計画に資金を出す共和党の上流中産階級の二人より」。[42]識者はヴィクトル・ユーゴーの言葉さえ引用した――「時宜を得たアイデアほど強いものはない」

ベーシックインカムの時代が到来したかのように見えた。

一九七〇年四月一六日、『ニューヨーク・タイムズ』は、「福祉計画、下院を通過……改革のための戦いに勝利」と、大見出しを打った。賛成二四三、反対一五五という圧倒的多数の賛成を得て、ニクソン大統領の家族支援計画（ＦＡＰ）は承認された。識者の大半は、その計画は上院も通過するものと決め込んでいた。上院は下院よりさらに進歩的だからだ。しかし、上院財政委員会では、疑問が持ち上がった。「この法案はこれまでで最も広範囲で、高価で、包括的な福祉法だ」と、ある共和党上院議員は言った[43]。だが、最も強く反対したのは、民主党の面々だった。彼らはFAPでは不十分と考え、さらに高額のベーシックインカムを要求したのだ[44]。数カ月間、上院とホワイトハウスの間を行ったり来たりした後、その法案は廃案になった。

翌年、ニクソンは少し調整した計画を議会に提出した。再び、法案は下院で承認された。支持者は数を増やしていた。今回は、賛成が二八八、反対が一三二だ。一九七二年の一般教書演説で、ニクソンはその計画を、「アメリカで子どものいる家庭の収入に下限を設定する」ための、最も重要な法案であるとした[45]。

しかし、またもや上院で却下された。

その後、ベーシックインカム計画は再び棚上げになっていたが、一九七八年に、シアトルの実験の最終結果報告において、いくつか重要な事実が明かされた。特にある発見が世間の関心を集めた。離婚数が五〇パーセント以上も跳ね上がったのだ。この結果があまりに目立ったせいで、学業成績の向上や健康状態の改善といった好ましい結果は影が薄くなった。ベーシックインカムが女性の自立を過剰に促すのは、明らかだった。

一〇年後、そのデータは再分析され、統計に誤りがあったことが明らかになった。実際には、離婚率は変わっていなかった[46]。

「無益で、危険で、計画通りにはいかない」というユートピアへの攻撃

「可能だ！　一九七六年までにアメリカで貧困を撲滅することができる」と、ノーベル経済学

賞を受賞したジェームズ・トービンは、一九六七年に確信をもって記した。当時、アメリカ人のほぼ八〇パーセントはベーシックインカムを支持した。[47] 数年後にロナルド・レーガンが述べた皮肉はよく知られている。曰く、「六〇年代、わたしたちは貧困と戦い、貧困が勝利した」。

文明における画期的な出来事には、どこかユートピア的な雰囲気が漂っている。著名な社会学者アルバート・ハーシュマンによれば、ユートピアはまず三つの根拠による攻撃を受ける。無益だ（それは不可能だ）、危険だ（リスクが大きすぎる）、計画通りにはいかない（それはディストピアへと堕落するだろう）、というものだ。しかし、ハーシュマンは、ユートピアは、実現するとたちまちどこでも当たり前のものと見なされるようになる、と記した。

それほど遠くない昔、民主主義は、まだ輝かしいユートピアにすぎなかった。哲学者のプラトン（紀元前四二七～三四七年）から、政治家のエドマンド・バーク（一七二九～一七九七年）まで、多くの偉人が、民主主義は無益で（大衆はあまりにも愚かで、それをうまく運営できない）、危険で（多数派のルールは火遊びのようなものだ）、計画通りにはいかない（「全体の利益」はたちまち、巧妙に作られた全体の利益にとって代わられる）と警告した。これを、ベーシックインカムに反対する主張に置き換えてみよう。それは、わたしたちが支払い切れないから「無益」で、人々が働かなくなるから「危険で」、最終的には少数派が多数派を支えるためにより辛い労働をするはめになるから「計画通りにはいかない」ということになるだろう。

だが……ちょっと待ってほしい。

無益か？　わたしたちは歴史上初めて、相当額のベーシックインカムを調達できるほど豊かになっている。わたしたちは、貧しい人々に生産性の低い労働を強いる官僚主義の無駄を一掃し、また、複雑な税額控除を廃止してシンプルな新システムに資金を流すことができる。ベーシックインカムを選択すれば、支援に必要な金額が、税金、浪費、原料、消費のせいで膨張することはなくなるのだ。

数値を見てみよう。アメリカでベーシックインカムによる貧困撲滅にかかる費用は、わずか一七五〇億ドルで、GDPの一パーセント以下だ[48]。アメリカの軍事費の四分の一である。貧困との戦いは、アフガニスタン紛争やイラク戦争よりはるかに安く済むだろう。ハーバード大学の試算によると、アフガニスタンとイラクでの戦闘には、四兆〜六兆ドルという唖然とするほど多額の費用がかかった[49]。実際のところ、世界中の先進国は、手持ちの資金だけで何年も前に貧困を一掃できていたはずなのだ[50]。

しかし、貧しい人だけを支援するシステムは、彼らと他の人々との間に深い溝をつくる。「貧しい人だけのための政策は、貧しい政策である」と、社会政策を専門とするイギリスの偉大な理論家リチャード・ティトマスは述べている。計画、貸し付け、所得比例給付のすべてをきっちり管理するというのは左派に浸透した考え方だ。問題は、それが逆効果であることだ。

一九九〇年代後期に発表され、今ではよく知られるようになった論文で、二人のスウェーデンの社会学者は、幅広い層を対象とするプログラムを持つ国ほど、貧困の削減に成功していることを示した[51]。基本的に人は、恩恵が自分にも及ぶ場合に協力的になる。その社会保障制度によって、自分や家族や友人が得る利益が大きいほど、それに貢献したいと思うのだ[52]。従って、万人向けの無条件のベーシックインカムは、万人の支持を得るはずだ。結局のところ、皆が恩恵を受けるのだから[53]。

危険？　たしかに、中には以前より働かなくなる人がいるかもしれないが、そこがまさに重要なところだ。一握りの芸術家や著述家（バートランド・ラッセルが言うには、「生きている間は社会から軽視され、死んだ時にその価値を認められる人々」）は賃金労働をやめるだろう。しかし圧倒的多数は、必要であってもなくても、仕事を続けることを望んだという確かな証拠がある。[54] 実のところ、仕事がなければ、わたしたちはひどく不幸になるのだ。[55]

ベーシックインカムの長所の一つは、それによって貧しい人々が福祉の罠から自由になり、成長と昇進の機会がある仕事を、積極的に求められるところにある。ベーシックインカムは、稼げる仕事に就いても取り消されたり減額されたりしないので、彼らの状況は上向きになっていく一方なのだ。

計画通りにはいかない？　計画通りにはいかないのは、むしろ福祉システムの方だ。それは支配と屈辱というベヒモス（怪物）を貧しい人々に負わせる。役人はフェイスブックを通して支援対象者を監視し、お金を無駄遣いしていないかどうかをチェックしている。そして、認められていないボランティアの仕事をしようとする人がいれば、天罰を下す。生活保護では、受給資格審査、申請、認可、返還といった煩雑な手続きのジャングルの案内人として、社会福祉課の人員を大勢、必要とする。それが終わると今度は、検査官の軍団が、書類仕事のために動員される。

社会保障制度は、本来、人々の安心感と誇りを促進すべきものだが、現状は疑念と屈辱のシステムに成り下がっている。それは右派と左派が不承不承結んだ協定だ。「右派は、人々が働かなくなることを恐れている」と、カナダのフォーゲット教授は嘆く。「そして左派は、人々が自力で正しい選択ができるとは思っていない」[56]。対して、ベーシックインカムのシステムは、よりよい妥協策となるだろう。再分配に関して、それは公平性という左派の要求を満たし、干渉と屈辱が関わる領域で、これまでより小さな政府に道を譲ることになる。

豊饒の地の富はわたしたち全員に帰するもの

以下は、これまでによく言われてきたことだ。

わたしたちが背負っている社会保障は、一家の稼ぎ手がまだほとんど男性で、人々が一生同じ企業で働いていた時代に生まれたものだ。年金システムと雇用保障が今も役に立っているのは、定職のある幸運な人々だけだ。公的支援は、雇用の創出は経済にまかせておけばいいという誤解に根づいている。福祉給付金は往々にして、トランポリンではなく罠になっている。

現在では、普遍的かつ無条件のベーシックインカムの導入が、かつてないほど求められている。周りを見渡してみよう。職場がフレキシブルになったために、より手厚い保障が必要になった。グローバリゼーションは中流階級の給料を損なっている。学歴による格差が広がり、持たざるものへの支援が必須となった。そしてロボットがますます賢くなるにつれて、持てる者さえ職を失う恐れが出てきた。

この数十年間、中流階級は借金をますます増やすことで、消費力を維持してきた。だが、このモデルが持続不可能であることは、わたしたち自身、よく知っている。「働かざるもの、食うべからず」という古い格言は、今では不平等の言い訳として乱用されている。

誤解しないでほしいが、資本主義は繁栄へ向かうすばらしいエンジンだ。「それはエジプトのピラミッド、ローマの水道橋、ゴシック建築の大聖堂をはるかにしのぐ奇跡だ」と、カール・マルクスとフリードリヒ・エンゲルスがその著書『共産党宣言』で記したとおりだ。だが、資本主義を賞賛できるのは、わたしたちが豊かになり、進歩の歴史の次の段階に自力で進むことが可能になったからだ。その段階とは、すべての人にベーシックインカムという保障を与えることだ。それこそが、資本主義が目指すべきことである。それを過去の世代の血と汗と涙によって可能になった進歩の配当と考えよう。結局、わたしたちが享受しているこの繁栄のうち、わたしたち自身の努力によるのは、ごく一部にすぎないのだ。豊饒の地の住人であるわたしたちは、制度と、知識と、先人が蓄積してくれた社会資産のおかげで豊かでいられる。この富は、わたしたち全員に帰するものだ。そして、ベーシックインカムは、わたしたち全員がそれを分かち合うことを可能にする。

もちろん、この夢を実現するには、熟慮を重ねることが必要だ。そうしなければ、悲惨な結果に至るだろう。ユートピアは常に小さなところから始まる。世界を変えようとするきわめてテンポの遅い実験から始まるのだ。それはほんの数年前、ロンドンの街路で、一三人のホームレスが無条件で三〇〇〇ポンドをもらった時に始まった。救援活動家の一人がこう言ったように。「これまでの手法を一気に変えるのは難しい。これらの実験的研究はわたしたちに、違った話し方、違った考え方、その問題に対する違った表現の仕方をする機会を与えてくれる……」

あらゆる進歩はそのようにして始まる。

第二章　福祉はいらない、直接お金を与えればいい　まとめ

・世界各地で行われた研究により、確たる証拠が示されている。フリーマネー（自由になるお金）は機能する。すでに研究によって、フリーマネーの支給が犯罪、小児死亡率、栄養失調、一〇代の妊娠、無断欠席の減少につながり、学校の成績の向上、経済成長、男女平等の改善をもたらすことがわかっている。

・ブラジルからインドまで、メキシコから南アフリカまで、二〇一〇年にはすでに、四五カ国の一億一〇〇〇万を超える家庭に現金が届けられている。

・貧しい人々はお金を無駄にしない。フリーマネーは、当事者が自分にとって必要なものを買うために使える。世界銀行が行なった大規模な研究によると、フリーマネーの全事例の八二パーセントで、アルコールとタバコの消費量は減少した。

・トマス・モアが『ユートピア』の中で夢想したベーシックインカム。右派から左派まで、新自由主義者を牽引したハイエクやフリードマンも支持した。月々の手当は生活するには十分で、もらったからと言って何かをする必要はない。給付の唯一の条件は、生きているということだけだ。

・カナダで一九七〇年代に世界最大規模のベーシックインカム実験ミンカムが行われた。一〇〇〇世帯を対象とした実験結果から、町では入院期間が八・五パーセントも減ったことが分かった。家庭内暴力も減少、メンタルヘルスの悩みも減った。先進国でヘルスケアにかかる公共支出の大きさを考えると、その財政的意味は大きい。

・一九六〇年代、米大統領ニクソンはベーシックインカムの法案に着手し、圧倒的賛成を得て下院を通過。しかし上院で民主党の反対に遭い、数年後に廃案になった。

・米国でベーシックインカムによる貧困撲滅にかかる費用は、わずか一七五〇億ドルで、GDPの一パーセント以下とされる。米国の軍事費の四分の一である。

・生活保護では、受給資格審査、申請、認可、返還といった煩雑な手続きのジャングルの案内人として、社会福祉課の人員が大勢必要になる。社会保障制度は、人々の安心感と誇りを促進すべきものだが、疑念と屈辱のシステムに成り下がっている。全ての人に公平に給付するというベーシックインカムのシステムは、よりよい妥協策となるだろう。

つまりこの社会には監督者のための監督者がいて、監督者を監督する監督者のための道具を人々は作っているのだ。人々が本来なすべきことは、学校へ戻り、生活のために稼がなければならないと誰かから告げられる前に自分が何を考えていたかを考えることだ。

——リチャード・バックミンスター・フラー（一八九五～一九八三）

第三章　貧困は個人のＩＱを一三ポイントも低下させる

ベーシックインカムがなぜ有効なのかは、貧困がもたらす欠乏の害を調査するとわかる。貧困はＩＱを一三ポイントも下げる。奨学金や有効な教育プログラムにいくら投資しても、そもそも貧困層にいる人は申し込まないのだ

チェロキー族一人当たり六〇〇〇ドルをもたらしたカジノ

一九九七年一一月一三日、ノースカロライナ州のグレートスモーキー山脈の南に、「ハラーズ・チェロキー」という名のカジノが誕生した。オープン初日、陰鬱な空模様だったが、入り口には長蛇の列ができた。さらに何百人もがぞくぞくとやってきたので、ついにカジノの経営者は客たちに家で待っていてほしいと頼むはめになった。

大勢の人がそのカジノに惹かれたのは、驚くほどのことではない。その日オープンしたのは、どこかの狡猾なマフィアが経営する賭博場ではなかった。当時も今も、その巨大で豪華なカジノを所有し、経営するのは、チェロキー・インディアン東部組織で、一〇年におよぶ政治的綱引きを経てようやくオープンにこぎつけたのだ。ある部族のリーダーは、「賭博はチェロキー族を破滅させるだろう」と危惧し[1]、ノースカロライナ州知事はあらゆる手を使って、その事業

を妨害しようとした。

しかし、オープンからそれほどたたないうちに、そのカジノの三万五〇〇〇平方フィートの賭博場、一〇〇〇室を超す部屋と一〇〇室のスイートルームを備えた三つの高層ホテル、数え切れないほどの店舗、レストラン、スイミングプール、そしてフィットネスセンターは、チェロキー族を破滅させるどころか、彼らに救いをもたらすことが明白になった。組織犯罪の温床になることもなく、むしろカジノのおかげで、チェロキー族は学校と病院と消防署を一つずつ新設することができた。なにしろ収益は、二〇〇四年には一億五〇〇〇万ドルを記録し、二〇一〇年には約四億ドルにまで伸びたのだ。[2] しかも収益の大半は、そうした公共事業にではなく、チェロキー・インディアン東部組織に属する八〇〇〇人の男性、女性、そして子どものポケットに流れ込んだ。彼らがカジノから得る収入は、当初は年間五〇〇ドルだったが、二〇〇一年には六〇〇〇ドルになった。平均的な家計所得の四分の一から三分の一を占めるまでになったのだ。[3]

精神疾患は貧困の原因か、結果か

偶然だが、そのグレートスモーキー山脈の南に住む子どもたちのメンタルヘルスを、デューク大学のジェーン・コステロという教授が一九九三年から調べてきた。調査対象となった一四二〇人の子どもは、毎年、精神鑑定を受けた。蓄積された結果は、貧困の中で育った子どもは、そうでない子どもに比べて、問題行動を起こす傾向がかなり強いことを示していた。もっとも、それは新しい発見ではなかった。貧困と精神疾患に相関が見られることは、一八五五年という早い時代に、エドワード・ジャービスという研究者が、有名な論文『精神障害に関する報告(Report on Insanity)』の中で指摘していたのだ。

だが、謎が残っていた。貧困と精神疾患は、どちらが原因で、どちらが結果なのだろう？コステロが調査した頃には、精神疾患には遺伝的要因があるという見方が、認められつつあった。原因が「生まれ」にあるのなら、彼らが金を得て貧困が解消されても、症状が抑えられるだけで、病気の治療にはつながらないはずだ。一方、精神疾患が貧困の原因ではなく、その結果であるとしたら、六〇〇〇ドルという収入の増加は、驚くほどの効果をもたらすだろう。カジノの出現は、この謎に新たな光をあてる絶好の機会になると、コステロは考えた。なぜなら、調査対象となった子どもの四分の一はチェロキー族で、その半数以上が貧困線以下の暮らしをしていたからだ。

カジノがオープンして間もなく、すでに大きな変化が起きていることに、コステロは気づいた。貧困から脱することができた子どもの問題行動は四〇パーセントも減少し、貧しくない子どもと同じ割合になったのだ。チェロキー族の子どもの犯罪率は下がり、薬物使用や飲酒も減った。そして学校の成績は著しく向上し[4]、チェロキー族以外の調査対象児童と同じ水準になった。

カジノができた後の一〇年間の調査により、子どもは貧困から抜け出す年齢が低ければ低いほど、一〇代のメンタルヘルスの状況が良くなることが明らかになった。最も幼い集団(コホート)には、犯罪行為の「劇的な減少」が見られた。実のところ、調査対象となったチェロキー族の子どもたちは現在、対照群の子どもたちより、良いふるまいをしている。

データを見て、コステロが最初に感じたのは驚きだった。「社会的介入が及ぼす影響は比較的小さいだろうと、わたしは予想していました」と、後にコステロは語った。「けれどもデータは、それが極めて大きいということを語っています」[5]。収入が年に四〇〇〇ドル増えたことで、二一歳までに教育を受ける年数が一年増え、一六歳で犯罪歴を持つ可能性が二二パーセント減少した、とコステロは、算定した[6]。

しかし、最も目立った改善は、経済的に豊かになることで、親が親としての務めを果たせるようになったことだ。カジノが開く前、親は夏の間、一生懸命働いたが、冬はほとんど仕事がなく、ストレスを溜め込んだ。しかし、カジノのおかげで収入が増え、チェロキー族の家族は貯蓄をし、請求される前に支払いができるようになった。貧困から脱することのできた親たちは、子どもとすごす時間が増えた、と報告した。

しかし、彼らの労働時間が減ったわけではないことにコステロは気づいた。母親も父親も、働く時間の総計は、カジノがオープンする前と変わらなかったのだ。親たちが、子どもと過ごす時間が増えたと言ったのは、経済的に余裕ができて、それまで金銭的な悩みに投じていたエネルギーを、子どもに向けられるようになったからだろう、とチェロキー族のヴィッキー・L・ブラッドリーは言う。そして、そのことが「親がより良い親になることを助けているのだ」とブラッドリーは語った[7]。

では、貧しい人々の精神面の問題を引き起こしているのは何だろう。遺伝的要因なのか、それとも貧しい環境なのか。両方、というのがコステロの出した結論である。なぜなら、遺伝的に病気や不調を起こしやすい人に、貧困がストレスをかけると、その病気や不調が表面化しやすいからだ[8]。だが、この調査には、忘れてはならない重要なことがある。

悪い遺伝子を消すことはできないが、貧困を消すことは可能なのだ。

貧しい人はなぜ愚かな判断をするのか？

貧困のない世界――おそらくそれは遠い昔から語られていたユートピアの姿だろう。しかし、この夢を真剣に考える人は、必然的にいくつかの難問に直面することになる。貧しい人はなぜ、犯罪を犯しやすいのか？　なぜ彼らは肥満になりやすいのか？　なぜ彼らの方が酒や薬物に溺れやすいのか？　一言で言えば、貧しい人はなぜ愚かな判断をするのか？

手厳しいだろうか。そうかもしれない。だが、統計データを見ていただきたい。貧しい人は借金が多く、貯金が少なく、喫煙量が多く、運動量が少なく、飲酒量が多く、食事内容は不健康だ。お金の管理を教えるプログラムに参加しようとせず、仕事に応募する際の履歴書の書き方は最悪で、だらしない格好で面接に現れる。

イギリスの元首相マーガレット・サッチャーは、かつて貧困を「人格の欠陥」と呼んだ[9]。そこまで言い切る政治家はあまりいないだろうが、貧困の解決は個人の問題だという考え方はそれほど珍しいものではない。オーストラリアからイギリス、スウェーデンからアメリカまで、貧困は本人が自力で克服すべきだという考えが根づいている。その考えが正しければ政府は、自覚を促す政策や、罰や、とりわけ教育を利用して、貧しい人々に動機を与え、正しい方向に向かわせることができるはずだ。実際、貧困との闘いに勝つ強力な武器があるとすれば、それは高校の卒業証書だ（願わくば、大学の学位）。

だが、それだけのことだろうか？

もし、貧しい人々が自力では貧困から抜け出せないとしたらどうだろう？　もし、すべての動機づけや情報や教育に何の効果もないとしたら？　そして、もし、それらの善意からの後押しが、状況を悪化させるだけだとしたら？

欠乏の心理状態

　厳しい問いだが、そう問いかけるのは、プリンストン大学の心理学者、エルダー・シャファーだ。シャファーとハーバード大学の経済学者センディール・ムライナサンは、近年、貧困に関する画期的な新説を発表した[10]。その要旨は？　つまり環境が肝心、ということだ。

　シャファーの目標は、ささやかなものではない。彼は、科学の新分野を確立しようとしているのだ。題して「欠乏の科学」。だが、それはすでにあるのでは？　欠乏の経済学なら聞いたことがある。「確かに、経済学的な方向からはよく研究されている」。アムステルダムのホテルでわたしが会ったとき、シャファーはそう言って笑った。「だが、ぼくが興味を持っているのは、欠乏の心理状態だ。それについての研究は、驚くほど少ない」

　経済学者にとっては、すべてが欠乏を中心に回っている――結局のところ、究極の浪費家でさえ、すべてを買うことはできないのだ。しかし、欠乏は常に認識されるわけではない。スケジュールが空っぽの日は、仕事の予定がぎっしり詰まった日とは、どこか違うように感じられる。そしてその違いは、小さく無害なものではない。このように欠乏は心に影響する。何かが足りないことに気づくと、人はこれまでとは異なる振る舞いをするようになるのだ。

　何が足りないかは大して重要ではない。足りないのが時間であれ、金銭であれ、友情であれ、食べ物であれ――そのすべてが、「欠乏の心理」をもたらす。そして、その心理にはメリットもある。欠乏感を抱いている人間は、短期的な問題を処理するのがうまいのだ。貧しい人々は、短期的には、収入の範囲内でやりくりするのがきわめて上手だ。働き過ぎのＣＥＯが、取引を巧みにまとめられるのと同じである。

欠乏感は長期的な視野を奪う

そうだとしても、「欠乏の心理」がもたらす悪影響は、そのメリットをしのぐ。欠乏はあなたの気持ちを、差し迫った不足に集中させる。五分後に始まる打ち合わせとか、翌日に迫った支払いとか。そうなると、長期的な視野は完全に失われる。「欠乏は人間を消耗させる」とシャファーは言う。「他にも等しく重要なことがあるのに、そちらに気持ちを向けられなくなるのだ」

新型のコンピュータに、一〇の重いプログラムを並行処理させることを想像してみよう。動きはだんだん遅くなり、エラーが発生し、ついにはフリーズしてしまうだろう。コンピュータの質が悪かったからではない。あまりに多くの作業を同時にさせたからだ。貧しい人々の状況もそれによく似ている。彼らが愚かな判断をするのは、愚かだからではない。愚かな判断に追い込まれる環境で暮らしているからなのだ。

今晩食べるものがない。どうしよう？　とか、今週末までどうやってやりくりしよう？　といった悩みは、大きなバンドウィズ（データ処理能力）を必要とする。シャファーとムライナサンはこれを「精神的バンドウィズ」と呼ぶ。「貧しい人々を理解したいと思うなら、上の空になっている状況を想像してみよう」と彼らは書いている。「自分をコントロールするのがとても難しく思える。気が散り、すぐ不安になる。これが毎日起きるのだ」。こうして、時間や金銭の欠乏は、人に分別のない判断をさせる。

しかし、多忙な生活を送っている人と、貧しい暮らしをしている人の間には、重要な違いがある。それは、貧困は一休みできないということだ。

インドの農村における貧しさと認知能力の実験

では、具体的に、貧困はどのくらい人を愚かにするのだろう。

「その影響は、IQが一三から一四ポイント下がるのに相当した」とシャファーは言う。「これは、一晩眠れないことやアルコール依存症の影響に匹敵する」。驚かされるのは、このすべてが、三〇年前にもうわかっていたことだ。シャファーとムライナサンは、脳スキャンのような複雑な方法は使わなかった。「経済学者は長年、貧困について研究してきたし、心理学者は長年、認知能力の限界について研究してきた」とシャファーは言う。「ぼくたちは、その二つを合わせただけなんだ」

それは数年前に始まった。彼らはアメリカの典型的なショッピングモールで一連の実験を行なった。買い物客を呼び止め、車の修理代を支払わなければならないとしたらどうするかと尋ねた。何人かには、修理代は一五〇ドルだと言い、別の何人かには、一五〇〇ドルだと告げた。一回で支払うか、ローンを組むか、残業をするか、修理を先延ばしにするか？　モールの客たちは、それについて考えながら、一連の認識力テストを受けた。修理代が高くない場合、低所得の人々の得点は、高所得の人々とほぼ同じだった。しかし、一五〇〇ドルかかると聞いた場合、貧しい人々の得点はかなり下がった。多額の損失について考えただけで、彼らは認知能力が損なわれたのだ。

その調査において、シャファーと仲間の研究者は、考え得る変数をすべて修正したが、修正しきれない要素が一つあった。それは、質問に答えた裕福な人と貧しい人は同じ人ではないということだ。理想を言えば、同じ被験者で、貧しい時と裕福な時の反応の違いを調べたかった。

シャファーは、探していたものを八〇〇〇マイル離れたインド農村部のビルプラム地区とティルバンナーマライ地区で見つけた。条件は申し分ない。それらの地区のサトウキビ農家は、年間収入の六〇パーセントを収穫直後に受け取っている。つまり、一年のある時期には裕福になり、別の時期には貧しくなるのだ。彼らは例の実験でどんな結果を出しただろう？　比較的貧しい時期、認識力テストの点数はかなり下がった。それは彼らの知能が下がったからではない。何しろ彼らはインドのサトウキビ農家の同じ人々なのだから。成績が落ちたのは、単に、精神的バンドウィズが落ちたからなのだ。

貧困の撲滅は「子どもたちが中年になるまでに採算が取れる」

「貧困の撲滅は、これまで気づかなかった大きな利益をもたらす」とシャファーは指摘する。国内総生産の測定に加えて、国内総精神的バンドウィズについても考え始める時期が来ている、と彼は示唆する。精神的バンドウィズが大きければ、より良い育児、より良い健康状態、より生産力のある被雇用者、その他諸々につながる。「欠乏との闘いは、コスト削減さえもたらすだろう」とシャファーは予測する。

そして、それがまさにグレートスモーキー山脈の南側で起きたことなのだ。カリフォルニア大学ロサンゼルス校の経済学者ランダル・アキーは、チェロキー族の子どもたちに分配されるカジノの金は、最終的に支出を削減する、と予測した。アキーの控えめな見積もりによれば、貧困がなくなると、犯罪、療養施設の利用、学校での留年がすべて減り、カジノから得る収入のトータルを上回る金がもたらされるのだ[11]。

ここで、これが社会全体に及ぼす影響を考えてみよう。イギリスの研究により、イギリスの子どもたちの貧困がもたらすコストは、年間で二九〇億ポンドを上回ることがわかった[12]。研究者らは、貧困を撲滅するための政策は「十分に採算がとれる」と予測する[13]。

五人に一人以上の子どもが貧しい暮らしの中で育つアメリカでは、すでにいくつもの研究が、貧困の撲滅が実際に経費削減の手段になることを示している[14]。カリフォルニア大学のグレッグ・ダンカン教授は、一つのアメリカ人家庭を貧困から脱出させるには、平均で年間に約四五〇〇ドルかかると算出した。カジノから、チェロキー族の一家に支払われる金額（六〇〇〇ドル）より少ない額だ。そしてこの投資は、子ども一人当たりに以下の成果をもたらす。

・勉強時間の増加：一二・五パーセント増
・福祉費用の節約：年間三〇〇〇ドル
・生涯賃金の増加：五万ドルから一〇万ドル
・州の税収の増加：一万ドルから二万ドル

ダンカンは、貧困の撲滅は「貧しい子どもたちが中年になるまでに採算が取れる」という結論を出した[15]。

　確かに、このような大問題に取り組むには、大規模な計画が必要となるだろう。二〇一三年に行われた研究の見積もりでは、アメリカの子どもの貧困にかかる経費は、一年に五〇〇〇億ドルにもなるとされた。貧困家庭で育った子どもは、裕福な家庭で育った子どもに比べて、教育期間が二年短く、年間の労働時間が四五〇時間少なく、病気になるリスクが三倍高い。教育に投資しても、これらの子どもたちの役には立たない、と研究者らは言う[16]。まずは、彼らが貧困線を越えなければならないのだ。

　近年、金銭教育の効果に関する二〇一の研究をメタ分析した結果も、同様の結論に至った。金銭教育はほとんど効果がない、というものだ[17]。誰も何も学ばないと言っているわけではない。貧しい人々は、まちがいなく賢くなれる。しかし、それだけでは足りないのだ。「それはまるで、人に泳ぐことを教えて、嵐の海に投げ込むようなものだ」とシャファーは嘆いた。

　教育がまったく無意味なわけではないが、それは社会保障の官僚的な泥沼に落ち込み、精神的バンドウィズをどうにか大きくしようともがいている人々を、わずかに手助けするだけだ。

　複雑な規則や事務手続きは、真の貧困者ではない人を選り分ける役に立つと、あなたは考えるかもしれない。だが、実際はその逆だ。真の貧困者、すなわち、すでに過剰な負担を強いられ、最も助けを必要とする人は、政府に助けを求める可能性が最も低いのだ。

　その結果、数々の計画が、本来その恩恵を受けるべき人にほとんど利用されていない。「奨学金の中には、資格のある人の三〇パーセントしか申し込まないものがある」とシャファーは言う。「数千ドル相当の奨学金にはすべてを変える力があることを、いくつもの研究が証明しているというのに」と、ある経済学者は嘆く。奨学金の申請は道理にかなったことだから、貧しい学生は申請してしかるべきだ。だが、現実はそうなっていない。奨学金という果実は、欠乏のせいで狭くなった視野のずっと外に落ちているのだ。

「注意喚起」は根本的解決にはならない

では、何ができるだろう?

シャファーとムライナサンは、可能な解決策をいくつか胸中に抱いている。例えば、貧しい学生の学資援助の事務手続きを代行したり、薬を飲むことを思い出させるために明かりがつく薬箱を提供したりすることだ。こうした種類の解決策は、「注意喚起」と呼ばれる。注意喚起は、現代の豊饒の地に暮らす政治家に受けが良い。なぜなら、コストがほとんどかからないからだ。

しかし、正直なところ、注意喚起でどれだけ改善できるのだろう? 注意喚起は、政治が主に症状を抑えることに専心していた時代の典型的な手法だ。貧困をほんのわずか軽減するかもしれないが、広い視野から見れば、何も解決していないことがわかる。わたしはコンピュータの例えに戻って、シャファーに尋ねた。メモリを増やせば簡単に解決するのに、なぜソフトウエアをいじくりまわしているのか、と。

シャファーはあきれ顔で答えた。「なんだって! より多くの金を貧困者に渡せばそれでいいと、本気で考えているのかい? 確かに、そうできればすばらしいだろう」と、シャファーは笑う。「だが、それには限界があって……左派というブランドは、アムステルダムでは手に入るが、アメリカには存在すらしていないのだ」

もっとも、金銭はそれだけでは十分とは言えず、それは分配に関しても言えることだ。「欠乏は相対的な概念だ」とシャファーは言う。「収入が足りないから欠乏を感じるのだろうが、期待しすぎというのも、欠乏感の原因になる」。簡単な話だ。もっと多くの金や時間や友人や食べ物を欲しいと思う人は、欠乏を覚える可能性が高い。そして、何を欲しいと思うかは、たいていの場合、周囲の人が何を持っているかによって決まる。シャファーが言うように、「西欧諸国で格差が広がっていることが、この点に関して大きな障害となっている」。もし多くの人が最新のスマートフォンを持っていれば、あなたもそれを欲しいと思うだろう。格差が広がり続ける限り、国内総精神的バンドウィズは縮小し続けるのだ。

アメリカンドリームが最も難しい国はアメリカ

しかし、お金こそが、幸せで健康的な生活を手に入れるための鍵ではなかっただろうか？その通りだ。しかし、国家的規模で見れば、お金の効力には限界がある。一人当たりのＧＤＰが年間約五〇〇〇ドルになるまでは、平均寿命は延びる一方だ[18]。しかし、食卓に十分な食べ物が並び、屋根から雨漏りがしなくなり、清潔な水道水が飲めるようになると、経済成長率は幸福を保証するものではなくなる。その時点からは、お金より平等が幸福のより正確な予測因子になる。

次ページのグラフ（**図４**）を見てみよう。縦軸は社会問題の発生率を示し、横軸は国ごとの一人当たりのＧＤＰだ。これらの二つの変数の間には、いかなる相関関係もないことがわかる。さらに重要なこととして、世界一裕福な超大国（アメリカ）の社会問題の発生率が、一人当た

図4

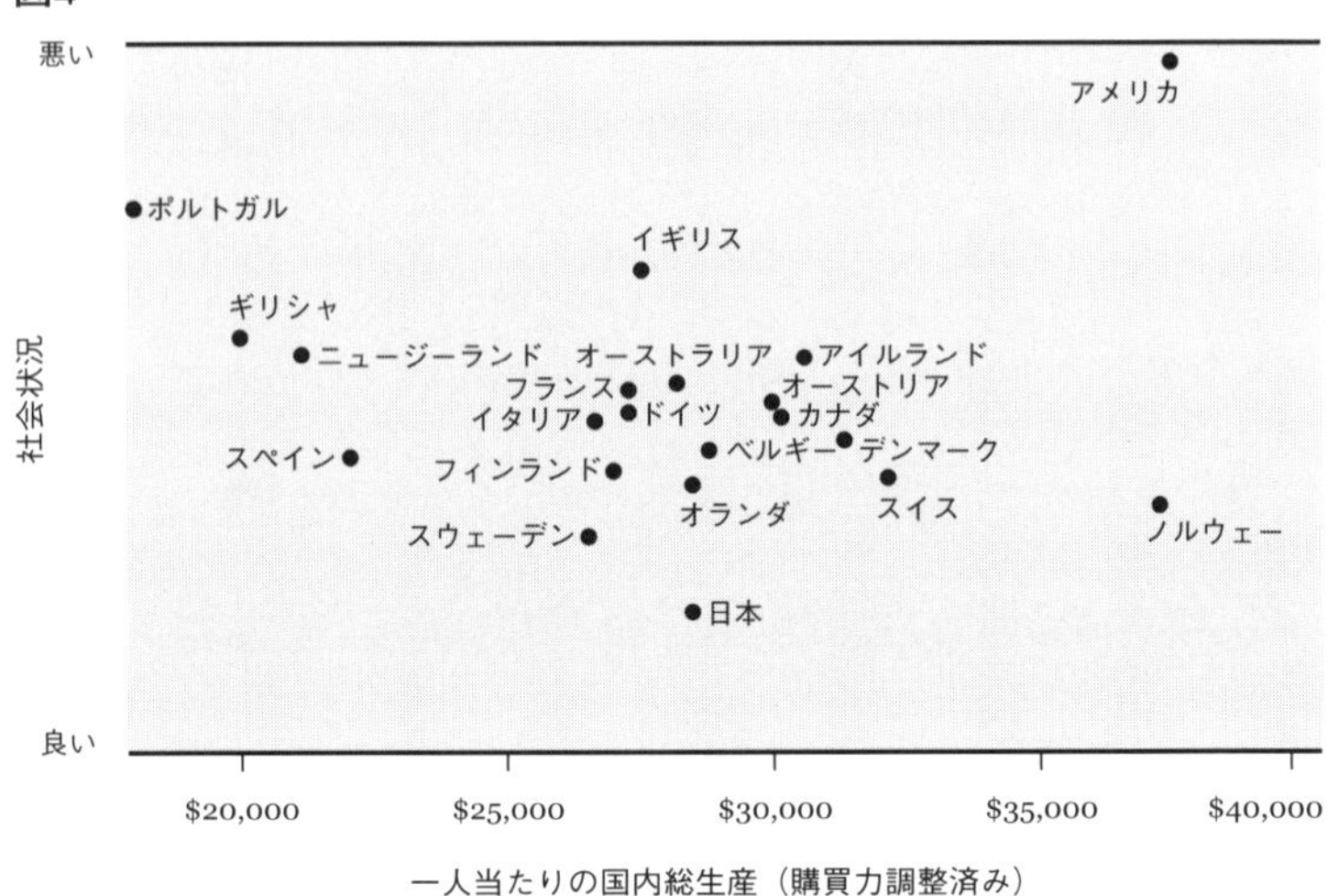

社会状況の指標には、平均余命、識字率、子どもの死亡率、殺人発生率、受刑者の総数、10代での妊娠、不況、社会的信頼、肥満、薬物およびアルコール依存症、社会の流動性・非流動性が含まれる。

出典：リチャード・ウィルキンソン＆ケイト・ピケット

りのGDPがアメリカの半分に満たない国（ポルトガル）とほぼ並んで、最悪のレベルにあることだ。「経済成長は先進諸国の物質的な状況を向上させるためにできる限りのことをした」と、イギリスの研究者リチャード・ウィルキンソンは断言する。「しかし、人は何かを手に入れれば入れるほど、それが増えるごとに……幸せでなくなっていくのだ[19]」。ここで先の図の横軸を、収入（一人当たりのGDP）から、収入格差に置き換えると、グラフは一変する（**図5**）。突然、傾向が現れ、アメリカとポルトガルが右上の角のすぐ近くに移動する。

　うつ病、燃え尽き、薬物乱用、高い中退率、肥満、不幸な子ども時代、低い投票率、社会や政治へ

図5

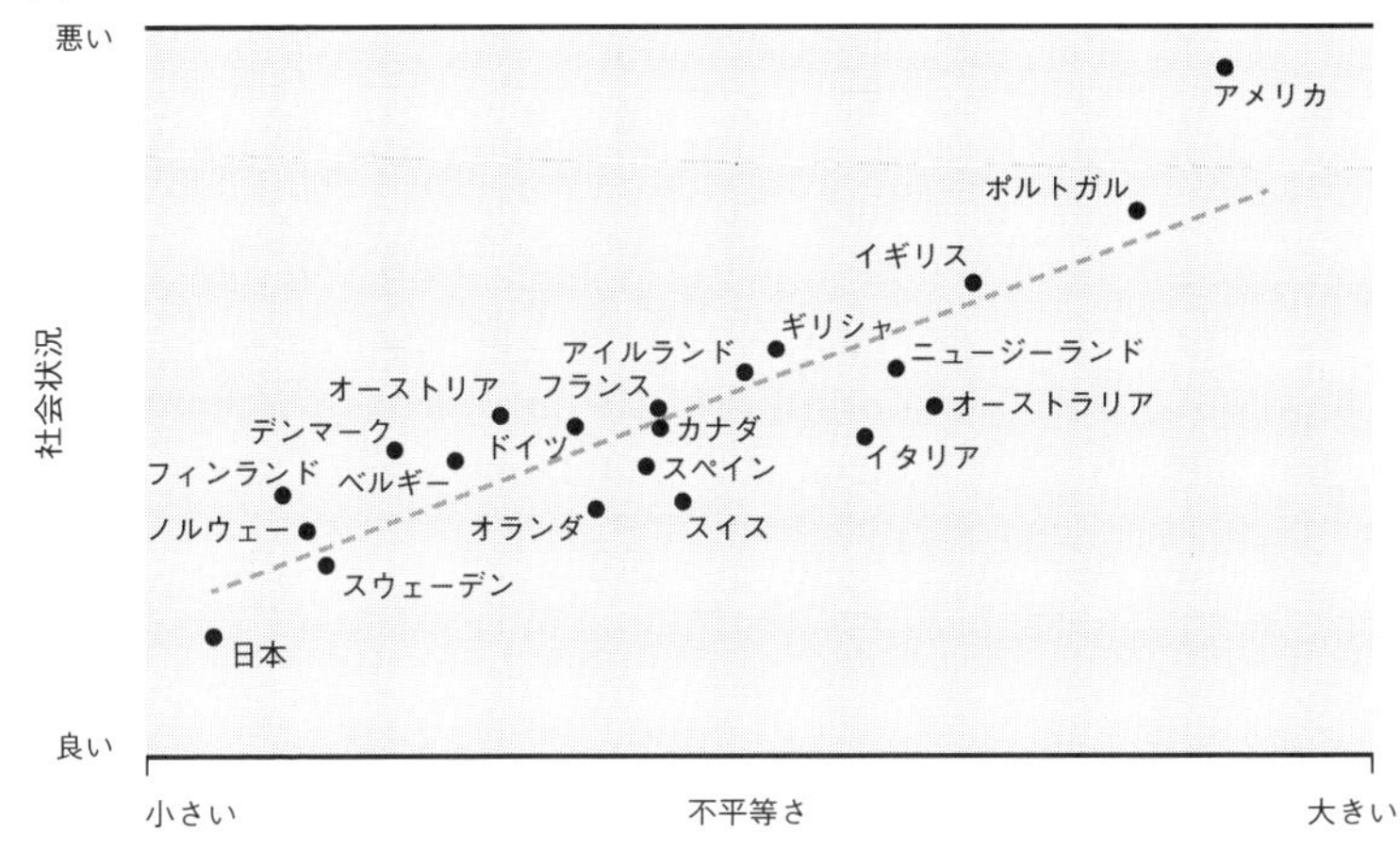

不平等さ（グラフの横軸）は各国における上位20パーセントの最富裕層と下位20パーセントの最貧困層とのギャップを示す。

出典：リチャード・ウィルキンソン＆ケイト・ピケット

の不信感、それが何であっても、データは毎回同じ原因を指し示す。不平等だ[20]。

だが、ちょっと待ってほしい。現在では、経済的に最も困窮している人でさえ、数世紀前の王様より恵まれた生活をしているのだから、何人かがとてつもなく裕福だとしても、何か問題があるだろうか？

そう、問題は多い。なぜなら、相対的貧困がすべてだからだ。国がどれだけ裕福になろうと、不平等はつきものだ。裕福な国での貧困は、どこでもほとんど誰もが貧しかった数世紀前の貧困とは全く異なる。

弱い者いじめについて考えてみよう。貧富の差の大きい国では、弱い者いじめが起きやすいが、それは、格差が大きいからだ。あるいは、ウィルキンソンが語るように、格差社会に暮らす人は他人にどう見られるかをより気にかけるので、その「心理社会的影響」のせいかもしれない。それは人間関係の質を低下させる（例えば、見知らぬ人への不信や、地位にまつわる不安という形で現れる）。結果として生じるストレスは、病気や慢性的な健康問題につながりやすい。

それはわかる——だが、富の平等より、機会の均等に関心を向けるべきではないのか？

どちらも重要だというのが実情であり、また、両者は切り離すことができない。各国のランキングを見てみよう。不平等が進むと、社会の流動性は下がる。率直に言って、現在アメリカンドリームをかなえるのが最も難しい国は、アメリカなのだ。努力して赤貧から大富豪に成り上がりたいのであれば、スウェーデンで勝負をした方がいい。そこでは今でも、貧しい環境に生まれた人がより明るい未来という希望を持つことができる。[21]

誤解しないでいただきたいが、不平等だけが困難の原因ではない。不平等は、多くの社会問題をもたらす因子の一つで、他の因子と複雑に結びついているのだ。それに、実のところ、社会は、いくらかの不平等がなければ、機能しない。懸命に働き努力して人より秀でたい、という意欲は必要であり、お金はきわめて効果的な動因になるのだ。靴職人と医者の収入が同じという社会で暮らしたいと思う人はいないだろう。仮にそういう社会で暮らしていても、病気になるリスクをあえて冒そうとする人はいないはずだ。

とは言え、現在先進諸国のほとんどすべてにおいて、不平等は適切と思える程度をはるかに超えている。近年、国際通貨基金が発表した報告書は、過度の不平等は経済成長を妨げ得ることを語っていた。[22] しかし、おそらく最も興味をそそられる発見は、不平等が大きくなり過ぎると、裕福な人々も苦しむということだ。彼らも気分が塞いだり、疑い深くなったり、その他の無数の社会的問題を背負いやすくなるのだ。[23]

二四の先進国を調査した二人の著名な科学者は言う。「比較的裕福な国々でも、収入の不均衡は、すべての人の暮らしを不幸にする[24]」

低賃金を最も好んだ「重商主義」

これは避けられないことではない。

確かに、二〇〇〇年前に、ナザレのイエスは、神の国は貧しい人々のものである、と言われた[25]。しかし、当時、すべての仕事は農業に関連していた。経済は、だれもが安心して暮らせるほど豊かではなかった。そして一八世紀になっても、貧困は生活の現実の一つだった。「貧しい人々は絵の中の影のようなものだ。なくてはならないコントラストを提供している」とフランス人医師フィリップ・エッケ（一六六一〜一七三七）は書いている。イギリスの作家アーサー・ヤング（一七四一〜一八二〇）によれば、「愚かな人以外は、下層階級の人間を貧しくしておかなければならないことを知っている。貧しくなければ、彼らは熱心に働かないだろう[26]」

歴史学者はこの見方を「重商主義」と呼ぶ。それは、ある人の損失は別の人の利益になるという見方だ。近代初期の経済学者は、国は他の国を犠牲にしなければ繁栄できないと考えた。その鍵となるのは、輸出を増やし続けることだ。ナポレオン戦争の間、このような考え方から愚かな判断がなされた。例えば、イギリスは嬉々としてフランスに食料を輸出したが、金の輸出は禁じた。敵国を滅ぼすには、食料ではなく富を欠乏させるのが一番だと、イギリスの政治家たちが考えたからだ。

重商主義者に何が最も好きかと尋ねたら、より低い賃金、と答えるだろう——低ければ低いほど良い。低賃金の労働は、国の競争力を高め、輸出の増加を導く。著名な経済学者バーナード・デ・マンデビル（一六七〇〜一七三三）の言葉を借りれば、「奴隷を使うことが許されない自由な国において、最も頼りになる富が、大勢の勤勉な貧しい人々であることは、明白だ[27]」

マンデビルは視野が狭かったようだ。すでにわたしたちは、人間であれ国であれ、富がより多くの富を生むことを知っている。ヘンリー・フォードはそれを知っていたので、一九一四年に従業員の給料を大幅に引き上げた。そうしなければ、従業員に自社の車を買わせることはできないからだ。「貧困は幸福の最大の敵である。それはまちがいなく自由を破壊し、ある種の善行を行えなくし、他の善行を行いがたくする」と、イギリスの随筆家、サミュエル・ジョンソンは一七八二年に言った[28]。彼は、同時代の多くの人と違って、貧困が人格の欠陥ではないことを理解していた。貧困とは、お金が足りないことなのだ。

路上生活者に無償でアパートを提供するユタ州

ユタ州のホームレス対策委員会の会長を務めるロイド・ペンドルトンは、二〇〇〇年代の初めに、あるアイデアを思いついた。ユタ州では、手のつけようもないほどホームレスが増加し、何千人もが、橋の下や公園や市街地の路上で寝ていた。警察と社会福祉課は手いっぱいの状態で、ペンドルトンもうんざりしていた。だが、彼にはある計画があった。

二〇〇五年に、ユタ州はホームレス撲滅キャンペーンを始めた。しかしそれは、よくあるようなスタンガンと催涙スプレーを使うものではなく、根本的な解決をはかろうとするものだった。目的は？　州のホームレスを路上から一掃すること。方法は？　無償でアパートを提供すること。ペンドルトンは、まず最も悲惨な路上生活者一七人から始めた。二年後には全員が住む場所を得ていた。ペンドルトンはキャンペーンを徐々に拡大していった。犯罪歴があっても、救いようのない薬物中毒者であっても、山のような借金を抱えていても、まったく問題にしなかった。ユタ州では、住む場所を持つことが権利になったのだ。

このキャンペーンは大成功を収めた。同じ時期に、隣接するワイオミング州では路上生活者の数が二一三パーセントも増えたが、ユタ州では慢性的なホームレスは七四パーセント減少した。しかも、ユタ州は超保守的な州だ。かねてよりユタ州には、ティーパーティー運動（保守派の草の根運動）の支持者が大勢いるが、ペンドルトンは厳密には急進派ではない。「わたしは大牧場で育った。そこでは人は一生懸命働くことを学ぶ」とペンドルトンは振り返る。「ホームレスたちには仕事に就くようにといつも言っていた。それが彼らに必要なすべてだと思っていたからだ[29]」

彼がその考えを変えたのは、ある会議で財政上の話を聞いたのがきっかけだった。無料の家を与えた方が、経済的には州のプラスになることがわかったのだ。州の経済学者は、路上生活者は州政府に（社会福祉課、警察、法廷等々の費用として）一人当たり年間一万六六七〇ドルの負担をかけていると算定した。対して、アパート代と専門家によるカウンセリング代の合計は、より安い一万一〇〇〇ドルなのだ[30]。

数字は明らかだ。現在、ユタ州は慢性的なホームレスの根絶を目指して、順調に前進している。同州は、アメリカで初めて、この問題への取り組みで良い結果を出した。しかも、大金を節約しながらである。

オランダでも六五〇〇人のホームレスが姿を消した

貧困と同じく、ホームレス問題は解決するにこしたことはない[31]。この「ハウジング・ファースト」戦略は、すでに世界に広まっている。二〇〇五年のオランダでは、アムステルダムやロッテルダムの繁華街を歩くと、必ず路上生活者を見かけたものだった。特に駅の周辺のホームレスは厄介で、その排除にはコストがかかった。そのため、ユタ州でペンドルトンが例の取り組みを始めると、オランダでは、自国での解決策を練るために、主要都市のソーシャル・ワーカーと役人と政治家が招集された。

予算：二億一七〇〇万ドル。
目標：路上にホームレスが一人もいなくなるようにすること。
実施場所：まずアムステルダム、ロッテルダム、ハーグ、ユトレヒトから。それに続いて、国内全域。
方法：カウンセリングと、やはり、全員に無料の家を提供すること。
期間：二〇〇六年二月から二〇一四年二月まで。

これは大成功を収めた。ほんの数年で、大都市の路上生活者の問題は六五パーセント解消した。薬物使用は半減した。恩恵を受けた人々の精神面と身体面の健康は著しく改善し、公園のベンチはついに空っぽになった。二〇〇八年一〇月一日までに、約六五〇〇人のホームレスが路上からいなくなった[32]。そして、なによりも、社会が得た経済的利益は、投入した金額の二倍にのぼった[33]。

そこに金融危機が訪れた。ほどなく、予算が削られ、住居から追い出される人が増えた。予定されていた計画終了の三カ月前にあたる二〇一三年一二月、オランダ統計局が厳しい報告を新聞紙上で発表した。それは、国内全域でホームレスの数が過去最多になったという内容だった。大都市の路上生活者は、計画が始まった時より多くなった[34]。そしてこの問題は、解決するのに膨大な資金を必要とした。

具体的にはいくらかかるのか？　二〇一一年に、オランダ健康・福祉・スポーツ省は、その金額を算定するための調査を委託した。その結果報告は、ホームレス支援（無料の住まいと援助計画、無料のヘロイン、予防事業を含む）は、資金投資に対して最高の利益をもたらすというものだった。オランダでホームレスをなくしたり防いだりするために使われる資金は、社会福祉課や警察や裁判費用の出費を節約することによって、投資金額の二倍から三倍の利益を導くというのだ[35]。

「救済は路上生活より望ましく、費用がかからない」と研究者たちは結論づけた。さらに、その報告は政府の節約だけに目を向けていたが、ホームレスの問題が解決すれば、企業や住民にとっても利益になるのは言うまでもないことだ。

要するにホームレス救済は、誰もに利益をもたらす政策なのである。

貧困と闘うことは良心に従うだけでなく、財布にも良い

政治家がその解決に強硬に反対する問題は多い。しかしホームレス問題の解決は、その一つであってはならない。それは解決できる問題なのだから。さらに重要なことに、解決すれば、

その問題に投じてきた資金が浮く。あなたが貧しければ、あなたにとって最大の問題はお金がないことだ。あなたがホームレスなら、最大の問題は住む場所がないことだ。因みに、ヨーロッパでは、空き家は、ホームレスの数の二倍ある。[36] アメリカでは、家のない人、一人に対して、だれも住んでいない家が五軒ある。[37]

残念ながら、わたしたちは病気を治そうとせず、症状を抑えることばかり考えている。警察は浮浪者を追い回し、医師はホームレスを治療しても路上に戻し、ソーシャル・ワーカーは化膿した傷口に絆創膏を貼るようなことばかりしている。ユタ州でかつて会社の重役だったペンドルトンは、別の方法があることを証明した。早くも彼は、ワイオミング州でもホームレスに家を与える取り組みを進めている。「彼らは、わたしたちの兄弟姉妹なのです」と、ペンドルトンはワイオミング州カスパーで開かれた会議で述べた。「彼らが苦しんでいるとき、わたしたちも共同体として苦しんでいます。わたしたちは皆、つながっているのです[38]」

もし、このメッセージを読んでも良心が痛まないのなら、それが生み出す金銭的意味について考えていただきたい。なぜなら、あなたが話題にしているのがオランダの浮浪者であろうと、インドのサトウキビ農家の人々であろうと、チェロキー族の子どもたちであろうと、貧困と闘うことはわたしたちの良心に従うだけでなく、財布にとっても良いことなのだ。コステロ教授が淡々と述べているように、「それは、社会が学ぶべき非常に価値のあるレッスンである[39]」

第三章　貧困は個人のＩＱを一三ポイントも低下させる

第三章　貧困は個人のＩＱを一三ポイントも低下させる　まとめ

・「欠乏の心理」がもたらす悪影響は、そのメリットをしのぐ。欠乏はあなたの気持ちを、差し迫った不足に集中させる。五分後に始まる打ち合わせ、翌日に迫った支払いなど。そこでは長期的な視野は完全に失われる。

・新型のコンピュータに、一〇の重いプログラムを並行処理させることを想像してみよう。動きはだんだん遅くなり、エラーが発生し、ついにはフリーズしてしまう。貧しい人々の状況もそれによく似ている。彼らが愚かな判断をするのは、愚かだからではない。愚かな判断に追い込まれる環境で暮らしているからだ。

・実際に貧困による影響は、ＩＱが一三から一四ポイント下がるのに相当した。

・英国の研究により、英国の子どもたちの貧困がもたらすコストは、年間で二九〇億ポンドを上回ることがわかった。研究者らは、貧困を撲滅するための政策は「十分に採算がとれる」と予測する。

・すでに過剰な負担を強いられ、最も助けを必要とする人は、政府に助けを求める可能性が最も低い。「奨学金の中には、資格のある人の三〇パーセントしか申し込まないものがある」と心理学者シャファーは言う。奨学金という制度は、欠乏で狭くなった視野のずっと外にあるのだ。

・近年、国際通貨基金が発表した報告書は、過度の不平等は経済成長を妨げ得ることを語っている。しかし、最も興味をそそられる発見は、不平等が大きくなり過ぎると、裕福な人々も苦しむことになることだ。彼らも気分が塞いだり、疑い深くなったり、その他の無数の社会的問題を背負いやすくなる。

・ホームレスに無償でアパートを提供する「ハウジング・ファースト」戦略。ユタ州では七四パーセントのホームレスが減少。その結果、州の財政負担も軽減された。

・「ハウジング・ファースト」戦略はオランダの都市でも行われ、ホームレス支援の資金投資に対して、二〜三倍の利益を導くことが分かった。

・ホームレス問題は解決できる。解決すれば、問題に投じてきた金額が浮く。貧困と闘うことはわたしたちの良心に従うだけでなく、財布にとっても良いことなのだ。

過去を忘れる者は、過去を繰り返す運命にある。

——ジョージ・サンタヤーナ（一八六三〜一九五二）

第四章　ニクソンの大いなる撤退

六〇年代初頭、ベーシックインカムは、フリードマンのような右派からガルブレイスのような左派まで大きな支持を得ていた。それを潰したのは一部の保守派が持ち出してきた一九世紀英国での失敗だった。ニクソンに渡された報告書

一九七〇年代におけるベーシックインカム盛衰史

歴史とは、日々の生活に役立つ手頃で安直な教訓を提供する学問ではないが、過去を振り返ることは、今直面している試練をより広い視野で見ることを可能にする。その試練が、蛇口の水漏れであれ、政府の債務であれ。つまるところ、過去においてはほぼすべてが今より悪かったのだから。しかし、かつてない速さで変化しているこの世界では、過去がますます遠く思えるのも事実だ。わたしたちと、過去という見知らぬ世界、わたしたちにはほとんど理解できない世界との溝は深まる一方だ。「昔日は異国である」と、かつてある小説家は記した。「そこでは人々の行動は今とは違っていた[1]」

たとえそうだとしても、現在のわたしたちの苦しみについて、歴史家は広い視野を越えた何かを提供するべきだ。わたしたちが過去と呼ぶ異国は、地平線のはるか先を見せ、何ができる

かを教えてくれる。無条件のベーシックインカムについても、一九七〇年代におけるその盛衰を辿ることができるというのに、なぜ諸説を語る必要があるだろう。

新しい夢をさがすにしても古い夢を再発見するにしても、過去を振り返らずに前に進むことはできない。過去は、ぼんやりとしたものがはっきりと形になり、わたしたちがすでに豊饒の地に暮らしていることを確認させてくれる唯一の場なのだ。過去はシンプルながら重要な教訓を教えてくれる。それは、現状は変えられるということだ。世界の現状は、ルールのある進化の結果ではない。それは歴史上のささやかながら重大な歪みやねじれの結果なのだ。

歴史家は、進歩や経済が確固たる法則に則って着々と進むとは考えていない。なぜならこの世界を動かすのは、抽象的な力ではなく、独自の進路を指し示す人々であるからだ。だからこそ、過去は広い視野をもたらすのみならず、わたしたちの想像力を駆り立てる。

無条件収入を保障する法律に着手していたニクソン

過去が少し変われば、現状は変わり、貧困は必要悪ではなくなっていたかもしれない。その証拠になる話があるとすればそれは、イギリスのスピーナムランド制度である。

一九六九年の夏、フラワーパワー、ウッドストック、ロックンロール、ベトナム戦争、マーティン・ルーサー・キング・ジュニア、そしてフェミニズムをもたらした一〇年が終わろうとしていた。あらゆることが可能に思われた時代であり、保守派の大統領が社会保障を増強するというようなことも起きた。

リチャード・ニクソンは、トマス・モアが描いた古風なユートピアの夢を追うような人ではなかったが、歴史は時として奇妙なユーモアのセンスを見せるものだ。一九七四年にウォーターゲート事件を受けて辞職を余儀なくされたニクソンが、一九六九年には、すべての貧困家庭に無条件に収入を保障する法律を成立させようとしていた。その法案が可決されれば、貧困との闘いは大きく前進するはずだった。それは、例えば家族四人の貧困家庭には、年一六〇〇ドル（二〇一六年の貨幣価値に換算すると約一万ドル）の収入を保障するものだった。

だがひとりの人物が、この流れが向かう先には、お金を持つことが基本的権利と見なされる社会が待っていることに気づきはじめた。それは大統領補佐官のマーティン・アンダーソンで、彼はこの計画に猛反対した。アンダーソンが崇拝する作家のアイン・ランドは、自由市場を軸とする世界こそがユートピアだとした。そして、ベーシックインカムという概念は、ランドが描く小さな政府と個人の責任という理想に反するものだった。

そこでアンダーソンは無条件収入の法案への攻撃に着手した。

ニクソンが計画を公表しようとしたその日に、アンダーソンはニクソンに報告書を手渡した。そのわずか六ページの報告書は、一五〇年前にイギリスで起きたことについてのものだったが、以後数週間で、予想外の大きな働きをした。ニクソンの考えを完全に変え、歴史の流れを変えたのだ。

一九世紀スピーナムランド制度の影

報告書のタイトルは「家族保障制度小史」で、社会学者カール・ポランニーが一九四四年に書いた古典的著書、『大転換』（東洋経済新報社、二〇〇九年）からの引用が大半を占めていた。その著書の第七章で、ポランニーは、世界初の社会保障制度の一つである一九世紀のスピーナムランド制度について記している。この制度は奇妙なほどベーシックインカムに似ていた。ポランニーによるスピーナムランド制度の評価は、きわめて厳しかった。その制度は、貧乏人を怠けさせて、彼らの生産性と賃金を大いに下げたばかりか、資本主義の根幹さえ揺るがした。「その制度は『生きる権利』のみならず、社会と経済の変革をもたらし……一八三四年に廃止されるまで、競争力のある労働市場の確立を阻んだ」とポランニーは記している。彼によると、最終的にスピーナムランド制度によって「大衆はますます貧しくなり、もはや人間とも呼べない存在になった」。ポランニーによるとスピーナムランド制度がもたらしたのは、土台となる床ではなく、成長を阻む天井だったのだ、とアンダーソンは結論づけた。

しかもその報告書の冒頭には、スペイン系アメリカ人作家ジョージ・サンタナーヤの言葉が引用されていた。「過去を忘れる者は、過去を繰り返す運命にある」[2]

大統領は愕然とした。さっそく信頼する顧問を招集し、一五〇年前にイギリスで起きたことの真相を探るよう命じた。彼らは大統領に、シアトルとデンバーで行なったベーシックインカム制度のパイロット・プログラム（事前実験）の結果を報告した。どちらでも、受給者が怠惰になる兆候は見られなかった。さらに顧問らは、スピーナムランド制度はむしろ、ニクソンが前政権から受け継いだ社会的支出の混乱に似ていると指摘した。その混乱のせいで、人々は貧困の悪循環に陥っていたのだ。

顧問団の筆頭を務める、社会学者で上院議員のダニエル・モイニハンと経済学者のミルトン・フリードマンは、所得を得る権利は、たとえそれが「社会が非難しようとしてきた法的資格」であるとしても、確かに存在する、と主張した。[3] フリードマンは、貧困とは金のないことであり、それ以上でも以下でもない、と述べた。

世論の反発を生んだニクソンのレトリック

この一九六九年の夏の後も、スピーナムランド制度の影は払拭されなかった。ニクソンは方針を転換し、新たなレトリックを使い始めた。当初、ベーシックインカム計画に、受給者に仕事をさせるという規定はなかったが、ニクソンは、収入を得られる仕事に就くことを重視しはじめた。また、前政権のジョンソン大統領のもとでのベーシックインカムの議論は、失業が疫病のように広がっていくことへの懸念から始まったのに対して、ニクソンは、失業をひとつの「選択」と表現した。また、ベーシックインカム計画は一三〇〇万人以上のアメリカ人（その九〇パーセントがワーキングプア）に現金の援助を施そうとするものであったにもかかわらず、ニクソンは大きな政府の出現を嘆いてみせた。

「ニクソンは、かつてないタイプの社会保障制度をアメリカの大衆に提案しようとしていた」と歴史家のブライアン・ステッィーンズランドは記している。「しかし彼は、それを理解するための概念的な枠組みを大衆に提供しなかった[4]」。実のところニクソンは、その進歩的なアイデアを、保守的なレトリックで語ったのだ。

大統領は一体何をしようとしているのか、と人々が疑問に思ったのも当然だった。

それを説明する短い逸話がある。同年八月七日、ニクソンは顧問のモイニハンに、イギリス首相ベンジャミン・ディズレーリと政治家ランドルフ・チャーチル（ウィンストン・チャーチルの父）の伝記を読んでいるところだ、と語った。「保守党員とリベラル政策が世界を変えたのだ」とニクソンは言った。[5] ニクソンは歴史を作ろうとしたのだ。自分は今、旧体制を捨て去り、数百万人のワーキングプアを救い、貧困との戦いに決定的な勝利を収めるチャンスを差し出されている、と彼は考えていた。要するにニクソンはベーシックインカムを、保守的政策と進歩的政策がついに手を結んだものと見なしていたのである。

ニクソンがすべきことは上下両院の説得だった。そこで彼は、仲間の共和党員を安心させ、スピーナムランド制度という先例に対する不安を消すために、法案に追加の条項を加えた。ベーシックインカムを受給する失業者に、労働省に登録する義務を課したのだ。ホワイトハウスには、この条項が大きな影響をもつことを予想した人はいなかった。「就労の要請はたいしたことではない」とニクソンは内々に語った。「一六〇〇ドルもらうための代償だよ」[6]

翌日、大統領はテレビ中継された演説でその法案を発表した。ベーシックインカムを議会に通すために、福祉（ウエルフエア）と勤労福祉制度（ワークフェア）（社会保障給付金を支給する代わりに就労を義務づけること）をセットにしなければならないなら、そうするまでだ。ニクソンが予見できなかったのは、貧困層と失業者の怠惰さと戦うという彼のレトリックが、世論をベーシックインカムへの反対、ひいては、福祉国家全体への反対に向かわせたことだ。[7] 進歩的なリーダーとして歴史に名を残すことを夢見たこの保守派の大統領は、一九世紀のイギリスから続くステレオタイプ――貧困層は怠け者という通説――を打破する稀な機会を失ったのだった。

このステレオタイプを追い払うには、わたしたちは歴史に対してシンプルな問いをすべきだ。実際のスピーナムランド制度はどうだったのか、と。

経済学者マルサスの反論と予言

スピーナムランド制度が実施された一七九五年に戻ろう。

フランス革命は六年にわたって欧州大陸を動揺させた。イギリスもその余波を受け、社会不満が爆発寸前に達していた。一七九三年には、南フランスのトゥーロン攻囲戦でイギリス軍が若き将軍ナポレオン・ボナパルトに大敗を喫した。イギリスの悪運は続き、前年からの凶作のせいで穀物が不足し、大陸から輸入できる見込みもなかった。穀物価格が上昇し続けるなか、革命の脅威がイギリスの海岸にかつてないほど大きく迫ってきた。

イギリス南部のある地域では、もはや抑圧とプロパガンダだけでは大衆の不満を抑えきれなくなっていた。そこで一七九五年五月六日に、バークシャー州スピーナムランド村の行政官らが集まり、貧困層への支援を急ぐことに合意した。かくして、「勤勉ながら貧しい男性とその家族」の所得は、最低限の生活ができる水準（パンの価格と家族数から算出した）まで収入を補填されることになった[8]。

公的救済プログラムはこれが最初ではなかったし、イギリス初というわけでもなかった。女王エリザベス一世の治世には、救貧法により二種類の支援が導入された。一つは、当然支援されるべき貧者（高齢者、子ども、障害者）に対するもので、もう一つは、労働を促すべき人々に対するものだった。最初のカテゴリーの人々は救貧院に収容され、第二のカテゴリーの人々は、競売によって地主に売られ、地方自治体が、合意された最低基準まで賃金を補填した。スピーナムランド制度は、一五〇年後にニクソンが熱望したように、この区別に終止符を打った。

以後、貧困者は、ひとまとめに貧困者と見なされるようになり、困窮している人は皆、救われる権利を得た。

スピーナムランド制度はたちまちイギリス南部全域に広まった。当時の首相、ウィリアム・ピット（小ピット）は、それを国の法律にしようとさえした。どう見てもそれは大成功で、餓えと困窮は減り、さらに重要なこととして、革命の芽を蕾のうちに摘み取ることができた。だが、貧困層を支援するという考えに疑問を呈する人々もいた。スピーナムランド制度に一〇年も先立つ一七八六年に、教区牧師のジョゼフ・タウンゼンドはその著書『救貧法に関する論考（Dissertation on the Poor Laws）』において、「貧者を労働に駆りたて奮起させるのは餓えのみであるにもかかわらず、わが国の法律は、彼らは決して飢えてはならないと謳っている」と、注意を喚起した。またキリスト教執事を目指したこともある経済学者のトマス・マルサスは、このタウンゼンドの考えを詳細に論じた。産業革命を目前にした一七九八年の夏、マルサスは、進歩の道を塞ぐ「わたしには到底越えられそうにないと思える大いなる困難」について詳述した。彼の論は二つのことを前提とした。それは、（1）人間が生きるためには食糧が必要である、（2）男女間の欲情を消すことはできない、というものだ。

そして彼の結論は？ 人口増加がかならず食糧生産を上回る、というものだ。信心深いマルサスによれば、ヨハネの黙示録の四騎士が戦争、飢饉、疫病、死をふりまくのを防ぎ得る唯一の方法は、禁欲だった。実のところマルサスは、イギリスは一三四九年から一三五三年までに人口を半減させた黒死病に匹敵するほどの危機に瀕している、と考えていた。[9]

いずれにせよ、貧困層を支援すると悲惨な結果に終わるはずだ。スピーナムランド制度のせいで、国民はできるだけ早く結婚し、多く子どもを持とうとするようになる、とマルサスは予測した。彼の親友で経済学者のデイビッド・リカードは、所得保障制度は勤労意欲を低め、食糧生産量をさらに減少させ、イギリスでフランス流の革命の火を燃え上がらせるに違いないと考えていた。[10]

スピーナムランド制度は「大失敗だった」？

一八三〇年の夏の終わりに、予言されていた暴動が起きた。各地で数千人の農民が、「パンか血か」と叫びながら地主の収穫機械を破壊し、生活できるだけの賃金を要求した。当局は厳しく取り締まり、二〇〇〇人を逮捕し、投獄し、国外追放し、あるいは死刑に処した。

ロンドンでは、政府の役人は何らかの手だてが必要だと悟った。農業労働の状況、地方の貧困、そしてスピーナムランド制度について、全国的な調査が始まった。一八三二年の春には政府による史上最大規模の調査が行われ、調査官は何百人もから話を聞き、大量のデータを集めた。報告書は一万三〇〇〇ページにも及んだ。だがその結論は、一言に要約できる。スピーナムランド制度は大失敗だった、と。

この王立委員会の調査官らは、スピーナムランド制度は、人口の激増や賃金カットや不道徳な行為を招き、とりわけイギリスの労働階級の劣化を導いた、と非難した。そして望み通り、その制度が廃止されると、調査官らはすぐに以下のことを記した。

1　貧困層がふたたび勤勉になった
2　貧困層が「倹約の習慣」を身につけた
3　「貧困層の労働力に対する需要」が増した

4　貧困層の賃金が「全体的に上がった」
5　貧困層の「不用意で不幸な結婚」が減少した
6　貧困層の「道徳的社会的状況があらゆる点で改善した」[11]

この王立委員会の報告書は、広く読まれ、支持された。そしてその後も長く、新興の学問分野である社会科学の権威ある資料となり、歴史上初めて政府が複雑な意思決定のために組織的にデータを集めたものと見なされた。

カール・マルクスですら、三〇年後にその最高傑作『資本論』の中で、スピーナムランド制度を非難する論拠としてこの報告書を利用している。マルクスから見れば、救貧法は、雇用主が賃金をできるだけ低く抑えて、その責任を地方政府に押しつけるための作戦であった。友人のフリードリヒ・エンゲルスと同様に、マルクスは古い救貧法を封建制度の遺物と考えていた。貧困という束縛から労働者階級を解放するには、所得保障制度ではなく革命が必要だと彼は訴えた。

スピーナムランド制度を批判する人々は、マルクスという並外れた後ろ盾を得た。その結果、左派から右派まですべての人が、この制度を歴史の失敗と見なすようになった。二〇世紀に入ってもジェレミ・ベンサム、アレクシ・ドゥ・トクヴィル、ジョン・スチュアート・ミル、そしてとりわけカール・ポランニーといった著名な思想家が、この制度を非難した。[12] スピーナムランド制度は、善意に基づくものでありながら人々を地獄へと導いた政府の計画の典型例とされた。

一五〇年後に捏造が発覚した報告書

だが、話はそれで終わりではなかった。

一九六〇年代から七〇年代になると、歴史家らはスピーナムランド制度についての王立委員会の報告書を見直し、そこに記された報告の大半が、データの収集前に書かれたものであることを突き止めた。配布された質問状のうち、回答されたのはわずか一〇パーセントだった。さらに、質問は誘導的で、選択肢が限られていた。しかも聞き取りの対象者には、受益者がほとんど含まれていなかった。そこに書かれた証拠は、大半が地元の名士、特に牧師から出されたもので、彼らは一般に、スピーナムランド制度によって貧者はより狡猾になり、怠惰になると考えていた。

つまり、王立委員会の報告書は大部分が捏造されたものだったのだ。しかしそれは、新たな過酷な救貧法の土台となった。委員会の秘書を務めたエドウィン・チャドウィックは、調査を始める前から「新たな救貧法が念頭にあり」、狡猾にも堅牢な証拠をいくつか手に入れた、とさえ言われている。委員会のメンバーによると、チャドウィックは、「一足の靴から素晴らしい煮込料理を作るフランス人シェフのように」、自らが望むことを証人に語らせる卓越した能力に恵まれていたそうだ[13]。

調査官らは、『調査結果』をより重々しく見せるために、詳しい付録をつけたが、データの分析にはほとんど関心がなかったようだ」、と現代の研究者二人は記している[14]。彼らの手法は、一九六〇年代と七〇年代にカナダとアメリカで行われた実験（第二章参照）の厳密な手法には遠く及ばなかった。二〇世紀に行われたそれらの実験は、革新的で正確だったが、社会的影響はほとんどなかった。それに対して王立委員会の報告書は、似非科学に基づいていたにもかかわらず、一五〇年後にニクソン大統領の方針さえ変えたのだった。

さらに最近の研究により、スピーナムランド制度は実際には成功だったことが明らかになった。スピーナムランド制度のせいで貧しい人々は子どもを増やすようになる、というマルサスの予測は間違っていた。むしろ、貧困層が子どもを増やしたのは、労働力にするためだった。当時、子どもは歩く貯金箱のようなもので、彼らの稼ぎが親にとってはある種の年金になっていたのだ。現在でも、貧困が解消されるとすぐ出生率は低下し、人々は将来に向けて投資する別の方法を探しはじめる[15]。

また、ベーシックインカムは革命を導くというリカードの分析も間違っていた。スピーナムランド制度に貧困が貧困を招くという罠はなく、受給者は働いて収入が増えても、少なくとも部分的には、給付金をもらい続けることができた[16]。そのためベーシックインカムがさらなる貧困を招くようなことにはならず、その制度は最も貧困に苦しむ地域で採用された[17]。実のところ、一八三〇年の農村の不穏な状況を引き起こしたのは、スピーナムランド制度ではなく、一八一九年に経済学者のデイビッド・リカードが金本位制に戻ることを提案したことだったのだ[18]。

マルクスとエンゲルスも間違っていた。十分な労働力を確保したい地主たちは互いに競いあったので、賃金の引き下げなど起こりえなかった。それに加えて、現代の歴史的研究により、スピーナムランド制度はかつて考えられていたほど広域で実施されたわけではないことが、明らかになった。そして、この制度が適用されなかった村も、等しく金本位制と北部の産業の到来と脱穀機の発明によって苦境に立たされた。脱穀機は小麦の粒ともみがらを分ける機械だが、その登場によって数千の仕事が一気に消滅し、労働者は収入を奪われ、救貧法の費用は膨張した。

この間ずっと、農業生産量は着実に増加し、一七九〇年から一八三〇年までの間に約三パーセント増となった[19]。食料はそれまでより増えたのだが、それを買える人は減った。それは彼らが怠け者だったからではなく、機械との戦いに負けたからだ。

非道な救貧院への押し込め

一八三四年にスピーナムランド制度は完全に廃止された。一八三〇年の暴動は、この制度がなければもっと早くに起きていたかもしれないのだが、結局それが、この史上初となる現金給付制度の運命を決め、貧しいのは貧しい人自身の責任だという見方が定まった。イギリスでは、以前は歳入の二パーセントが救貧法に当てられていたが、一八三四年以降、わずか一パーセントに減った[20]。

その後制定された新たな救貧法は、おそらく史上類を見ない最も非道な「公的支援」を導入した。王立委員会は、怠惰で腐敗した貧民を矯正するには救貧院に入れるしかないと考え、貧しい人々をそこに押し込め、砕石から踏み車に至る無機質な奴隷労働を課した。そしてその間ずっと、貧困層は餓えに苦しんだ。アンドーヴァーの救貧院では、粉砕して肥料にするための骨をかじる人さえいた。

救貧院に入る際、夫婦は別々にされ、子どもは親から引き離されて二度と会うことはなかった。女性は妊娠しないように餓えさせられた。チャールズ・ディケンズは、この時代の貧困層の苦境を描いて名声を得た。少年たちが粥を日に三杯、玉葱を週に二個、薄切りパンを週に一枚しか与えられない救貧院で、幼いオリヴァー・トゥイストは「お願いです、もう少しお粥をください」と頼む。このように救貧院は貧しい人々を支援するどころか、さらに痛めつける場所であったため、貧しい人々は失業を恐れ、雇用主は非道なまでに賃金を低く抑えることができた。

いっぽう、スピーナムランド制度の失敗という伝説は、自己調整する自由市場というアイデアを広める上で重要な役割を果たした。二人の現代の歴史家によると、その伝説は「政治経済学という新たな学問の、最初の政策上の大失敗を隠す」のに役立った。[21] 大恐慌が終わってようやく人々は、リカードの金本位制への執着がいかに近視眼的であったかを悟った。最終的に、完全に自己調整的な市場というのは、幻想にすぎないことが証明された。

実のところスピーナムランド制度は、貧困に取り組む効果的な手段だったのだ。猛烈なスピードで変化する世界にあって、この制度は安心をもたらした。「その制度は、景気を抑制するどころか、景気拡大をもたらした」と、後の研究は結論づける。[22] ケンブリッジ大学の歴史学者、サイモン・シュレターーは、イギリスは、貧困撲滅のための法律を原動力として、世界の大国になった、とさえ主張する。昔の救貧法とスピーナムランド制度は、労働者の収入保障と流動性を高めることで、イギリスの農業産業を世界一効率の良いものにした、とシュレターーは語る。[23]

クリントンの社会保障制度改革へ続く道

政治家はしばしば、過去に学ばないことを非難される。しかしニクソンの場合は、過去に学びすぎたようだ。致命的な報告書が出されてから一五〇年後でも、スピーナムランド制度の伝説は生きのびていた。ニクソンの法案が上院で暗礁に乗り上げると、保守的な思想家らが、一八三四年に語られた誤った主張をそのまま用いて、福祉国家を強く非難しはじめた。

　こうした主張は、ジョージ・ギルダーの『富と貧困』（日本放送出版協会、一九八一年）に反映された。ベストセラーになったその著書においてギルダーは、貧困は怠惰と悪徳に根ざす道徳的問題だと主張し、その論はレーガン大統領に何度も引用された。ギルダーの主張は、数年後に出版された保守系社会学者、チャールズ・マレーの著書『ルージング・グラウンド（Losing Ground）』にも登場した。マレーはスピーナムランド制度の伝説を再び持ち出し、社会に影響を与えた[24]。彼は、公金による支援は、貧困層の性のモラルと労働倫理を弱めるだけだと論じた。

　そこかしこにタウンゼンドとマルサスが顔をのぞかせているような状況だったが、ある歴史家が正しく言い切ったように、「貧しい人々がいるところには必ず、彼らは劣っていて役に立たないことを論証しようとする富裕な人々がいるものだ[25]」。ニクソンの顧問を務めたダニエル・モイニハンでさえ、ベーシックインカム制度に不信感を抱くようになった。シアトルでの社会実験において離婚率の急増が報告されたからだ。もっとも、後にそれは計算上の誤りだったとわかるのだが[26]。かつてはこの構想に好感を抱いていたカーター大統領も同様だった。

　アイン・ランドを信奉するマーティン・アンダーソンは、勝利を確信した。「過激な福祉制度改革は、実現不可能な夢だ」と誇らしげに語ったことを、『ニューヨーク・タイムズ』は報じた[27]。一八三四年にイギリスがスピーナムランド制度を廃止したように、古い社会保障制度を廃止すべき時が来ていた。一九九六年には民主党大統領ビル・クリントンがついに「旧来の社会保障」への支援を打ち切った。一九三五年に社会保障法が成立して以来初めて、貧困層への支援が国の義務ではなく好意と見なされるようになった。「個人の責任」が流行語になった。社会が自立性を高めるにつれて、個人も自立が求められるようになったのだ。その象徴と言えるのが、シングルマザーの「貞操教育」に二億五〇〇〇万ドルが投じられたことだ。[28] 貞節を重んじるマルサスなら、諸手を上げて賛成したことだろう。

中には少数ながら、ベーシックインカム制度の却下に反対する人もいた。と言っても、その制度がすばらしいからというわけではなく、ないよりましと考えたからだ。[29] その一人がダニエル・モイニハンで、当初の懸念はさておき、福祉がこれ以上空洞になれば、子どもの貧困が拡大すると彼は予見した。クリントン政権について、「彼らは恥じるべきだ。やがて歴史が、彼らを恥じ入らせるだろう[30]」とモイニハンは断じた。実のところ、アメリカの子どもの貧困は、モイニハンが貧困との闘いに着手した一九六四年のレベルにまで戻ってしまった。

もしニクソンの計画が実行されていたら?

あるいは、結果は違っていたかもしれない。

プリンストン大学の歴史学者ブライアン・スティーンズランドは、アメリカにおけるこれまでのベーシックインカムの上昇と下降を細かく追跡し、ニクソンの計画が実現していたら、影響は大きかったはずだと主張する。公的支援プログラムは、怠惰な日和見主義者に迎合するものとは見なされなくなり、支援を受ける「資格がある」貧困層、「資格のない」貧困層といった区別もなくなったはずだ、と。

資格の有無という区別は、エリザベス一世時代の救貧法に根ざすもので、現在にいたるまで貧困のない世界への道を塞ぐ大きな障害の一つになっている。ベーシックインカムはすべての人に最低保障額を約束するものなので、それを変えることができたはずだ[31]。世界で最も豊かな国であるアメリカがこの道を選んでいたら、他の国も後に続いたことだろう。

しかし歴史は別の道を選んだ。かつてベーシックインカムを応援するために使われた、古い制度は非効率的で、高くつき、品位を落とす、という主張が、福祉国家そのものに浴びせられるようになった。スピーナムランド制度の影と、ニクソンの間違ったレトリックを土台として、レーガンとクリントンは福祉削減に乗り出した[32]。

スティーンズランドに言わせれば、今日、すべてのアメリカ人へのベーシックインカムという考えは、「過去において、女性の参政権や人種的マイノリティの平等を求めるのが非常識とされたように」、到底考えられないことと見なされている[33]。わたしたちは金が必要なら働くべきだというドグマを捨て去ることができるとは思えない。リチャード・ニクソンのように最近の保守系大統領がベーシックインカムを実行しようとしたことは、もはやわたしたちの記憶から消えたらしい。

監視国家と貧困者との戦い

二〇世紀の偉大な作家ジョージ・オーウェルは語った。「最初に気づくのは、貧困がいかに悲惨かということだ」。彼は、自ら貧困を経験したことがあるので、身にしみてわかっていたのだろう。回想録『パリ・ロンドンどん底生活』（晶文社、一九八四年）にこう記している。

「（貧困は）ごく単純とあなたは思うだろうが、ひどく複雑だ。悲惨と思うだろうが、ただむさ苦しく、退屈なだけだ」

オーウェルは、起きるに値することがないからと、ベッドに寝たまま過ごしていた日々のことを思い出す。貧困の核心は、彼によれば「将来を破壊し尽くす」ことだ。残るのはただ、今ここでどうにか生きのびることだけだ。彼はまた「ある人の収入が一定の水準より少なくなると、周囲の人は当然のように、その人に説教し、その人のために祈るようになる」ことに驚いている。

オーウェルの言葉はあらゆる点で現在の状況と響きあう。この数十年で、わたしたちの住む福祉国家は、監視国家の様相を帯びてきた。大きな政府が徹底的な監視戦略によってわたしたちを大きな社会に無理矢理押し込んでいる。近年、先進国は、失業者に対するこの種の「活性化」政策を倍加している。それらの政策は、求職のためのワークショップからゴミ拾いの任務、話し合い療法、ＬｉｎｋｅｄＩｎ（リンクトイン）トレーニングまで広域に及ぶ。あらゆる仕事に一〇人の応募者がいたとしても、失業の原因は仕事にではなく労働者にあると、それらの政策は見なしている。つまり、失業したのは、「雇用されるための技能」を磨かなかった、あるいは全力を尽くさなかった失業者のせいだ、というのである。

特筆すべきは、経済学者がこの失業産業をずっと非難してきたことだ[34]。再就職プログラムの中には、失業を引き延ばすものさえあり[35]、再就職を支援するためのケースワーカーの給料が、失業手当より高くつくことも珍しくない。長い目で見れば、監視国家のコストはさらに高くつく。結局、無意味なワークショップに出たり、不毛な仕事をしたりして一週間を過ごせば、育児や、教育や、本物の仕事探しに使える時間が少なくなるだけだ[36]。

たとえばこんな場合を想像してみよう。生活保護を受けて子どもを二人育てている母親が、仕事のスキルを磨かなかったという理由で給付金を削減されたとする。政府は数千ドルを節約できるが、その子どもたちは貧困の中で育ち、食事が足りず、学校の成績も悪く、やがて犯罪に手を染める可能性が高くなる。そうなると何倍も高いコストがかかるのだ。

確かに、旧弊な過保護国家に対する保守系の批判は、的を射ている。現在の複雑な官僚主義は、人々を貧困に閉じ込めるだけだ。それは実際に依存を生む。働き手は、自らの強さを示すことを期待されるいっぽうで、福祉からは自らの弱さを示すことを期待される。つまり、福祉の恩恵を受けるには、自分が罹っている病気が本当に衰弱をもたらすものであり、不況が本当に破壊的で、雇用のチャンスが本当に無いことを、何度も証明しなければならないのだ。それができなければ、給付金が減らされる。すべての給付の申請には、書類、面談、確認、訴え、相談その他諸々の、煩わしく、金のかかる手続きが必要とされる。「それは、他の世界ではあり得ない形で、プライバシーと自尊心を踏みつけにする」と、イギリスの社会福祉課のある職員は言う。「それは、不健全な疑惑を生み出すのだ[37]」

これは貧困との戦いではない。貧困者との戦いだ。貧困者を社会の底辺に追いやるのに、これほど確かな方法はない。オーウェルのような天才を含めて、貧困者を不満を抱えた怠け者にし、攻撃的な放蕩者やたかり屋にしてしまう。彼らはそうなるように教え込まれるのだ。わたしたち資本主義者に旧弊な共産主義者と共通する要素がひとつあるとすれば、それは仕事は利益を生むという理不尽な妄想だ。ソビエト連邦時代の商店が「一切れの肉を売るために三人の店員を」雇ったように、わたしたちは給付金の受給者に意味のない仕事をさせている。そうすることで、いずれわたしたち自身が破産にいたるとしても[38]。

資本主義者であれ共産主義者であれ、貧困者を区別するのは無益だ。その区別の元となっているのは、わたしたちが四〇年ほど前にもう少しで払拭できるところだった大きな誤解である。それは、貧困のない生活は働いて手に入れるべき特権であり、誰もが得られる権利ではないというものだ。

第四章　ニクソンの大いなる撤退　まとめ

・ニクソンは、一九六九年には、すべての貧困家庭に無条件に収入を保障する法律を成立させようとしていた。例えば家族四人の貧困家庭には、年一六〇〇ドル（二〇一六年の貨幣価値に換算すると約一万ドル）の収入を保障するものだった。

・しかし計画公表の日に、一部の保守派から一五〇年前の英国スピーナムランド制度の報告書が大統領に手渡された。ベーシックインカムによく似たこの制度は「貧乏人を怠けさせ、生産性と賃金を下げ、資本主義の根幹を揺るがした」という。

・ニクソンは上下両院の説得のため、ベーシックインカムを受給する失業者に労働省に登録する義務を課した。しかし貧困を撲滅すると同時に、失業者の怠惰さと戦うというニクソンのレトリックは「貧困層は怠け者」という通説を印象付けることになった。

・一八世紀末に実施されたスピーナムランド制度は「勤勉ながら貧しい男性とその家族」の所得を最低限の生活ができる水準まで補塡するものだった。しかし一八三四年、英国の王立委員会はスピーナムランド制度について「大失敗だった」と結論づけ、人口の激増や賃金カット、不道徳な行為を招き、労働者階級が劣化したと非難した。

・マルクスですら、三〇年後に『資本論』の中で、スピーナムランド制度を非難する論拠としてこの王立委員会の報告書を利用している。マルクスという並外れた後ろ盾を得た結果、左派から右派まで、この制度を歴史の失敗と見なすようになった。

・しかし王立委員会の報告書は捏造されたものだった。六〇年代から七〇年代、歴史家らは報告書を見直した。そして報告の大半が、データの収集前に書かれたものであることを突き止めた。聞き取りの対象者には、受益者がほとんど含まれていなかった。

・スピーナムランド制度の通説は生きのび、ジョージ・ギルダーのベストセラー『富と貧困』に反映される。ギルダーは、貧困は怠惰と悪徳に根ざす道徳的問題だと主張し、その論はレーガン大統領に何度も引用された。その後、社会保障制度が後退したアメリカでは子どもの貧困は、一九六四年のレベルにまで戻ってしまった。

・貧困者を区別することは無益だ。その区別の元となっているのは、四〇年ほど前にもう少しで払拭できるところだった大きな誤解である。ニクソンのレトリックとしても用いられたその誤解とは、「貧困のない生活は働いて手に入れるべき特権であり、誰もが得られる権利ではない」というものだ。

国民総生産（GNP）は、あらゆるものを測定する。人生を価値あるものにするものを除けば

——ロバート・F・ケネディ（一九二五～一九六八）

第五章　ＧＤＰの大いなる詐術

ロシア人教授クズネッツが八〇年前に基礎を築いたＧＤＰは進歩を表す神聖なる指標だ。だがＧＤＰは多くの労働を見逃し、医療や教育のサービス分野でも効率と収益に目を向ける。人生を価値あるものにする新しい計器盤を検討する

三・一一後のラリー・サマーズの予測

それは午後二時四六分に始まった。海底の地下二四キロを震源とする、半世紀かそれ以上、誰も感じたことのなかった揺れを伴って。震源から一〇〇キロ離れた陸では、地震計の針が狂ったように振れ、マグニチュード九を示した。揺れから三〇分も経たないうちに、最初の波が日本の海岸を襲った。津波の高さは四メートルから、高いところでは二〇メートルを超え、数時間のうちにおよそ四〇〇平方キロメートルの土地が、泥とがれきと海水の下に埋もれた。

二万人近い人々が命を落とした。

「日本経済は急速に下降する」と、災害からほどなくして、イギリスの『ガーディアン』紙が大見出しを打った[1]。数カ月後、世界銀行は、この震災による損害額を二三五〇億ドルと試算した。

ギリシャのＧＤＰ総額に等しい額だ。二〇一一年三月一一日に起きたこの東日本大震災は、歴史上最も損害額の大きい災害となった。

だが、この話には続きがある。地震当日、テレビに登場したアメリカの経済専門家、ラリー・サマーズは、皮肉にもこの悲劇が日本経済の引き上げに役立つだろうと述べた。確かに短期的な生産性は落ち込むが、数カ月後には復興への取り組みが需要、雇用、消費を増大させるだろう、と。

ラリー・サマーズは正しかった。

日本経済は、二〇一一年にわずかに下落した後、翌年には二パーセント成長し、二〇一三年の数字はさらによくなった。どんな災害にも、少なくともＧＤＰにとっては良い面があるという経済の鉄則を、日本は体現したのだ。

大恐慌についてもそれは同じだった。アメリカが真の意味で、その危機を乗り越えたのは、前世紀最大の惨事である第二次世界大戦への参戦がきっかけだった。一九五三年にわたしの母国、オランダで約二〇〇〇名の命を奪った洪水もまた然り。その災害後の再建は、オランダ経済を強力に後押しした。一九五〇年代初頭、オランダ経済は不況に陥っていたが、南西部の大半を覆った洪水は、経済の年間成長率を二パーセントから八パーセントに浮上させたのだ。「わたしたちは自力で泥から這い上がった」と、ある歴史家は総括した。[2]

「あなたに見えるものと見えないもの」

では、わたしたちは自然災害を歓迎すべきなのか。ご近所をまるごと倒壊させる？　工場を爆破する？　そうすれば、失業対策となり、経済効果があるかもしれない。

だが、そう喜んでもいられない。以下に紹介する論には誰もが同意するはずだ。一八五〇年代に哲学者のフレデリック・バスティアは、「Ce qu'on voit et ce qu'on ne voit pas」と題したエッセイを著した。そのタイトルは、「あなたに見えるものと見えないもの」という意味だ。[3]

彼は言う。ある視点に立てば、窓を割ることはいい考えのように思える。「修理に六フランかかるとしよう。これが六フランの利益を生む。異論はないはずだ。ガラス工が来て、修理し、嬉しそうに六フランをポケットに入れるのだから……」これが、「見えるもの」だ。

だが、この論は見えないものを考慮していないことに、バスティアは気づいていた。再度、想像しよう。司法長官のオフィスが、「路上活動」が一五パーセント増えたと報告していると。当然ながら、あなたはそれがどんな活動か知りたくなるだろう。ご近所のバーベキューか、公共の場で裸になることか。ストリートミュージシャンか、路上強盗か。レモネードの屋台か、それとも窓を割ることか。その活動の「性質」は何だろう。

それこそ、現代社会の進歩を表す神聖なる指標、ＧＤＰ（国内総生産）が測定しないもの、すなわち「見えないもの」である。

ＧＤＰが見逃している労働

国内総生産。実際のところ、それは何なのか。

答えは簡単だ。「ＧＤＰは、一定期間内にある国が生産する付加価値（物とサービス）の総計で、季節的な変動、インフレーション、おそらくは購買力を補正したものである」

これに対して、バスティアならこう反論しただろう。あなたは、絵の非常に大きな部分を見逃している、と。コミュニティ・サービス、きれいな空気、店でのおかわり自由――これらはいずれもGDPを増やさない。仕事を持つ女性が自分の家の清掃人と結婚すれば、その清掃人はそれまで仕事だったことを、無報酬の家事として行うので、GDPは下がる。ウィキペディアについてはどうだろう。それはお金よりむしろ、時間の投資に支えられており、昔ながらのブリタニカ大百科事典を埃の中に追いやって、GDPを数段階下げた。

いくつかの国では、闇経済の見積もりをGDPに組み入れている。例えばギリシャでは、二〇〇六年に統計学者が闇市場を計算に入れた結果、GDPが二五パーセントも上昇し、ギリシャ政府は他国から高額の融資を得ることができた。その直後、ヨーロッパは債務危機に陥った。イタリアは早くも一九八七年に闇市場を計算に入れるようになり、当初は一夜にして経済が二〇パーセント膨張した。「幸福感がイタリアを覆った」と『ニューヨークタイムズ』は報じた。だが、続きがある。「それは、経済の専門家が、脱税者と不法就労者からなる同国の厄介な地下経済を初めて計算に入れ、統計を再調整した結果である」[4]

さらに言えば、ボランティア活動から子育てや料理に至るまで、闇市場にも組み込まれない無償の労働が、わたしたちの労働の半分以上を占めている。もちろん、それらのために掃除人やベビーシッターを雇うことも可能で、その場合はGDPに加算されるが、大半の人はそれを自分でこなしている。これらの無償労働を全て加えると、三七パーセント（ハンガリー）から七四パーセント（イギリス）まで、経済は拡大するだろう。[5]とはいえ、経済学者のダイアン・コイルが指摘するように「総じて公的な統計機関は、そうした無償労働をあえて数に入れようとはしない。おそらく、主に女性がそれらを担っているからだろう」[6]

母乳育児についてはどうか。先頃デンマークが、ＧＤＰにおける母乳育児の価値を調べたところ、取るに足りない額ではないことがわかった。驚くべきことに、アメリカでは、母乳の潜在的貢献は、年間一一〇〇億ドルと推定されている[7]――中国の軍事予算とほぼ同じだ[8]。

また、ＧＤＰは知識の進歩を計算するのも下手だ。現在のコンピュータ、カメラ、電話はすべて、以前よりはるかに賢くスピーディになり、洗練されているが、同時に、以前より安くもなったので、そうした進歩はほとんど数字に表れない[9]。三〇年前には一ギガバイトの記憶容量を手に入れるには、三〇万ドルという大金を支払わなければならなかったが、今では一〇セントもかからない[10]。こうした驚くべきテクノロジーの進歩も、ＧＤＰ上では、ほんの小銭ほどにしか評価されず、さらに、無料の製品となると、経済の縮小という評価をもたらしかねない（例えば、スカイプのような無料電話サービスは、通信企業の収益を大幅に損なっている）。今日、携帯電話を持つ平均的なアフリカ人は、一九九〇年代のクリントン大統領より多くの情報にアクセスできるが、情報部門がＧＤＰに占める割合は、インターネットがまだ普及していなかった二五年前から変わっていないのだ[11]。

一九七〇年代から急伸した金融部門のシェア

ＧＤＰは多くの成果を無視する一方、人類のあらゆる苦しみから恩恵を受ける。交通渋滞、薬物乱用、不倫はどうだろう？　それぞれガソリンスタンド、リハビリ・センター、離婚弁護士にとってはドル箱だ。ＧＤＰにとって理想的な市民は、がんを患うギャンブル狂で、離婚調停が長引くせいでプロザック（抗うつ剤）を常用し、ブラック・フライデー［クリスマスセール」の初日」には狂ったように買い物にふける人だ。環境汚染でさえ、GDPにとっては二重の恩恵となる。ある企業が環境対策をおろそかにして儲け、別の企業がその尻ぬぐいをして儲けるからだ。それに対して、樹齢一〇〇年の古木は、伐採されて丸太として販売されるまで、GDPには計上されない[12]。

精神疾患や肥満、汚染、犯罪は、GDPの観点からは、多ければ多いほどよい。そのことは、一人当たりのGDPが世界で最も高いアメリカが、社会問題でも世界のトップに立っている理由でもある。経済を専門とするライターのジョナサン・ロウはこう語る。「GDPの観点から言えば、アメリカで最悪の家庭は、家族として機能している家庭だ。すなわち、自分たちで料理し、夕食後に皆で散歩したり、話したりして、子どもたちを商業文化に任せっきりにしない家庭である[13]」

またGDPは、格差や負債には無関心だ。先進国の大半において、格差は広がる一方で、負債はクレジットでの生活を魅力的な選択肢にしている。二〇〇八年の第四四半期、国際金融システムがまさに破綻しかかっていた時に、イギリスの銀行はかつてないほど急速に業績を伸ばしていた。銀行が生み出した付加価値がGDPに占める割合は、危機のまっただ中にあるイギリス経済の九パーセントにのぼり、製造業全体に匹敵する規模に達していた。しかし、一九五〇年代には、銀行業務はGDPにほとんど貢献していなかった。

銀行の「生産性」は、リスクをとる行動という観点から測定すればよいと、統計学者が思いついたのは一九七〇年代のことだった。リスクが多ければ多いほど、GDPに占める割合は大きくなる[14]。当然の結果とも言えるが、その後、GDPに占める金融部門のシェアは製造業のシェアと等しく価値があると考えた政治家に後押しされて、銀行は貸付を増やし続けた（図6）。

図6　銀行部門の成長

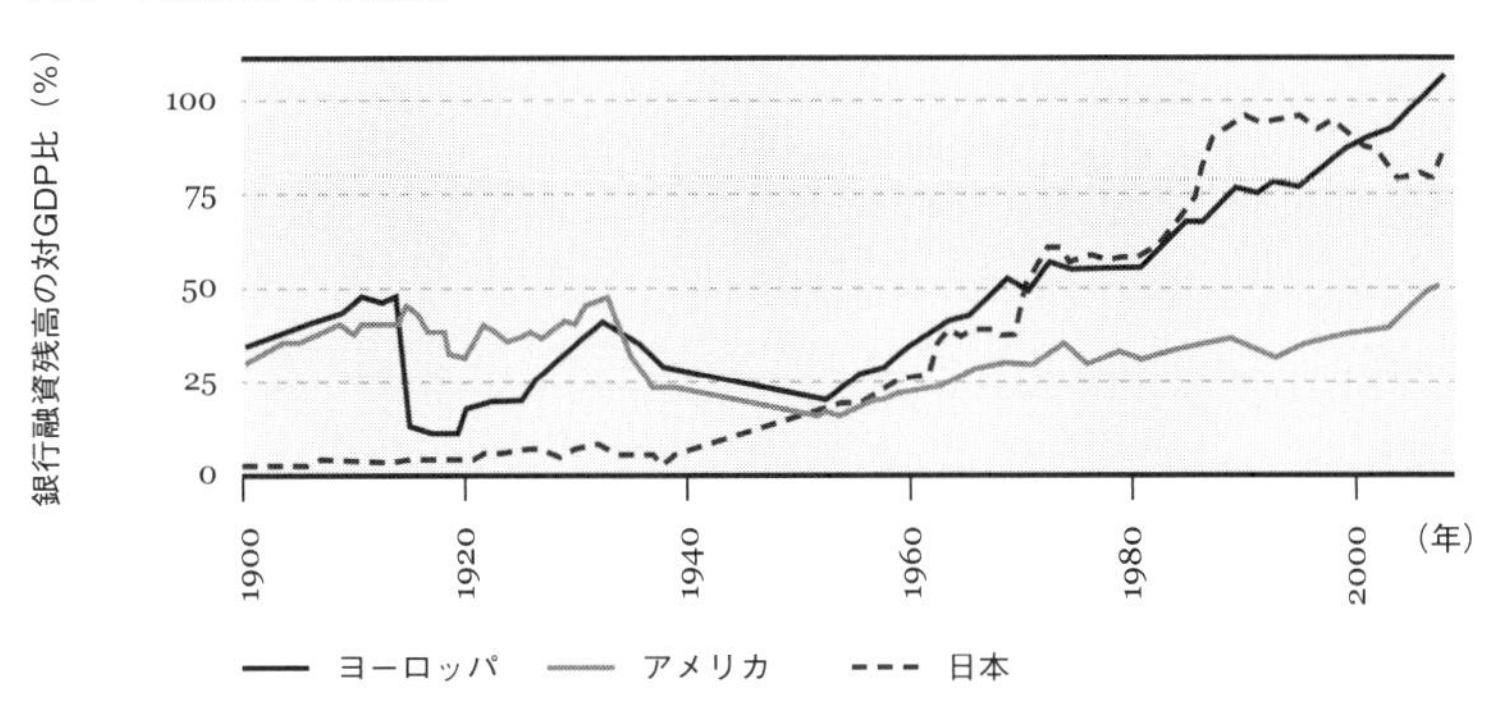

グラフは家庭及び金融部門以外の団体への融資残高のＧＤＰ比。「ヨーロッパ」はデンマーク、イギリス、フランス、ドイツ、イタリア、オランダ、スペイン、スウェーデンの合計。

出典：モリッツ・シュラリック&アラン・テイラー（2012）

「銀行の業務がＧＤＰに加算されるのではなく、差し引かれていたら、金融危機は決して起きなかっただろう」と、先ごろ、『フィナンシャル・タイムズ』紙は報じた[15]。

　数百万ドルのボーナスを得ようとモーゲージ（不動産担保証券）やデリバティブ（金融派生商品）を貪欲に追い求める近年のＣＥＯは、教師がたくさんいる学校や自動車機器が溢れる工場よりもＧＤＰに貢献している。この社会の現行のルールでは、あなたの職業（清掃、看護、教育）が社会にとって欠かせないものであればあるほど、ＧＤＰにおける格付けは下がるようだ。ノーベル賞を受賞したジェイムズ・トービンは一九八四年に次のように語った。「我々は、優秀な若者を含む資源を、商品やサービスの生産には関係のない金融活動にますます多く投じているようだ。そしてその金融活動は、社会的生産性の観点からは分不相応と言える、高額の報酬を個人に提供している[16]」

八〇年前までGDPは存在すらしなかった

誤解しないでいただきたい――多くの国では、経済成長と福祉および健康は、依然として連携している。それらの国々には、満たすべき腹と、建てるべき家がまだたくさんある。経済成長より他のことを優先できるのは、豊かな国の特権であり、世界人口の大半にとっては、今もお金が何より重要なのだ。「コミュニティのなかで唯一、ある階層だけが、金のことを金持ちよりもよく考える」とオスカー・ワイルドは言った。「それは貧困層だ」[17]

とはいえ、豊饒の地を探し求める長く歴史的な航海は終わりに近づいた。ここ三〇年以上にわたって、経済成長が暮らし向きを良くすることはほとんどなく、むしろ逆の場合もあった。生活の質を向上させたいのであれば、他の手段、そしてGDPとは別の測定基準を見つけるための第一歩を、踏み出さなくてはならないだろう。

GDPは社会福祉の正確な測定基準になるという考えは、わたしたちの時代に最も広がった神話のひとつだ。他のあらゆることで争う政治家でさえ、GDPは成長させるべきだという点では、意見が一致している。彼らはこう考えている。成長は良いことだ。それは雇用にとっても良いことだし、購買力にとっても良いことだ。そして、政府により多く支出させるから、政府にとっても良いことだ、と。

現代のジャーナリズムは、GDPがなければ成り立たない。最近の国内成長を示すその数字を、ジャーナリズムは、政府の成績表のようなものとして扱っている。GDPの縮小は景気後退を意味し、縮小しきっていれば、その国は不況のただ中にある、というように。実際、GDPはジャーナリストが求めるほぼ全てを提供する。確かな数字、定期的な公表、専門家に意見を求めるきっかけ。何より重要なのは、ＧＤＰが明確な指標を提供することだ。政府は職務を果たしているか？　国家としてわたしたちは成長しているか？　生活は少し良くなっているのか？　心配無用、わたしたちにはＧＤＰの最新の数字があり、知る必要のあることは全て、その数字が教えてくれる。

　わたしたちのＧＤＰへの執着を考えると、八〇年前までＧＤＰが存在すらしなかったとは信じ難い。

収穫高に注目した重農主義者

　もちろん、富を測定したいという欲求は、髪粉をつけたかつらをかぶっていた時代からあった。当時、重農主義者（フィジオクラット）と呼ばれた経済学者（エコノミスト）らは、全ての富は土地に由来すると信じていた。結果として、彼らは主に収穫高に注目した。一六六五年にイギリス人のウィリアム・ペティが初めて、自ら「国家の所得」と名づけた推計を示した。目的は、イギリスの税収を見積もり、オランダとの戦争への資金調達をどのくらい続けられるかを突きとめることにあった。フィジオクラットと違ってペティは、真の富は土地からではなく賃金から生じると信じた。そのため、賃金にはさらに重い税を課すべきだと彼は論じた（偶然にも、ペティは裕福な地主だった）。

　イギリスの政治家、チャールズ・ダベナントは、国家の所得について異なる定義を探求し、一六九五年の「戦争を支援する方法と手段について」と題する小論文で、それを公表した。そのような推定は、フランスとの戦争において、イギリスに少なからぬ利益をもたらした。一方、フランスの王が、妥当な経済統計を得るには、一八世紀末まで待たなければならなかった。一七八一年、時の財務大臣、ジャック・ネッケルは「王のための財務諸表」を、すでに破産寸前だったルイ一六世に提出した。この報告書は、王がさらにいくつか融資を受けるのを可能にしたものの、一七八九年の大革命を阻止するには遅すぎた。

実のところ「国民所得(national income)」という言葉の意味は、その時代の知的潮流と要請に応じて、揺れ動いてきた。どの時代にも、国家の富の定義については、独自の考えがあった。例えば、近代経済学の父、アダム・スミスは、国家の富は農業だけでなく、製造業によっても築かれると考えた。しかし、サービス部門(現代では、娯楽から弁護士にいたるサービス部門が経済のおよそ三分の二を構成する)については、「何の価値も付加しない」[18]とスミスは主張した。

にもかかわらず、現金の流れが農場から工場に移り、その後、製造ラインから高層のオフィスビルに移ると、富の総額を示す数字もそれに続いた。重要なのは製品の「性質」ではなく「価格」だと主張した最初の人物は、経済学者のアルフレッド・マーシャル(一八四二〜一九二四)だ。マーシャルの方法に従えば、パリス・ヒルトンの映画であれ、リアリティ番組の「ジャージー・ショア」であれ、あるいは、バドライト・ライム(ビール)であれ、値段がつくものはすべて、国の富を増やすことになる。

ロシア人教授クズネッツの発明

もっとも、ほんの八〇年前でもそれは不可能な任務と見なされていた。当時のアメリカ大統領、ハーバート・フーバーは大恐慌を食い止めるという大任を担っていたが、数字としてわかっていたのは、株価、鉄の価格、道路輸送量くらいのものだった。フーバーが最も重視した測定基準である「溶鉱炉」インデックスでさえ、鉄鋼業界の生産レベルを明確に突き止めることはできなかった。

もし、フーバーに「経済」の見通しはどうか、と尋ねたら、彼は当惑したことだろう。なぜなら、経済を示す数字を彼は持っていなかったし、また、現在わたしたちが考える「経済」というものについて、彼は何も知らなかったからだ。つまるところ、「経済」は物ではない。それはアイデアであり、そのアイデアはまだ考案されていなかった。

一九三一年、連邦議会は国内の優秀な統計学者を招集したが、彼らは、国家の状態について最も基本的な問いにさえ答えられなかった。当時アメリカは不況の底にあり、明らかに何かが根本的に間違っていたが、信頼できる最新の数字は、一九二九年のものだった。ホームレスが増え、あちこちで企業が破産していたものの、問題の本当の大きさは、誰にもわからなかった。

その数カ月前に、フーバー大統領は数人の商務省職員を全国に派遣し、各地の状況を調べさせた。彼らは、経済回復は間近だというフーバーの思い込みに肩入れする、ほとんど根拠のない証拠を持って戻ってきた。だが、議会はそれに納得せず、一九三二年に、優秀な若いロシア人教授、サイモン・クズネッツを雇って、アメリカはどれくらい多くの物を作ることができるか、というシンプルな問いの答えを探させた。

クズネッツはそれから数年かけて、後にＧＤＰとなるものの基礎を築いた。彼が初めて出した数字は興奮をもって迎えられ、彼が議会に提出した報告書はベストセラーになった（定価二〇セントのその本自体がＧＤＰを引き上げた）。ほどなくして、ラジオから「国民所得」とか、

「経済」といった言葉が頻繁に聞かれるようになった。

ＧＤＰの重要性はいくら強調しても、し足りないほどだ。歴史学者のなかには、発明としての重要性では原子爆弾も及ばない、と言う人もいる。ＧＤＰは、戦時における国力の優れた指標になることが判明した。「第一次世界大戦に向かう軍事経済において自分の取り分を持っていた人だけが理解していたことだが、第一次大戦後二〇年間の国民所得の推定とさまざまな格付けが、第二次大戦を多方面から強く促進したのだった」と全米経済研究所長、ウェズリー・Ｃ・ミッチェルは戦後すぐに記した[19]。

数字は、生と死のバランスにも関わってくる。ケインズは一九四〇年に発表した小論「戦争に向けていかに支払うか」において、イギリスの一貫性のない統計に対する不満を述べた。同様にヒトラーもドイツ経済を加速させるのに必要な数字を欠いていた。ドイツ経済の生産性は一九四四年にようやくピークに達したが、時すでに遅しで、同年、ロシアは東部戦線を急襲し、連合軍はノルマンディーに上陸した[20]。

だが、その頃までにアメリカではＧＤＰがその地位を確立していた。その貢献によりクズネッツは一九七一年にノーベル経済学賞を受賞した。

究極の尺度にして水晶球

不況と戦争の残骸の中から、ＧＤＰは、進歩を測る究極の尺度として出現し、国の未来を占う水晶球にして、他の全てに勝る数字と見なされた。そしてこの新たな時代にＧＤＰに課された任務は、戦争への取り組みを後押しすることではなく、消費者社会の礎になることだった。

「宇宙衛星が大陸全体の気象を調査できるように、ＧＤＰは世界経済の全体図を提供することができる」と、経済学者、ポール・サミュエルソンはベストセラーとなった著書、『経済学』（岩波書店、一九九二年）に記した。「ＧＤＰのような経済の総合的尺度がなければ、政策立案者は無秩序なデータの海で途方に暮れるだろう」と彼は続けた。「ＧＤＰとそれに関連するデータは灯台のようなもので、政策立案者が重要な目標に向かって経済の舵取りをするのを導く[21]」

二〇世紀の初めに米政府は、一人の経済学者（エコノミスト）を雇ったが、その人物は正確には「経済鳥類学者」で、本業は鳥の研究だった。それから四〇年以内に、全米経済研究所は、五〇〇〇人もの今日的な意味での経済学者（エコノミスト）に給与を支払うようになっていた。その中には、二〇世紀の最も重要な思索家の二人であるサイモン・クズネッツとミルトン・フリードマンも含まれる[22]。世界中で、経済学者が政治において重要な役割を果たし始めた。その大半はＧＤＰ生誕の地であるアメリカで教育を受けた。そのアメリカでは、モデル、方程式、数字を中心とする新たな科学的経済学が追究されていた。数字まみれの経済学だ。

これは、ジョン・メイナード・ケインズやフリードリヒ・ハイエクが学校で学んだものとは全く異なる経済学だった。一九〇〇年頃の人々が語る「経済」は、通常、単なる「社会」という意味だった。だが、一九五〇年代になると、テクノクラート（高度な専門知識をもつ官僚）の新しい世代が、「経済」を「成長」させるという、新しい目標を考案した。さらに重要なのは、彼らが、その達成方法を自分たちは知っていると考えていたことだった。

ＧＤＰが考案される以前、経済学者の言葉が報道されることは滅多になかったが、第二次世界大戦後の数年で、彼らは新聞紙上に欠かせない存在になった。彼らは他の誰にもできなかった芸当、すなわち、現実を管理して、将来を予測する技を習得していた。次第に、経済学は一種の機械で、政治家はそのレバーを引いて、「成長」を促進することができる、と考えられるようになった。一九四九年、発明家にして経済学者でもあるビル・フィリップスは、プラスチックの容器と管を用いて、経済を表す本物の機械まで作った。それには連邦の歳入の流れを表す揚水装置が付いていた。

ある歴史学者が説明したように、「仮にあなたが新しい国なら、一九五〇年代と一九六〇年代にまず行うべき仕事は、国営航空会社を開業し、国軍を創設し、GDP測定を始めることだ[23]」。だが、最後の項目は次第に策略的になっていった。一九五三年に国連が初めて刊行した、GDPを算出するための指針は、五〇ページに満たなかった。しかし、二〇〇八年に出された最新版は七二二ページに及ぶ。メディアでは自由に無造作に扱われる数字だが、それがどのように決定されるかを理解している人はわずかだ。プロの経済学者でさえ、まったく見当もつかないという人が多い[24]。

GDPを算出するには、非常に多くのデータポイントを結びつけ、どれを算入し、どれを無視するかについて、数百の主観的な選択がなされる。このような方法論にもかかわらず、GDPはハードサイエンスと見なされ、そのわずかな変動が、政治家が再選されるか消え去るかを決めることもある。しかし、その見かけ上の正確さは幻想にすぎない。GDPは「測定」されるのを待っている確かな数字ではない。GDPを測定するというのは、思考を測定しようとすることなのだ。

GDPが偉大なアイデアであるのは認めよう。戦時において非常に便利な道具なのは確かだ。戦時中は、敵がすぐそばに迫り、国の存亡が、戦車、飛行機、爆弾、手榴弾をどれほど生産で

図7　1930年から2008年までに英語で出版された書籍における「GNP」と「GDP」という用語の普及

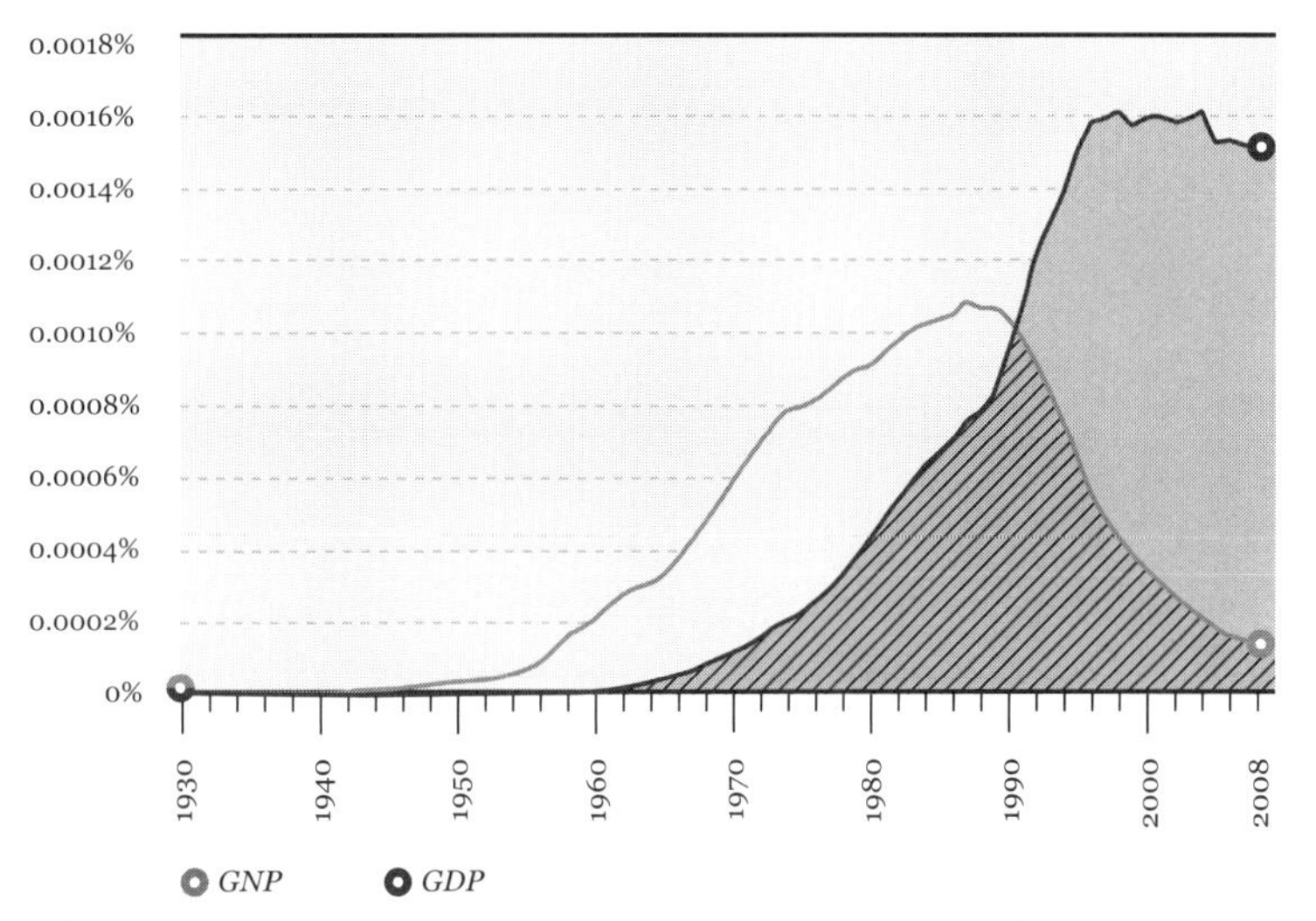

当初は国民総生産（ＧＮＰ）が一般的だったが、1970年代にＧＤＰに取って代わられた。ＧＮＰは国の全経済活動（海外での活動を含めた）の総計で、ＧＤＰは国内（外国企業を含める）の全経済活動の総計。大半の国では、ＧＮＰとＧＤＰの差が数パーセントを超えることはない。

出典：Google Ngram

きるかにかかっていた。戦時中には、将来から借りるのは全く合理的だった。環境を汚染し、借金をするのも無理のないことだった。家族を顧みず、子どもを生産ラインの労働に送り出し、余暇を犠牲にし、人生を生きるに値するものにするすべてを忘れることが、望ましくさえあった。

実際、戦時中にはGDPほど便利な測定基準はなかったのだ。

「国民総幸福量」は新たな尺度になり得るか

問題は、言うまでもなく、第二次世界大戦が終わっていることだ。わたしたちが進歩を測る基準にしているGDPは、今とは異なる時代に、異なる問題を扱うために考案されたものなのだ。したがってそれは、現代の経済の形をとらえていない。過去を振り返れば、どの時代にも、その時代ならではの数字が求められた。一八世紀には、収穫量が重視された。一九世紀には、鉄道網の範囲、工場の数、採炭量。そして二〇世紀には、国民国家の国境内で大量生産される工業製品の量だ。

だが、今日では、繁栄を単純なドル、ポンド、あるいはユーロで表現するのはもはや不可能になった。健康管理から教育、ジャーナリズムから金融にいたるまで、わたしたちは依然として、その「効率」と「収益」に目を向ける。あたかも社会がひとつの巨大な生産ラインであるかのように。だが、サービスを基盤とする経済では、単純な定量的目標は成り立たない。「国民総生産（GNP）は、あらゆるものを測定する。人生を価値あるものにするものを除けば」とロバート・ケネディは言った[25]。

新たな数字が求められているのだ。

一九七二年という早い時代から、ブータンの第四代龍王［＝国王］は、国民総生産から「国民総幸福量」への転換を提案してきたが、それはＧＤＰが文化と福祉の活気ある要素（提唱した国王にとっては、伝統的な歌と踊りの知識）を無視しているからだ。だが、幸福はＧＤＰと等しく表面的で、その質の定量化はさらに恣意的だ。結局、あなたは酔っぱらっただけで幸せになれるのだから、幸せというのはとらえどころのないものなのだ。それに、後退や苦しみや悲しみも、充実した生活の中に居場所があってしかるべきだ。哲学者のジョン・スチュアート・ミルがこう述べたように。「満足した愚者であるより、不満足なソクラテスの方がよい[26]」

それだけでなく、前進するには、十分な量のいらだちや不満が「必要」とされる。もし、豊饒の地が、誰もが幸せな場所であるなら、それはまた、誰もが無気力に浸る場所でもある。女性たちが抗議しなければ、女性が選挙権を得ることはなかった。アフリカ系アメリカ人が反旗を翻していなければ、黒人差別は依然として国法だったかもしれない。国民総幸福を掲げて不平を和らげることばかりしていたら、進歩は終わるだろう。オスカー・ワイルドは言った。「不平は、人あるいは国の進歩の第一歩だ[27]」

ＧＰＩやＩＳＥＷも信用できない

他に選択肢はないのだろうか。ふたつの候補は、「真の進歩指標（ＧＰＩ）」と「持続可能な経済福祉指標（ＩＳＥＷ）」だ。これらには、汚染、犯罪、不平等、ボランティア活動も組み込まれている。ＧＰＩは、西欧ではＧＤＰよりかなり遅れて向上しており、アメリカでは一九七〇年代から後退さえしている。では、エコロジカル・フットプリント［人間による、生態系資源の消費量］などに基づいて算出する地球幸福度指数はどうだろう。大半の先進国が真ん中当たりの数字で、アメリカは最下位近くにぶら下がっている。

だが、これらの数字でさえ、わたしは信用する気になれない。

ブータンはその独自の指標を都合良く改変して、龍王の独裁とローツァンパ［ヒンズー教を信仰するネパール系少数民族］の迫害を計算から除外した。共産主義時代の東ドイツでは、「社会総生産」が毎年着実に上昇したが、その間、政権は国に、甚大な社会的、生態学的、経済的損害を与え続けた。同様に、ＧＰＩとＩＳＥＷは、ＧＤＰの欠点のいくつかを修正できるが、いずれも、ここ数十年間になされた莫大な技術的跳躍を計算に入れようとしない。どちらの指標も、世界では何もかもがうまくいっているわけではないことを語る――だが、それもまた、そう見せるように設計されたものなのだ。

実際、単純な格付けは一貫して、表すためというより隠すためのものだ。国連の人間開発指数やＯＥＣＤのより良い暮らし指標の点数が高いことは、称賛すべきかもしれないが、何が測定されているかを知らなければ話は別だ。確かなのは、国が豊かになればなるほどその富を測るのが難しくなるということだ。逆説的ではあるが、この情報時代に、わたしたちは確かな情報がほとんどない活動に、ますます多くの金を費やしているのだ。

効率の向上を拒否するサービス

話はモーツァルトにさかのぼる。

かの音楽の天才が一七八二年に弦楽四重奏曲第一四番（K.387）を作曲したとき、演奏には、四人が必要だった。それから二五〇年たった現在、その曲が必要とする人数は、依然として四人だ。[28] バイオリンの生産能力を上げようとしても、できるのはせいぜい少し速く演奏することくらいだ。何が言いたいかというと、つまり、音楽がそうであるように、暮らしの中には、効率の向上を一切拒否するものがあるということだ。コーヒーメーカーをさらに速く、さらに安く、製造することはできるが、バイオリニストが無闇に演奏を速めると、曲は台無しになる。

機械との競争では、機械によって容易に効率的に作ることができる製品にはあまり費用をかけず、芸術、医療、教育、安全といった労働集約的サービスや快適さの方に費用をかけるのが理にかなっている。デンマーク、スウェーデン、フィンランドのような福祉が充実している国々に大きな公共部門があるのは、偶然ではない。それらの国々の政府は、生産性の向上が難しい領域に助成金を出している。例えば、歴史の授業や医師による検診は、冷蔵庫や自動車の製造と違って、容易に「さらに効率的」にできるものではない[29]。

当然の結果として、経済というパイの増えた部分を政府が担うことになる。一九六〇年代に経済学者のウィリアム・ボーモルが初めて指摘し、今では「ボーモルのコスト病」と呼ばれる現象は、医療や教育のような労働集約的な部門は、大半の作業を自動化できる部門に比べると生産性が向上しにくいので、高くつく、というものだ。

だが、ちょっと待ってほしい。

わたしたちはこれを病気ではなく、恵みと呼ぶべきではないだろうか？　結局、工場やコンピュータが効率的になればなるほど、医療や教育はますます非効率的になる必要がある。つまり、前者の効率化によって時間の余裕が生まれるので、時間をかけて高齢者や弱者の面倒を見たり、個々人に合った教育をしたりできるようになってしかるべきなのだ。素晴らしいではないか。ボーモルによると、わたしたちの資源をこうした高貴な目標に向けることを邪魔するのは、主に、「そんなことをする暇はないという幻想」である。

「人間は時間を浪費することに秀でている」

幻想の常だが、この幻想はかなり頑固だ。効率性と生産性ばかり追っていると、教育と介護の真の価値が見えにくくなる。多くの政治家と納税者が、コストしか見ようとしないのは、そのためだ。彼らは、国が豊かになればなるほど教師や医師にお金をかけるべきだということに気づいていない。彼らへの投資の増額を、恵みとは見なさず、災厄と見なすのだ。

学校や病院を工場と同じ方式で運営しようというのでない限り、工場に比べて、医療や教育のコストが上がり続けるのは必然である。一方で、冷蔵庫や自動車のような製品はあまりにも安くなっている。しかし、製品の価格しか見ないと、コストの大部分を無視することになる。実際、イギリスのシンクタンクは、広報担当の重役は一ポンド稼ぐために、ストレス、過剰消費、汚染、負債の形で七ポンドに相当する価値を破壊していると算定した。かたや、ゴミ収集者に支払われる一ポンドは、健康や持続可能性という形で一二ポンドを創出している[30]。

公共部門のサービスが往々にして隠れた恩恵を多くもたらすのに対して、民間部門には、隠れたコストがいくらでも潜んでいる。ボーモルは記した。「わたしたちは、必要なサービス、主に医療と教育には、さらに多く支払うことができるだろう。しかし、コストを削った結果を受け入れることはできないはずだ」

あなたはこれを、こうした外部性［見えないコストや恩恵］にはあまりに多くの主観的仮定が絡むので定量化は無理だ、と却下するかもしれないが、まさにそれが重要ポイントなのだ。本来、「価値」や「生産性」を客観的な数字で表すことはできないのだ。いくらわたしたちが、それが可能なふりをしても。「卒業率が高いから、よい教育を提供している」、「うちの医師は専門的で効率的だから、よい治療を提供している」、「論文の発表数が多いので、優れた大学である」、「視聴率が高いのは、よいテレビ番組を作っているからだ」、「経済が成長しているから、わたしたちの国は順調だ」といった具合に。

現代のパフォーマンス重視の社会が立てる目標は、かつてのソ連の五カ年計画並みに愚かだ。生産統計の上に政治システムを築くのは、生活の好ましさを表計算ソフトで測ろうとするに等しい。文筆家のケビン・ケリーが言うように、「生産性はロボットにまかせておけばいい。人間は時間を浪費したり、実験したり、遊んだり、創造したり、探検したりすることに秀でているのだから」[31]。数字による統治は、もはや自分が何を求めているのかわからない国、ユートピアのビジョンを持たない国が最後にすがる手段なのだ。

人生を価値あるものにする計器盤

「嘘には三種類ある。嘘、ひどい嘘、そして統計だ」と、一九世紀後半にイギリス首相を務めたベンジャミン・ディズレーリは言ったそうだ。だが、わたしは、決断には信頼できる情報と数字が必要だという、昔ながらの啓蒙主義の原理を固く信じている。

ＧＤＰは深刻な危機の時代に考案され、一九三〇年代には難問への答えを提供した。今、失業、不況、気候変動という危機に直面しているわたしたちもまた、新しい数字を探さなければならない。必要なのは、人生を価値あるものにするものをたどるための数々の指標を備えた計器盤（ダッシュボード）だ。その、人生を価値あるものにするものとは、まず、お金と成長。それに、社会奉仕、仕事、知識、社会的つながり。そして言うまでもなく、最も希少な「時間」だ。

「だが、そのような計器盤は、客観的にはなり得ないだろう」と、あなたは反論するかもしれない。そのとおりだ。だが、中立的な測定基準などというものはない。どの統計の背後にも、いくらかの仮定と偏見は存在するのだ。さらに、そうした数字――そして仮定――が、わたしたちの行動を導く。それは、GDPの真実だが、人間開発指数や地球幸福度指数にとっても等しく真実だ。わたしたちは行動を変える必要がある。ゆえに、導き手となる新たな数字が必要なのだ。

八〇年前にサイモン・クズネッツは警告している。「国家の富は、（中略）国民所得の数値からはほとんど推察できない」。彼は連邦議会に報告した。「しかし、国民所得の数値はこの種の幻想を生み、ゆえに乱用される。とりわけ国民所得が扱うのは、複数の社会的集団の対立の原因になっている事柄であり、その対立では、問題を過剰に単純化した方が、主張を訴えやすくなるからだ[32]」

GDPの考案者であるクズネッツは、その算定に軍事、広告、金融部門の支出を含めることを戒めた[33]。しかし、彼の助言は聞き流された。第二次世界大戦後、彼は自らが作り出したモンスターについて懸念を募らせた。「成長の量と質、コストとリターン、短期と長期の区分に留意し続けなければならない」と、一九六二年に彼は記している。「さらなる成長を求める目標は、何のための、何の成長かを、はっきりさせるべきだ[34]」

今、わたしたちはこれらの古い問いについて再考しなければならない。成長とは何か。進歩とは何か。より基本的には、人生を真に価値あるものにするのは何なのか、と。

第五章　GDPの大いなる詐術　まとめ

・GDPが見逃している労働は身の回りに数多く存在する。コミュニティ・サービス、きれいな空気、店でのおかわり自由――。ウィキペディアも、昔ながらのブリタニカ大百科事典を埃の中に追いやって、GDPを数段階下げた。

・GDPは進歩の計算も苦手だ。コンピュータ、カメラ、電話は洗練されたが数字には反映されない。さらに、無料の製品となると、経済の縮小という評価をもたらしかねない。例えば、スカイプのような無料電話サービスは、通信企業の収益を大幅に損なっている。加速度的な進化にもかかわらず、情報部門がGDPに占める割合はインターネットがまだ普及していなかった二五年前から変わっていない。

・一九三二年、不況の底にあった米国は優秀な若いロシア人教授、サイモン・クズネッツを雇い、米国はどれくらい多くの物を生産することができるか、というシンプルな問いの答えを探させた。クズネッツは数年かけて、後にGDPとなるものの基礎を築く。その貢献によりクズネッツは一九七一年にノーベル経済学賞を受賞する。

・GDPは戦時における国力の優れた指標であった。

・一九五〇年代までに全米経済研究所は、五〇〇〇人もの経済学者を雇う。テクノクラート（高度な専門知識をもつ官僚）の新しい世代が、ＧＤＰをベースとして「経済」を「成長」させるという、新しい目標を考案した。

・問題は今日のサービスを基盤とする経済においてもＧＤＰが進歩の基準として用いられていること。健康管理から教育、ジャーナリズムから金融にいたるまで、依然として、その「効率」と「収益」に目を向ける。あたかも社会がひとつの巨大な生産ラインであるかのように。だがサービスの分野では、単純な定量的目標は成り立たない。

・経済学者のウィリアム・ボーモルが指摘し、今では「ボーモルのコスト病」と呼ばれる現象がある。医療や教育のような労働集約型のサービスは、大半の作業を自動化できる部門に比べると生産性が向上しにくいので、高くつく、というものだ。しかしわたしたちはこれを恵みと呼ぶべきではないだろうか？　技術の進歩に伴って、時間をかけて高齢者や弱者の面倒を見たり、個々人に合った教育をしたりできるようになるのだ。

・必要なのは人生を価値あるものにするための数々の指標を備えた新たな計器盤だ。

余暇を賢明に過ごせるというのは、文明が究極まで発展してようやく可能になることだ。

——バートランド・ラッセル（一八七二〜一九七〇）

第六章　ケインズが予測した週一五時間労働の時代

ケインズは一九三〇年の講演で、「二〇三〇年には人々の労働時間は週一五時間になる」と予測した。ところが、産業革命以来続いていた労働時間の短縮は七〇年代に突然ストップした。借金によって消費を拡大させる資本主義の登場

「二一世紀最大の課題は余暇」

もしもあなたが二〇世紀の最も偉大な経済学者に、二一世紀に取り組むべき最大の課題は何ですかと尋ねたら、彼はこう即答するだろう。

増えすぎた余暇だ、と。

世界恐慌が勢いを増す一九三〇年の夏、イギリスの経済学者ジョン・メイナード・ケインズは、マドリードで開かれた講演会で、奇抜な持論を語った。すでに彼はケンブリッジ大学で数人の教え子たちといくつかの新しい考えについて語り合っていたが、それらを公の場で発表することにしたのだ。タイトルは、「孫の世代の経済的可能性[1]」。

孫の世代とは、つまり現在のわたしたちのことだ。

ケインズが訪れた当時、マドリードは悲惨な状況にあった。手の施しようもないほど失業率

が上昇し、ファシズムが勢いを増す一方で、反ファシズム陣営を後押しするソ連が義勇兵を募っていた。数年後に、スペインでは壊滅的な内戦が起きることになる。そんな折りになぜケインズは、余暇が最大の課題だと考えたのだろう。その夏の彼は、まるで別の星からやってきたかのように見えた。「今の世界経済は、悲観論の激しい攻撃にさらされている。日々聞こえてくるのは、一九世紀を彩った飛躍的な経済発展はもはや幕を閉じた、という声だ」と、彼は書いた。確かにその通りで、当時は貧困がはびこり、国際的な緊張が高まりつつあった。さらには世界の産業に息を吹き込むために、第二次世界大戦という致命的装置のスイッチが押されようとしていた。

災いの影が忍び寄る町で、このイギリスの経済学者はあえて直感に反する予測を立てた。——二〇三〇年までに、人類はかつて経験したことのない最大の難問に直面する。それは膨大な余暇をどう扱うかである。政治家が「(たとえば、経済危機のさなかに緊縮政策をとるというような)破滅的な間違い」を犯さない限り、一〇〇年以内に西側諸国の生活水準は、一九三〇年の生活水準の少なくとも四〇倍になるだろう、とケインズは述べた。

その結果は? 二〇三〇年、人々の労働時間は、週にわずか一五時間になっているはずだ。

フランクリンやマルクスも予測した未来

未来は余暇に溢れていると予想したのは、ケインズが最初ではなく、また最後でもなかった。一世紀半前には、アメリカ建国の父ベンジャミン・フランクリンが、いずれ日に四時間の労働で足りる時代が来る、と予測した。それだけでなく、人生は「余暇と喜び」に満ちたものになるだろう、とフランクリンは述べている。また、カール・マルクスも、いずれ誰もが、「狩人や漁師や牧夫や批評家ではなくとも、朝には狩りをし、午後には釣りをし、夕方には家畜の世話をし、夕食後には批評しあえるようになる」、と未来を楽観した。

同じ頃、古典的自由主義の父であるイギリスの哲学者ジョン・スチュアート・ミルは、より多くの富を最大限活用すれば、より多くの余暇が生まれる、と主張した。ミルは、ライバルだったトーマス・カーライル（偶然にも、奴隷制の支持者でもある）が提唱した「労働の福音」に対抗して、「余暇の福音」を掲げた。そして、テクノロジーは一週間の労働時間を可能なかぎり減らすために使われるべきだと主張し、こう綴った。「労働時間が減れば、生きる術を向上させる余地が生まれ、あらゆる精神文化を楽しむ機会や、道徳および社会を進歩させる機会が、かつてないほど増えるだろう[2]」

だが、一九世紀の爆発的な経済成長の推進力となった産業革命は、余暇とはまったく逆のものをもたらした。一三〇〇年にイギリスの農家が生計を立てるために必要だった年間の労働時間は約一五〇〇時間だったが、ミルの時代の工場労働者が生きていくには、その倍の時間、働かなければならなかった。マンチェスターなどの都市では、休暇も週末の休日もない週七〇時間労働が当たり前で、子どもでさえそうだった。「貧しい人々が、休日に何をしようというのでしょう」、一九世紀の末頃、イギリスのある公爵夫人はいぶかった。「あの人たちは働くべきです！[3]」と彼女は言い切った。自由な時間が長ければ、良からぬことをするだけだから、と。

とはいえ、産業革命によってもたらされた繁栄は、一八五〇年頃からは下層階級にも浸透し始めた。そして、富が時間を生んだ。一八五五年、オーストラリアのメルボルンの石屋が、他に先駆けて、一日八時間労働を保証した。一九世紀末には、一部の国の労働時間はすでに週六〇時間に下がっていた。ノーベル文学賞を受賞した劇作家のジョージ・バーナード・ショーは、一九〇〇年に、この調子でいくと二〇〇〇年の労働時間は週二時間になるだろう、と予測した。

フォードは初めて週五日労働を実施した

当然ながら、雇用主は反発した。一九二六年、労働時間の短縮について、三二名の著名なアメリカ人実業家に意見を求めたところ、メリットがあると答えたのはわずか二名だった。残り三〇名は、自由時間の増加は犯罪や借金や堕落につながると考えていた[4]。二名のうちの一人は、他でもない産業界の大物、フォード・モーター・カンパニーを興し、T型フォードを開発したヘンリー・フォードだ。同年、フォードは、史上初めて週五日労働を実施した。

人々はその決断をクレイジーだと非難したが、じきにフォードの後に続くことになった。フォードは根っからの資本主義者で、製造ラインの生みの親でもあったが、労働時間を短縮すれば、従業員の生産性が高くなることに気づいていた。余暇の必要性は「ビジネスにおける確かな事実だ」と彼は述べている[5]。十分に休息をとった労働者は、生産性が高かった。また、朝から晩まで工場でせっせと働き、車で遠くまで旅をしたり近隣で車を乗り回したりする時間の余裕がない労働者は、フォードの車を買うはずもなかった。フォードがジャーナリストに語ったように「労働者の余暇を『時間の無駄』と見なしたり、余暇は特権階級のものと考えたりするのをやめるべき時[6]」が来ていた。

それを疑う声は、一〇年も経たないうちに一掃された。かつては労働時間の短縮は経済に打撃を与えると警告していた全米製造業者協会（ＮＡＭ）でさえ、アメリカは世界一、週の労働時間が短いと自慢するようになった。新たに生まれた余暇の時間に、労働者たちはフォードの車を運転して、ＮＡＭの広告掲示板の前を通った。その広告にはこう書かれていた。「アメリカ流にまさるものなし」[7]

「機械を世話する種族」をアシモフは危惧した

すべてが、マルクスからミル、ケインズ、フォードに至る偉大な人々が正しいことを証明しているかのようだった。

一九三三年、米上院は週三〇時間労働を導入するための法案を承認した。下院では産業界の圧力を受けて、法案は棚上げにされたが、その後も、労働時間の短縮は労働組合の最優先事項でありつづけた。一九三八年になってついに、週五日労働を保証する法律が可決された。翌年、「ビッグ・ロック・キャンディ・マウンテン」というフォークソングがヒットチャートの首位に立った。「雌鶏が半熟卵を産み」、タバコが木に実り、「仕事を作る間抜けな奴ら」が一番高い木から吊るされるユートピアを讃える歌だ。

第二次世界大戦後も、余暇は着実に増え続けた。一九五六年、リチャード・ニクソン副大統領は、「そう遠くない未来に」週四日の労働で足りる日が来る、と国民に約束した。アメリカは「繁栄の安定期」に入っており、労働時間の短縮は必然だと彼は確信していた[8]。近いうちに機械がすべての仕事を担うようになるだろう。そうなれば、「レクリエーションのための余地が十二分に増え、創意に富む生活、芸術、芝居、踊りなどさまざまなことを、日常のしがらみを越えて楽しめるようになる」と、あるイギリス人教授は熱っぽく語った[9]。

この頃になると、ケインズの大胆な予測が、当たり前のことと見なされるようになった。一九六〇年代半ばの上院委員会の報告書は、二〇〇〇年までに週の労働時間はわずか一四時間になり、少なくとも年に七週間休めるようになる、と推定した。影響力の大きいシンクタンク、ランド研究所は、いずれ人口のわずか二パーセントだけで、社会に必要なすべてを生み出せるようになる、と予測した。[10] 働くことはじきにエリートの特権になる、というのだ。

一九六四年の夏、『ニューヨーク・タイムズ』紙は、偉大なSF作家のアイザック・アシモフに未来予測を依頼した。[11] 五〇年後の世界はどうなっているか? いくつかの事柄に関して、アシモフの予測は慎重だった。例えばロボットに関しては、「二〇一四年、ロボットはあまり普及していないだろうし、性能もそれほど良くないだろう」と述べている。だが、ほかのことに関して彼の期待は高く、車が空中を行き交い、水中に都市が作られる、と予測した。

だが唯一、彼が危惧していることがあった。それは退屈が蔓延することだ。人類は「主に機械の世話をする種族」になり、「深刻な精神的、情動的、社会学的影響」が生じるだろう、と彼は書いた。二〇一四年には、精神医学が最も重要な医療分野になっているだろう。なぜなら、何百万もの人が、膨大な「強制された余暇」の中で目標を見失い、精神を病むからだ。そして『仕事』は我々の語彙の中で最も輝かしい言葉になる、と彼は続けた。

一九六〇年代になると、ますます多くの思想家が懸念を語るようになった。ピューリッツァー賞を受賞した政治学者、セバスティアン・デ・グラツィアは、AP通信にこう語った。「未来を危惧するのには理由がある……自由な時間、強制された自由時間は、延々と続く退屈、怠惰、不品行をもたらし、個人間の暴力を増大させるだろう」。また一九七四年には、アメリカ内務省が警鐘を鳴らした。「余暇は、楽園と同義と見なされてきたが、将来、最も厄介な問題になるかもしれない[12]」

　こうした懸念はあったものの、大半の人は、余暇が増える方向に歴史が進むことを疑おうとしなかった。一九七〇年頃、社会学者たちは確信をもって「労働の終わり」が迫っていることを語った。人類は、余暇革命を迎えるはずだった。

テレビアニメに描かれた二〇六二年の夫婦

　ここでジェットソン夫妻を紹介しよう。彼らはオービット・シティの広々としたアパートメントに子ども二人と一緒に住む、健全な市民だ。夫のジョージは、大企業の「デジタル・インデックス・オペレーター」で、妻のジェインは典型的なアメリカの主婦だ。ジョージは、仕事にまつわる悪夢に悩まされている。それも無理からぬことで、彼が任されているのは、時々たった一つのボタンを押すことで、おまけに上司のスペースリー氏（背が低く、小太りの、印象的な口ひげを生やした人物）は暴君だ。

「昨日は丸二時間も働いたんだ！」ジョージは何度目かわからない悪夢の後で、こうこぼす。妻のジェインは同情する。「スペースリーは、自分が何をしているのか、わかっているのかしら。これじゃまるで搾取工場だわ！[13]」

　オービット・シティの労働時間は平均で週に九時間だ。と言っても、残念ながらそれは、「唯一にして最も重要な二〇世紀の未来主義の一コマ」を描いたテレビアニメ、「宇宙家族ジェットソン」での話だ[14]。一九六二年に初めて放映された同シリーズは、二〇六二年を舞台としていた。基本的には、「原始家族フリントストーン」の未来版だ。何度も再放送されたので、何世代もの人が「ジェットソン」を見ながら大人になった。

初めて放映されてから五〇年後の現在、当時の制作者が二〇六二年にはそうなると予測したことの多くが、すでに実現している。家事ロボットは？　ある。日焼けするためのベッドは？　ある。タッチパネルは？　それもある。ビデオチャット？　もちろんある。だが、ほかの面では、オービット・シティには遠く及んでいない。空飛ぶ車はいつ実現するのだろう。町中に動く歩道ができるという兆しもない。

だが、実現していないことの中で最もがっかりさせられるのは？　それは余暇を増やすことだ。

誰も予想できなかった「女性の解放」

一九八〇年代、労働時間の減少傾向が終わった。経済成長は、余暇を増やす方向にではなく、より多く働く方向へ社会を進ませた。オーストラリア、オーストリア、ノルウェー、スペイン、イギリスなどの国では、労働時間の減少が止まった[15]。アメリカにいたっては、むしろ労働時間が増え始めた。この国が週四〇時間労働を法制化してから七〇年がたっていたが、労働人口の四分の三が、週に四〇時間以上、働いていた[16]。

それだけではない。個人の労働時間に減少が見られた国々でも、家族単位では、ますます時間に追われるようになっていた。なぜだろう。それはすべて、ここ数十年の最も重要な発展と関係している。つまり、女性の解放だ。

未来学者たちは、この日が来ることを予見していなかった。その証拠に、二〇六二年のジェ

図8　女性の職場進出（1970～2012年）

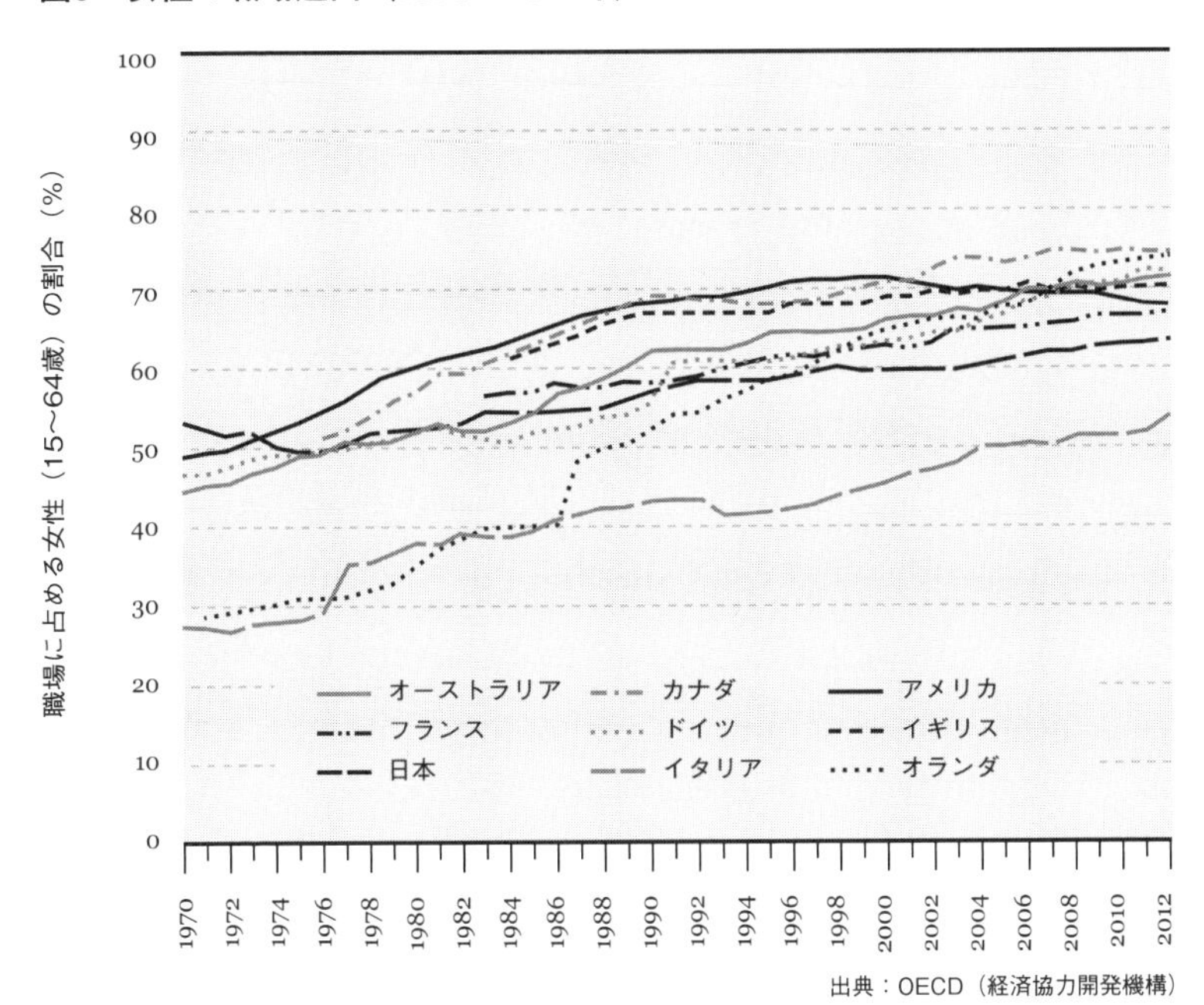

イン・ジェットソンは従順な主婦のままだ。一九六七年、『ウォールストリート・ジャーナル』は、ロボットの利用によって二一世紀の男性は家で妻と共にくつろぐ時間が増える、と予測した[17]。第二次世界大戦時には、徴兵で男性が減ったせいで、女性の社会進出が進んだが、二〇一〇年一月までに、アメリカの労働力の大部分を女性が占めることになろうとは、誰も予想していなかったらしい。

一九七〇年に女性が世帯収入に貢献する割合は二～六パーセントだけだったのに対し、今では四〇パーセントを上回っている[18]。

この変革は急速に進んでい

図9　減少傾向が続いた労働時間（1980年まで）

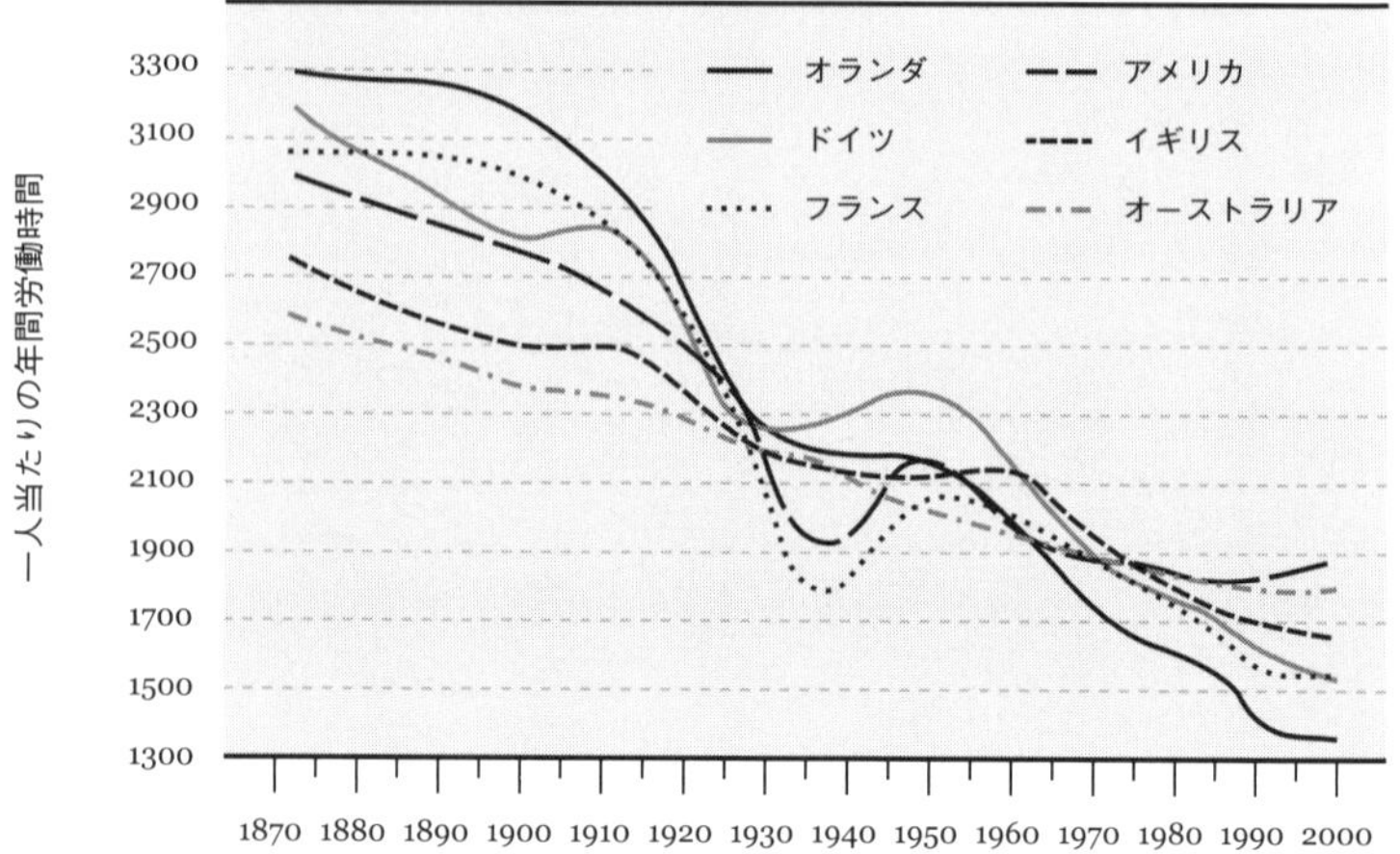

一人当たりの年間の労働時間は19世紀以来、大いに減少してきた。しかし、1970年以降、状況は複雑になった。女性の社会参加が増えつづけているため、いくつかの国では一人当たりの労働時間はなおも減少しているが、家族として見れば、より時間に追われるようになっているのだ。

出典：ILO（国際労働機関）

る。無給の労働も含めると、ヨーロッパと北米において、女性は男性より多く働いていることになる[19]（**図8**）。オランダのある女性コメディアンはその状況を、簡潔に言い切った。「祖母には投票権がなく、母にはピルがなかった。わたしには時間がない[20]」

女性が労働市場に続々と進出しているのだから、男性の労働時間は減り、料理や掃除、家族の世話にかける時間は増えそうなものだ。

だが、そうはならなかった（**図9**）。一九五〇年の夫婦の労働時間の合計は、週五〜六日だったが、現在では七日から八日に近い。同時に、子育ては以前より時間のかかる仕事になった。調査によると、世界のどこでも、親たちはこれまで以上に子育てに時間をかけている。[21] アメリカでは、今日の働く母親は、一九七〇年代の専業主婦の母親より多くの時間を子どもに費やしている。[22]

週の労働時間が世界で最も少ないオランダの市民でさえ、一九八〇年代以来、仕事や残業、介護、教育にかける比重が着実に増えてきたことを実感している。一九八五年、これらの活動にかける時間は週に四三・六時間だったが、二〇〇五年には四八・六時間になった。[23] オランダの労働人口の四分の三が時間が足りないと感じ、四分の一が習慣的に超過勤務をし、八人に一人が燃え尽き症候群にかかっている。[24]

さらに、現代では仕事の時間と余暇の区別がつきにくくなっている。ハーバード・ビジネス・スクールで行われたある研究では、現代のテクノロジーが原因で、ヨーロッパ、アジア、北米では、管理職や専門職が週に八〇時間から九〇時間、「労働と『監督』業務をこなし、いつでも連絡が取れる」状態にあることが明らかになった。[25] また、韓国の調査によれば、スマートフォンのせいで、平均的な従業員は、週に一一時間、超過勤務をしているそうだ。[26]

過去の偉人たちが予測した通りにはならなかった。むしろ、彼らの予測は完全に外れたと言うべきだろう。二〇一四年には「労働」が我々の語彙の中で最も輝かしい言葉になる、と予言したアシモフは、まったく別の理由で正しかったとも言える。わたしたちは死ぬほど退屈してはいない。死ぬほど働いているのだ。精神分析医と精神科医が相手にしているのは、倦怠感の増大ではなく、ストレスの蔓延だ。

まもなく、ケインズが予言した二〇三〇年が訪れる。二〇〇〇年頃にはすでに、フランス、オランダ、アメリカ合衆国などの国々は、一九三〇年の五倍、豊かになった。[27] それでも今日のわたしたちの最大の問題は、余暇でも退屈でもなく、ストレスと不安定さなのだ。

一年のうち半年が休暇だった中世フランス

そこでは「お金で良い生活が買える」と、中世の詩人は、想像上の豊饒の地、コケインを讃えた。「そして、最も長く眠る者が、最も稼ぐ」と詩人は続けた。[28] コケインでは、一年は果てしない休暇の連続だ。イースターから始まって、ペンテコステ（聖霊降臨祭）、洗礼者ヨハネの祝日、最後はクリスマス、という四日間が、延々と繰り返される。働こうとする者は、誰であろうと地下の穴蔵に閉じ込められる。「仕事」という言葉を口にすることさえ、重大な違反行為なのだ。

皮肉にも現代のわたしたちに比べると、中世の人々の方が、この豊饒の地の怠惰で満ち足りた生活に近い暮らしをしていたようだ。一三〇〇年頃のカレンダーには、休暇と祭日が溢れていた。ハーバード大学の歴史学者で経済学者であるジュリエット・ショールは、当時は一年の三分の一以上が休暇だったと見積もっている。驚くべきことにスペインではそれが五カ月、フランスでは六カ月に近かった。ほとんどの小作農は、生きていくのに必要な以上には働かなかったのだ。「生活のテンポはゆっくりだった。わたしたちの先祖は裕福ではなかったかもしれないが、時間の余裕がたっぷりあった」[29]とショールは書いている。

では、その時間はどこへ消えたのだろう。

ケロッグは一日六時間労働で成功を収めた

答えは実にシンプルだ。時は金なり。経済成長はさらなる余暇と消費を生み出す。一八五〇年から一九八〇年まで、わたしたちはその両方を手に入れたが、その後、増えたのは主に消費だった。収入が増えず、格差が広がっても、消費の流行は続いた。しかも借金によってである。そしてそれこそが、労働時間の短縮は無理だという主張の根拠になってきた。わたしたちに労働時間を減らす余裕はない。余暇が増えるのは結構だが、余暇にはお金がかかる。皆がより働かなくなれば、生活レベルが格段に下がり、福祉国家は崩壊する、とその論は続く。

だが、本当にそうだろうか？

二〇世紀初頭、ヘンリー・フォードは一連の実験を行い、自社の工場の労働者は、週四〇時間働いているときが最も生産的であることを証明した。労働時間を二〇時間増やすと、四週間の間は効果があったが、その後の生産性は下がった。

さらに踏み込んだ実験をした人がいる。大恐慌の波が広がりつつあった一九三〇年一二月一日、コーンフレーク業界の重鎮、W・K・ケロッグは、ミシガン州バトルクリークの自社工場で一日六時間労働を導入した。これは明らかな成功を収めた。ケロッグは新たに三〇〇人の従業員を雇うことができたばかりか、事故率を四一パーセントも削減したのだ。その上、従業員の生産性は目に見えて向上した。「これはただの仮説ではない」と、ケロッグは誇らしげに地元の新聞に語った。「生産単価が非常に下がるので、六時間の労働に対して、以前の八時間分と同じ賃金を支払えるのだ[30]」

もっとも、フォード同様、ケロッグにとっても、労働時間の短縮は単にビジネスを向上させる要素にすぎなかった[31]。だが、バトルクリークの人々にとっては、はるかに大きな意味があった。地方紙が報じたように、彼らは生まれて初めて「真の余暇」を手に入れたのだ[32]。親は子どものために時間を割くことができた。読書や庭いじり、それにスポーツをする時間が増えた。にわかに教会やコミュニティセンターは、市民生活に費やす時間を持てるようになった人々で溢れるようになった[33]。

それから半世紀近く後に、イギリスの首相エドワード・ヒースが、コーンフレーク資本主義の効果を再発見した。一九七三年の末、彼は万策尽きていた。インフレが記録的な水準に達し、財政支出は増える一方だったが、労働組合はいかなる妥協案も受け入れようとしなかった。それどころか炭鉱労働者はストライキに突入した。その結果、エネルギーの供給が不足し、イギリス人は暖房器具の温度を下げて、一番分厚いセーターを着込む羽目になった。一二月に入っても、トラファルガー広場のクリスマスツリーさえ点灯されないままだった。

そこでヒースは奇策に打って出た。一九七四年一月一日、労働を週三日に限ることにしたのだ。雇用者はエネルギーの貯蔵が回復するまで、週三日以上の電力使用を禁じられた。鉄鋼業界の大御所らは、工業生産高は半分に落ち込むと予測した。閣僚は、経済が破綻するのでは、と恐れた。一九七四年三月、再び週五日労働に戻ったとき、政府は週三日労働の間に生産がどこまで落ちたかを調べた。その結果に彼らは目を疑った。生産高はわずか六パーセントしか減っていなかったのだ[34]。

フォード、ケロッグ、ヒースが発見したのは、生産性と長時間労働に相関性はない、ということだ。一九八〇年代、アップル社の従業員は「週九〇時間労働、大好き！」とプリントされたTシャツを着ていた。後に、生産性の専門家が推計したところによると、もし彼らの労働時間がその半分だったら、世界の人々は画期的なコンピュータ「マッキントッシュ」を一年早く楽しめたかもしれないそうだ[35]。

現代の知識を基盤とした経済では週四〇時間労働でも多すぎる、と示唆する強い証拠がある。調査によれば、つねに創造力を発揮している人が生産的でいられるのは、平均で一日六時間に満たないようだ[36]。創造力に富み、教育水準の高い人々が住む富裕国ほど、週の労働時間を短縮してきたのは偶然ではない。

労働時間の短縮で解決しない問題があるだろうか

最近、わたしはある友人にこう訊かれた。労働時間が短縮されたら、どんな問題が解決するのだろう?

逆にわたしは、労働時間の短縮によって解決しない問題があるのか、と訊きたい。

ストレスについてはどうだろう?　労働時間が短い人ほど人生により満足していることが、数多くの研究によって示されている[37]。最近、ドイツの研究者らが、働く女性を対象とする世論調査を行い、「完璧な一日」を定量化した。最も長い時間を占めたのが「親密な関係」のための時間（一〇六分）だ。「付き合い」（八二分）、「のんびりすること」（七八分）、「食べること」（七五分）も高順位だった。低かったのは「育児」（四六分）、「仕事」（三六分）、「通勤時間」（三三分）だ。研究者たちは皮肉を込めてこう結論づけた。「幸福度を最大限にするには、生活に占める労働と消費の（いずれもGDPを増やす）の割合を減らすのが得策であるらしい[38]」

気候変動については?　世界規模で労働時間を短縮すれば、今世紀中に二酸化炭素排出量を半減できるかもしれない[39]。週の労働時間が短い国ほど、エコロジカル・フットプリントが少ないのだ[40]。消費を減らすには、まず労働時間を減らせばいい。いや、それよりもっといいのは、余暇という形でわたしたちの富を消費することだ。

事故についてはどうだろう？ 超過勤務は命取りになる[41]。長時間労働はミスに繋がりやすい。疲れた外科医には見落としが増え、ほとんど寝ていない兵士は、狙いを外しやすくなる。チェルノブイリからスペースシャトル・チャレンジャーに至るまで、管理職の働き過ぎが大惨事につながった事例は多い。この一〇年の間に最大の危機を引き起こした金融部門で、超過勤務が蔓延していたのは偶然ではない。

失業についてはは？ もちろん、一つの仕事をばらばらに分けることはできない。労働市場という椅子取りゲームでは、一つの椅子を分け合って座ることはできないのだ。にもかかわらず、国際労働機関の研究者たちは、従来一人のフルタイム労働者がしていた仕事を二人のパートタイム従業員に分けるという「ワークシェアリング」は長期的な解決策になる、と結論づけた[42]。特に、失業者が急増し、生産が需要を上回る景気後退期において、ワークシェアリングは、その打撃を和らげることができるだろう[43]。

女性の解放についてはどうだろう？ 労働時間が短い国々は、男女平等のランキングで上位にある。課題は、労働をより公平に分配することだ。料理や掃除などの家事を男性が公平に分担してはじめて、女性はより幅広い経済活動に参加できるようになる。言い換えれば、女性の解放は男性の問題なのだ。だがこうした問題は、男性一人ひとりの選択に任せられるものではない。法制化が重要なのだ。男女間の労働時間の差が最も少ないスウェーデンでは、育児や父親の育児休暇のためのシステムがしっかりしている。

とりわけ、父親の育児休暇が鍵となる。子どもが誕生した後の数週間を家庭ですごす男性は、その間、妻や子どものために多くの時間をさき、料理もよくする。さらにこの影響は続く――覚悟はよろしいか？――残りの人生ずっと続くのだ。ノルウェーの調査では、育児休暇を取る男性の五〇パーセント以上に、積極的に洗濯を手伝う傾向が見られた[44]。カナダでの調査も、育児休暇を取る男性は、家事や育児により多くの時間を費やすことを示唆している[45]。父親の育児休暇は、男女平等をかけた戦いの流れを変えるトロイの木馬になりそうだ[46]。

高齢化社会についてはどうだろう？　増える一方の高齢者は、定年後も仕事をつづけることを望んでいる。だが、三〇代の人たちが仕事と家事と住宅ローンの支払いに追われている一方で、高齢者は仕事を得るのに苦労している。働くことは、健康にとっても良いのだが。そういうわけでわたしたちは、仕事を男女間で公平に分けるだけでなく、世代間でも分け合う必要がある。現在、労働市場に入りつつある若者たちは、八〇歳代になるまで働いているかもしれない。もっともその頃には、週四〇時間ではなく週三〇時間、あるいは二〇時間で足りるようになるだろう。ある有力な人口統計学者は述べた。「二〇世紀には富の再分配が進んだ。今世紀には、労働時間の再分配が行われるだろう[47]」

格差についてはどうだろうか？　格差の大きい国は、労働時間が長い国でもある。貧しい人たちは、何とかやっていくためだけに長時間働き、豊かな人たちは、時給が上がるにつれて休みを取ることがより「高くつく」ことを実感している。

一九世紀には、富裕層は、まじめに働くことを馬鹿にしていた。労働は小作農がすることで、よく働く者ほど貧しかった。だが、その後、社会の風潮は変わった。今日では、働き過ぎとプレッシャーはステータス・シンボルだ。仕事が多すぎるという愚痴の裏には、往々にして、自分は重要で期待されているという自慢が潜んでいる。格差が広がっている国々では、自分のための時間があるということは、失業や怠惰と同一視されるのだ。

ストレスと失業率の高い今こそ準備のとき

一〇〇年近く前、我らが友、ジョン・メイナード・ケインズは、もう一つ、とんでもない予測を打った。彼は、一九二九年の株式市場の崩壊で全世界経済が幕を閉じたわけではないことを理解していた。生産者は前年と同じように供給が可能だった。ただ、多くの製品に対する需要が枯渇していたのだ。ケインズは書いた。「わたしたちは痛みを抱えている。だがそれは、年老いてリューマチになったからではない。変化があまりに急速なために、成長痛で苦しんでいるのだ」

八〇年以上を経て、わたしたちもまた同じ状況にある。わたしたちは貧しいわけではない。ただ、賃金労働が皆にいきわたるほどにはないというだけだ。だが、実を言えば、これは朗報なのだ。

なぜなら、十分な余暇を持つというおそらくは最大の課題に対して、準備を始められるからだ。どう考えても、週一五時間労働は、はるか彼方のユートピアだ。かつてケインズは、二〇三〇年には経済学者が果たす役割はほんのわずかで、「歯医者のレベルだ」と予測した。だが、この予測は大いに外れた。今日、経済学者は、メディアと政治の領域を支配している。では、労働時間の短縮という夢はどうだろう。それも踏みにじられた。いまだにこの夢を支持しようという政治家はほとんど見当たらない。ストレスと失業率は記録的レベルに上がっているというのに。

だが、ケインズがいかれていたわけではない。実際のところ、彼の時代には、労働時間はどんどん短くなっていた。一八五〇年頃に始まったその傾向が、未来まで続くと、彼は考えただけだった。「もちろん、一気にそうなるのではなく、徐々にそうなっていく」と彼は言い添えている。今世紀に余暇革命が再び勢いを取り戻したら、どうなるだろう。経済成長は緩やかであっても、わたしたち豊饒の地の住人は、二〇五〇年までに、週に一五時間以下の働きで二〇〇〇年と同じ額を稼げるようになるかもしれない(48)。

その実現に向けて、今こそ準備を始めるべきときだ。

どうすれば労働時間を減らせるか？

まずすべきことは、自分に問うことだ。わたしたちはそれを望んでいるのか、と。

ありがたいことに、いくつかの世論調査がすでにそれを調べている。答えは、イエス。ぜひそうしたい、だった。わたしたちは、貴重な購買力をいくらか手放してでも、余暇を得たいと思っているのだ(49)。とはいえ、近年、仕事と余暇の境界が曖昧になっていることにも、注目すべきだ。今や仕事は一種の趣味のように考えられがちで、アイデンティティの要と見なされることも少なくない。社会学者のソースタイン・ヴェブレンは、古典となっている一八九九年の自著『有閑階級の理論』（ちくま学芸文庫、二〇一六年）の中で、余暇（レジャー）を、エリートを象徴するものとして描いた。だが、かつてはレジャーに分類されていた芸術、スポーツ、科学、看護、慈善等々が、今では仕事に分類されているのだ。

明らかに、現代のわたしたちが住まう豊饒の地でも、給与の低い凡庸な仕事が重要な役割を果たしている。一方、給与の高い仕事は、特に有用とは見なされていない。だがここでの目的は、労働時間をゼロにすることではない。むしろその逆だ。今こそ、女性、貧困者、高齢者が、良い仕事をより多くする機会を得るべきなのだ。誰にとっても、意義のある安定した仕事は、充実した人生を送る上で欠かせない要素である[50]。これに対し、強制された余暇、つまり解雇は、一種の災難だ。長引く失業が幸福度に与える衝撃は、愛する人を亡くしたり離婚したりするより大きいことを、心理学者は証明している[51]。時間が経てば傷は癒えるが、失業は別だ。脇に追いやられる時間が長いほど、孤立感は深まる。

だが、いくら仕事が人生において重要であっても、日本からアメリカまで、世界中の人々が労働時間が短くなることを望んでいる[52]。アメリカの科学者が労働者に、二週分の給与上乗せか、二週間の休暇のどちらかを選ぶかと尋ねたところ、休暇を選んだ人は、給与を選んだ人の二倍にのぼった。また、イギリスの調査で、宝くじの当選と、労働時間の短縮のどちらを選ぶかと尋ねたところ、やはり労働時間の短縮を選んだ人が前者を選んだ人の二倍だった[53]。

あらゆる証拠が指し示すのは、わたしたちはもはや日々の仕事をいくらか削減しないではいられないということだ。労働時間が短縮されると、わたしたちにとって等しく重要な、家庭、地域社会、レクリエーションといったことに関与する余地が生まれる。労働時間の短い国々ではボランティアの数が多く社会資本も豊かなのは、たまたまそうなったわけではない。

誰もが労働時間を減らしたがっているとわかったところで、さて、次の質問だ。どうすれば減らすことができるだろう？

皆がいっせいに労働時間を週二〇時間とか三〇時間に切り替えられるわけではない。まずは仕事を減らすことを、政治の理念として復活させなければならない。そして政策としてお金を時間に換え、教育により投資し、退職制度をより柔軟にし、父親の育児休暇や子育てのためのシステムを整えていけば、徐々に労働時間を減らすことができるだろう。

それはまず、動機(インセンティブ)を逆転させることから始まる。現在、雇用主にとっては、二人のパートタイム職員を雇うより、一人の社員に残業させるほうが安くすむ。[54] なぜなら、健康保険料などの福利厚生費が、時間当たりではなく従業員一人当たりで支払われるからだ。[55] それはまた、わたしたちが労働時間を短縮したくても、できない理由でもある。そんなことをしたら、会社での地位を失い、キャリアを積むチャンスを逃し、ついには、仕事そのものを失うかもしれない。ゆえに従業員は互いに目を光らせる。誰が最も長い時間、デスクに向かっているか。勤務時間が最も長いのは誰か、と。そして一日が終わる頃には、どのオフィスでも、疲れ切った従業員がデスクの前に座り、手持ち無沙汰にフェイスブックをいじって知らない人のプロフィールを見たりしながら、誰かが最初に席を立って家路に向かうのを待つのだ。

この悪循環を断つには、会社、いや、国が、一丸となって行動しなければならない。

一生のうち九年をテレビに費やすアメリカ

本書の執筆中に、この本のテーマは今世紀最大の問題だと人に話すと、誰もがすぐさま興味を示した。テロ？　気候変動？　それとも、第三次世界大戦？

ところが、わたしが余暇について語り始めると、彼らは失望をあらわにした。「誰もがテレビに張り付いて過ごしているわけじゃないだろう？」と。

わたしは、一九世紀の気難しい祭司や聖職者を思い出す。すなわち、庶民には投票権や適正な賃金、ましてや余暇をうまく扱う能力はない。彼らが酒に溺れるのを防ぐには、週七〇時間働かせるのがいちばんだ、と考えていた人々だ。だが皮肉にも、ますます多くの人が酒に逃げるようになっているのは、工業化が進んだ働き過ぎの都市においてなのだ。

今は一九世紀ではないが、状況は同じだ。日本やトルコ、そしてもちろんアメリカのような働き過ぎの国では、人々はあきれるほど長い時間テレビを観ている。アメリカでは、平均で一日五時間もテレビに費やし、一生では九年にもなる。アメリカでは子どもたちも、学校で過ごす時間の半分に相当する時間を、テレビの前で過ごしている[56]。

だが、本物の余暇は、贅沢でもなければ堕落でもない。それは、身体にビタミンCが欠かせないのと同様に、脳にとって欠かせないものなのだ。死の床にあって、「あともう少し会社にいたかった。もう少しテレビの前に座っていたかった」と考える人はいない。とは言え、たっぷりの休暇に慣れるのは、容易なことではないだろう。従って、二一世紀の教育は、労働力となることを教えるだけでなく、（さらに重要なこととして）人生をいかに生きるかを教えなければならない。「人間は、余暇に飽きることはないだろうから」、一九三二年、哲学者のバートランド・ラッセルは書いた。「受け身で空虚な娯楽に溺れるようなことにはならないだろう[57]」

わたしたちは、良い人生を導くことができる。十分な時間さえあれば。

第六章　ケインズが予測した週一五時間労働の時代

第六章　ケインズが予測した週一五時間労働の時代　まとめ

・一九三〇年、経済学者ケインズは「二〇三〇年には人々の労働時間は週一五時間になる。二一世紀の最大の課題は増えすぎた余暇だ」と予言した。

・一九世紀半ばから労働時間の短縮が始まる。一八五五年、オーストラリアのメルボルンの石屋が、他に先駆けて、一日八時間労働を保証した。一九世紀末には、一部の国の労働時間はすでに週六〇時間に下がっていた。

・フォード・モーター・カンパニーを興し、T型フォードを開発したヘンリー・フォードは一九二六年、史上初めて週五日労働を実施した。

・第二次世界大戦後も余暇は着実に増え続けたが、一九八〇年代、労働時間の減少傾向が止まる。アメリカでは、むしろ労働時間が増え始めた。個人の労働時間に減少が見られた国々でも、家族単位では、ますます時間に追われるようになっていた。

・これは、ここ数十年の最も重要な発展である女性の解放と関係している。一九七〇年に女性が世帯収入に貢献する割合は二〜六パーセントだけだったのに対し、今では四〇パーセントを上回っている。一九五〇年の夫婦の労働時間の合計は、週五～六日だったが、現在では七日から八日に近い。

・週の労働時間が世界で最も少ないオランダの市民でさえ、仕事や残業、介護、教育にかける比重が着実に増えてきた。一九八五年、これらの活動にかける時間は週に四三・六時間だったが、二〇〇五年には四八・六時間になった。

・経済成長はさらなる余暇と消費を生み出したが、八〇年以降に増えたのは主に消費だった。そして消費の流行は借金によって続いた。より働かなければ、生活レベルが下がる。だから労働時間の短縮は無理だ、と主張されるようになった。

・フォードの週四〇時間労働の実験、W・K・ケロッグの一日六時間労働、英国首相ヒースの週三日労働導入の結果から長時間労働と生産性に相関性はないことがわかる。

・世論調査では、日本からアメリカまで、労働者は貴重な購買力をいくらか手放してでも余暇を得たいと考えていることが分かっている。様々な社会問題を解決する労働時間の短縮。政策としてお金を時間に換え、教育に投資し、退職制度を柔軟にして、徐々に労働時間を減らしていくことが必要だ。

仕事とは他になすべきことを持たない人々の逃げ場である。

——オスカー・ワイルド（一八五四〜一九〇〇）

第七章　優秀な人間が、銀行家ではなく研究者を選べば

「空飛ぶ車が欲しかったのに、得たのは一四〇文字」とピーター・ティールは揶揄する。過去三〇年の革新は富の移動に投資されてきた。優秀な頭脳が銀行員や会計士よりも研究者や技術者を選べば、才能はより社会に還元されるのだ

ニューヨークを混乱に陥れたゴミ収集作業員

一九六八年二月二日の夜明け。霧に包まれたニューヨークに、七〇〇〇人ものニューヨーク市のゴミ収集作業員が集まり、反乱軍のような様相をなしている[1]。労働組合のスポークスマン、ジョン・デリューリーが、トラックの屋根に立ち、熱弁を振るう。市長が譲歩を拒んだことを彼が発表すると、作業員たちの怒りは爆発寸前になった。最初の腐った卵が頭上を飛び、妥協の時は過ぎたことをデリューリーは悟る。もはや違法な手段に出るしかない。ゴミ収集作業員の仕事はあまりに重要だからという単純な理由から禁じられていた手段、すなわち、ストライキを決行すべき時がきたのだ。

翌日、ニューヨーク全市で、ゴミの収集が止まった。市のゴミ収集作業員のほぼ全員が、家から出ようとしなかったのだ。「われわれは名誉とは無縁で、それを気にしたこともない」。あ

る作業員の言葉が地元の新聞で紹介された。「だが今はちがう。市民はわれわれを汚物のように扱っている」

二日後、市長が状況を確認しようと外に出ると、街はすでに膝の高さまでゴミに埋もれていた。ゴミは毎日一万トンずつ増えていく。鼻をつく悪臭が街路に染みつき、最も高級な地区にもネズミが出没するようになった。わずか二、三日で、世界で最も象徴的な都市の一つが、スラムのようになりはじめた。一九三一年のポリオ流行以来初めて、市当局は非常事態宣言を発令した。

それでも市長は譲歩を拒んだ。彼は地元紙を味方につけていて、その紙面は、ストライキ参加者を、強欲な自己中心主義者だと攻撃した。一週間たってようやく市側は、ゴミ収集作業員が勝つという現実を理解しはじめた。「ニューヨークは彼らの前には無力だ」と『ニューヨーク・タイムズ』紙の編集委員らは落胆のうちに発表した。「この最も偉大な都市は、屈服するか、でなければゴミの中に沈むことになる」。ストライキ九日目、積み上がったゴミは一〇万トンに達し、ゴミ収集作業員は思いを遂げた。「最近ニューヨークを襲った混乱は、一つの教訓を残した」と『タイム』誌は報道した。「それは、ストライキは得になるということだ[2]」

富を作り出すのではなく移転しているだけ

おそらくその通りだ。だが、あらゆる職業に当てはまるわけではない。

たとえば、ワシントンに一〇万人いるロビイスト全員が、明日ストライキに入ったらどうだろう。[3]あるいはマンハッタンの税理士全員が家に引きこもったら。どちらの場合も、市長が非常事態宣言を発令するとは思えない。実際、いずれのシナリオも大した被害はもたらさないはずだ。同様に、ソーシャルメディアのコンサルタントや、テレマーケターや、高頻度トレーダーがストライキをしたとしても、ニュースにはならないだろう。

それがゴミ収集作業員となると、話は違ってくる。どこからどう見ても彼らは、わたしたちがそれなしではやっていけない仕事をしてくれている。その一方で、社会にとって必要不可欠でない仕事をする人が増えているのが、悲しい現実だ。彼らが急にその仕事をやめたとしても、世界は貧しくなるわけでもなければ、醜悪になるわけでもなく、とにかく、よりひどいことにはならない。ほかの人の退職基金で私腹を肥やす、ウォール街のずる賢いトレーダーもそうだし、その年の標語を書いてライバルを業界から追い出す売れっ子のコピーライターもそうだ。

これらの仕事は、富を作り出すのではなく、富を移転しているだけなのだ。

もちろん、富を作り出す人とそれを移転する人の間に、明確な線引きはない。多くの仕事がその両方をしている。金融部門がわたしたちの富に貢献し、その過程で他の部門の車輪に潤滑油を塗っているというのは、紛れもない事実である。また、銀行は妙案を練って、人々のリスクを分散し、支援することができる。とは言え、今日の銀行はあまりにも巨大化し、業務の大半を、単なる富の入れ替えか、悪くすると富の破壊が占めるようになった。近年、銀行部門は爆発的に拡大したが、それはパイ全体を増やすことにはつながらず、ただ銀行の利益を増やしただけだった。[4]

法曹界でも同じようなことが起きている。国が栄えるには、法の支配が欠かせない。しかし、現在、アメリカの国民一人当たりの弁護士の数は、日本の一七倍にもおよぶが、それはアメリカにおける法の支配に一七倍の効果をもたらしているだろうか？[5]　あるいは、アメリカ人は日本人の一七倍、法に保護されているだろうか？　とんでもない。アメリカには、製品を生産する意図もないのに、その特許をとる法律事務所が一つと言わず存在する。その目的は、特許権侵害で人を訴え、金を儲けることにあるのだ。

奇妙なことに、最も高額の給料を得ているのは、富を移転するだけで、有形の価値をほとんど生み出さない職業の人々だ。実に不思議で、逆説的な状況である。社会の繁栄を支えている教師や警察官や看護師が安月給に耐えているのに、社会にとって重要でも必要でもなく、破壊的ですらある富の移転者が富み栄えるというようなことが、なぜ起こり得るのだろう？

農業や工業の生産性向上がサービス産業の雇用を生み出した

もしかすると、歴史がその答えを教えてくれるかもしれない。

二、三世紀前までは、大半の人が農業に従事していた。その一方で、裕福な上流階級は自由に遊んで暮らし、私有財産で生計を立て、互いと交戦した――彼らがすることはすべて一種の道楽で、富を作り出さず、せいぜい移転するか、悪くすると消失するだけのものだった。貴族は相続権をもつ幸福な少数者として、他者を働かせて裕福に暮らす生活を誇りにしていた。仕事？　仕事は小作人がするものだ。

産業革命以前のその時代に、もし農民がストライキを起こせば、経済全体が麻痺していただろう。だが今日では、あらゆる図式と図表と円グラフが、すべてが変わったことを示している。経済活動の中で、農業は主流ではなくなった。実のところアメリカでは、金融部門の規模は、農業部門の七倍も大きい。

ということは、もし農家がストライキをしても、わたしたちは銀行がボイコットした場合ほどには困らないのだろうか？（ノー。そのようなことは決してない。）一方で、農業生産はこの数十年で飛躍的に高まったのではないか？（確かにその通り。）では、農業従事者はかつてないほど収入を得ているのではないか？（残念ながら、ノー）

ご存じの通り、市場経済では力は逆の方向に働く。供給が多ければ、価格は下がるのだ。この二〇〜三〇年の間に、食糧供給は急増した。二〇一〇年、アメリカの乳牛の搾乳量は、一九七〇年の二倍になった[6]。同じ期間に、小麦の生産量も二倍になり、トマトのそれは三倍になった。農業が進歩すればするほど、わたしたちはそれに金を出そうとしなくなる。今日では、食卓に出される食糧は、きわめて安価になった。

これが、経済の進歩の実情だ。農業や工業は、効率が上がるにつれて、経済に占める割合が縮小していった。また、農業と工業の生産性が上がると、雇用される人間が少なくなった。それと同時に、この変化がサービス産業に多くの仕事を生み出した。しかしコンサルタントや会計士やアドバイザーやブローカーや弁護士からなる新たな世界では、相応の資格を身につけなければ、仕事に就くことはできない。

以上の変化は、巨大な富を生み出した。

だが皮肉なことに、その変化は、ますます多くの人が有形な価値を生み出さないまま金を儲けるシステムを作り出した。この豊饒の地で、わたしたちがより金持ちになり、より賢くなるにつれて、より金を使うようになることを、進歩のパラドックスと呼ぼう。

アイルランドの銀行員ストライキの奇妙な事態

「銀行閉鎖」

一九七〇年五月四日、このニュースが『アイリッシュ・インディペンデント』紙に掲載された。アイルランドの銀行員たちは、インフレに追いつかない賃金をめぐって、実りのない交渉を続けた末に、ストライキに入ることを決めたのだ。

一夜にして国内の支払準備金の八五パーセントが動かせなくなった。あらゆる指標が、ストライキが一定期間続くことを示していたため、国中の企業が現金を蓄え始めた。ストライキ突入から二週間後、『アイリッシュ・タイムズ』紙は、国内の七〇〇〇人にのぼる銀行員の半分が、他の仕事を探すために、すでにロンドンへのフライトを予約していると伝えた。

当初、学者たちは、アイルランドでの生活は行き詰まると予測した。まず現金の供給が枯渇し、商業が停滞し、ついには失業が爆発的に増える、と。「体中の血管がいきなり収縮して破れることを想像しよう」と、ある経済学者は蔓延する恐怖を表現した。「そうすれば、銀行の操業停止を経済学者がどう見ているかがわかるだろう」[7]。その年の夏アイルランドは最悪の事態を迎えるだろうと、誰もが覚悟した。

だが、奇妙なことが起きた。もっと正確に言えば、何も起きなかったのだ。

七月に、ロンドンの『タイムズ』紙は、「現時点でわかる数字と傾向は、ストライキが有害な影響をもたらしていないことを示唆している」と報告した。二、三カ月後、アイルランド中央銀行は期末残高を公表した。「主要なクリアリングバンク（手形交換組合銀行）が長期間、営業停止しても、アイルランド経済は機能した」と同紙は結論づけた。それどころか、同国の経済は成長し続けたのだ。

結局、ストライキは半年間続いた。ニューヨーク市のゴミ収集作業員のストライキの二〇倍の期間だ。しかし、ニューヨークではわずか六日で緊急事態宣言が発令されたというのに、アイルランドは、銀行が閉まったまま半年たっても景気がよかった。「あの銀行のストライキのことをよく覚えていないのは」と、あるアイルランド人ジャーナリストは二〇一三年に回想している。「それが日々の生活に何ら悪い影響を及ぼさなかったからだ[8]」

一万一〇〇〇軒のパブを中継点とする貨幣システム

だが、銀行が閉まっていた間、彼らは通貨の代わりに何を使ったのだろう?

答えは実にシンプルで、アイルランド人は独自の通貨を発行したのだ。銀行が閉鎖された後も、彼らはそれまで通り小切手で支払いをした。唯一の違いは、それを銀行で現金化できないという点だ。また、流動的（リキッド）な資産を扱う別の業者、つまりパブが、その空白を埋めた。当時のアイルランドでは、週に少なくとも三度は地元のパブに立ち寄って一杯やるのが当たり前で、誰もが、特にバーテンダーが、誰が信用できて誰が信用できないかをよく知っていた。「これらの小売業やパブの経営者は、顧客について詳しく知っていた」と経済学者のアントワン・マーフィは説明する。「客が何をして酒代を稼いでいるかを知らないまま、何年も酒を飲ますようなことはあり得なかった[9]」

銀行がストに入るとすぐ、アイルランドの人々は、全国の一万一〇〇〇軒のパブを中継点とし、基本的信用を土台とする、分散型の貨幣システムを作り上げた。一一月に銀行が再び操業を始めるまでに、アイルランド人は五〇億ポンドもの自家製の紙幣を発行していた。企業が独自に出した小切手もあれば、タバコの箱の裏に書いたものや、果てはトイレットペーパーに走り書きされたものまであった。歴史家は、アイルランド人が銀行なしでうまくやれたのは、社会的な結びつきが強かったからにほかならない、と言う。

では、何も問題はなかったのだろうか？

当然ながら問題はあった。競走馬を信用買いして、競馬の優勝賞金でその借金を返すような人、つまり他人の金で大きなギャンブルをする人について考えてみよう[10]。言うなれば、銀行はその金を貸す役目を果たしているので、ストライキの間、アイルランドの企業は、大きな投資のための資金の確保に苦労した。実際、国民が自前の銀行業務を始めたという事実は、彼らがなんらかの金融部門なしではやっていけないことを語っているのだ。

しかし金融部門は必要でも、銀行に付随するもやもやしたもの、つまり、危険な投機、光り輝く摩天楼、納税者の血税から支払われる高額なボーナスを、人々はまったく必要としていなかった。「これはあくまで推測だが」と経済学者で経営思想家のウメール・ハークは言う。「人が銀行を必要とするよりもはるかに銀行のほうが人を必要としているのだ[11]」

銀行家が富を生み出さないのであれば、それはどこで生まれたのか？

その二年前に三〇〇〇マイル彼方で起きたもう一つのストライキとは対照的だ。ニューヨーク市民がゴミ捨て場のようになった街を見て絶望したのに対して、アイルランド人は自ら銀行家になった。ニューヨークがわずか六日で奈落の底に落ち込んだのに対して、アイルランドでは半年後も、ものごとは順調に運んでいた。

だが一つ忘れてはならないことがある。価値あるものを作らずに金を儲けるのは、決して容易なことではない。それには才能と野心と思考力が必要とされる。そういうわけで銀行業界には、賢い頭脳があふれている。「投機の天才とは、人がしていないことに気づく、あるいは人より早く気づく人だ」と経済学者のロジャー・ブートルは言う。「それは一種のスキルだが、片足のつま先で立って、頭上にティーポットを掲げてこぼさないようにするというのも、スキルだ[12]」

つまり、あることが難しいからといって、それに価値があるとは限らない、とブートルは言っているのだ。

この数十年で、銀行業界の賢い人々は、富を作り出さず、むしろ破壊するだけの複雑な金融商品をあれこれ考え出してきた。これらの商品は基本的に、銀行家以外の人々に対する税金のようなものだ。銀行家のオーダーメイドのスーツや、大邸宅や、豪華なヨットの金を誰が払っていると、皆さんはお考えだろう？　銀行家が富を生み出せないのであれば、それは他のどこか、あるいは誰かから、もたらされたにちがいない。富を再分配しているのは政府だけではない。金融部門も行なっているが、彼らは民主的な委任状を必要としない。

要するに、富はどこかに集めることはできるが、富が集中しているからといって、そこで生み出されたとは限らないのだ。かつての封建社会の地主についても、現代のゴールドマン・サックスのＣＥＯについてもそれは真実だ。唯一の違いは、銀行家は時々、そうした富はすべて自分たちが作ったものだと誤解することだ。小作人の労働に支えられて偉そうに暮らしていた地主でさえ、そんな妄想は抱かなかった。

「くだらない仕事」に人生を費やす

ここで、現状がまったく違っていた可能性もあることを考えてみよう。

経済学者ジョン・メイナード・ケインズが、二〇三〇年までに週の労働時間が一五時間になると予言したことを、皆さんは覚えているだろう。[13] 繁栄が急速に進み、富のかなりの部分を余暇と交換できるようになるという予言だ。

現実には、そんなことは起きていない。わたしたちは大いに豊かになったが、余暇の海を泳ぐどころか、現状はその正反対だ。誰もが、これまで以上に懸命に働いている。前章では、消費者主義のためにわたしたちがいかに余暇を犠牲にしてきたかについて論じた。ケインズがそれを予見できなかったのは確かだ。

しかしまだパズルのピースが一つ残っている。大半の人は、色とりどりのｉＰｈｏｎｅケースや、植物エキスを含むエキゾチックなシャンプーや、モカ・クッキー・クランブル・フラペチーノ［スターバックスの冷たいドリンク］の生産には関わっていない。わたしたちの消費中毒を支えているのは、ロボットと、第三世界の賃金奴隷なのだ。そして農業と工業の生産能力は、この数十年間に急成長したが、これらの産業における雇用は減少した。では、わたしたちの働きすぎの生き方が、消費者主義の暴走のせいだというのは、本当だろうか？

ロンドン・スクール・オブ・エコノミクスの文化人類学者デイビッド・グレーバーは、それとは別の要素があると考える。数年前に彼は、わたしたちが買うものではなく、わたしたちが行う仕事が非難されるべきだという、印象的な論文を書いた。そのタイトルは、「くだらない仕事という現象について」という絶妙なものだった[14]。

グレーバーの分析によると、数えきれないほど多くの人々が、仕事人生のすべてを、自ら無意味と思う仕事に費やしている。テレマーケター、人事部長、ソーシャルメディア・ストラテジスト、広報アドバイザー、そして病院・大学・官庁の管理部門、それらを「くだらない仕事」とグレーバーは呼ぶ。やっている本人が基本的に無駄だと思っている仕事だ。

専門職の半数が自分の仕事は「意味も重要性もない」と感じる

この現象についてわたしが初めて記事を書いた時、ちょっとした打ち明け話が噴出した。「個人的には、わたしは純粋に有益なことをしたいと思っている」とある株式仲買人は答えた。「ただし賃金が減るのは耐えられない」。彼はまた、「物理学の博士号をもつ、才能溢れるかつてのクラスメート」について詳しく語った。その人は癌発見技術を開発しているが、「残念ながら、収入がわたしよりかなり少ない」という。だが、もちろん、ある仕事が公共の利益に役立ち、多くの才能と知性と忍耐を必要とするものであっても、それをすれば自ずと多額の報酬を得られるというわけではないのだ。

逆もまた真なり。高給のくだらない仕事が増えたその時期に、高等教育がブームとなり、経済が知識重視に移行したのは、偶然だろうか？　先に述べたことを思い出していただきたい。価値を生み出さずに金を儲けるのは難しい。まずあなたは、重要そうだが意味のない専門用語を覚えなければならない（特に、ネットワーク社会における「共同創作の付加価値」について意見を出し合う「価値戦略的分野横断ミーティング」には不可欠だ）。ゴミの収集はほぼだれにでもできるが、銀行業務は選ばれた少数のためのものなのだ。

乳牛がより多くの牛乳を生産し、ロボットがより多くのものを作り、かつてないほど豊かになっていく世界では、友人、家族、社会奉仕、学問、芸術、スポーツ、その他、人生を価値あるものにするあらゆるものへの余地が生まれるはずだ。しかし同時に、くだらない仕事をする余地も生まれる。わたしたちが仕事、仕事、さらに仕事に取り憑かれているかぎり（有益な活動がいっそう自動化されるか、外部委託されるとしても）、くだらない仕事は、増え続けるだろう。実のところ、この三〇年間に先進国では管理職が増え続けたが、わたしたちは一ドルも豊かにならなかった。それどころか、いくつかの研究は、管理職が多い国ほど、生産性と革新性が低いことを示している。[15] ハーバード・ビジネス・レビューが一万二〇〇〇人の専門職の人を対象として行なった調査では、その半数が、自分の仕事は「意味も重要性も」ないと感じ、同じく半数が、自らの会社の使命に共感していなかった。[16] 最近行われた別の世論調査では、イギリスの労働者の三七パーセントが、自分の仕事をくだらないと感じていることが明らかになった。[17]

とは言え、新たなサービス部門の仕事のすべてが無駄なわけではない。むしろその逆だ。医療、教育、消防、警察の領域に目をやれば、多くの人が、給料はつつましいながら、毎日、自分はこの世界をよりよい場所にしていることを実感して家路についている。グレーバーによると、彼らはこう言われているかのようだ。「ようやく本物の仕事に就けたじゃないか！　この上、図々しくも、中流クラスの年金とヘルスケアが欲しいと言うのか？」

「空飛ぶ車が欲しかったのに、得たのは一四〇文字だ」

以上のことは、効率性や生産性を基盤とする資本主義制度の中で起きているので、なおさら衝撃的に思える。政治家は常に、政府を小さくすべきだと訴えているが、くだらない仕事が増え続けることについては口をつぐんだままだ。それが結果として、一方では政府が医療や教育、インフラといった部門の有益な仕事を削減して失業を引き起こし、他方で、役に立たないことが昔からわかっている職業訓練と指導からなる失業産業に数百万ドルを投資するというシナリオを招いている[18]。

同様に、現代の市場は、有益さ、品質、革新には関心がない。そこで重視されるのは儲けだけだ。それが素晴らしい貢献をもたらす場合もあるし、そうでない場合もある。テレマーケターから租税コンサルタントまで、くだらない仕事がつぎつぎに生まれる背景には、強固な基本原則がある。それは「何かを生産しなくても、富を得ることはできる」というものだ。

こうした状況で、不平等は問題を悪化させるだけだ。より多くの富が上層部に集中すればするほど、より多くの企業弁護士、ロビイスト、高頻度取引トレーダーが必要とされるようになる。彼らへの需要は、空白から生まれるわけではない。それは絶え間ない交渉の産物であり、国の法律と制度によって、また当然ながら、財布の紐をにぎる人の選択によって生まれるのだ。

おそらくこれもまた、過去三〇年間の革新が、なぜ不平等を急増させ、わたしたちの期待を裏切ったかを明かすヒントになる。「空飛ぶ車が欲しかったのに、得たのは（ツイッターの）一四〇文字だ」とシリコンバレーの住人ピーター・ティールは揶揄する[19]。戦後の時代が、洗濯機や冷蔵庫やスペースシャトルやピルといった素晴らしい発明をもたらしたのに対して、最近わたしたちがやっていることは、数年前に買った電話にわずかな改良を加えることだけだ。

実際、革新しないことが、ますます利益を上げるようになっている。何千人もの優秀な人材が、最終的には富を破壊するだけの複雑な金融商品の開発に時間を浪費したために、どれほど多くの進歩をこの社会が逃してきたかを、想像してもらいたい。同様に製薬業界では、優秀な研究者が、すでに存在する薬とほんのわずかしか違わない新薬の開発に人生の最良の時期を費やし、優秀な弁護士がその特許を申請し、優秀な広報部門がたいして新しくもない新薬を売るために斬新なマーケティング戦略を練っている。

これらすべての才能が、富の移動ではなく、富の創造に投資されていたらどうだろう。わたしたちはとうの昔に、ジェットパック［背負ったジェット噴射で飛ぶ器具］を作り、海底都市を築き、がんを治療できていたかもしれない。

その昔、フリードリヒ・エンゲルスは、当時の労働者階級である「プロレタリアート」がその犠牲になった「虚偽意識」について詳しく述べた。エンゲルスによれば、一九世紀の工場労働者は、宗教と国家主義のせいで目が曇っていたので、地主に対して反乱を起こさなかった。おそらく今日の社会も、それに匹敵するマンネリに縛られている。もっとも現代では、問題はピラミッドの頂点にいる人々にある。おそらく彼らは、給与の小切手に並ぶゼロの数や、高額なボーナスや、恵まれた退職金制度のせいで目が曇っているのだろう。膨らんだ財布は、自分は稼ぎがいいのだから価値あるものを生み出しているはずだ、という虚偽意識を導くらしい。

研究者が一ドル儲けると、五ドル以上が経済に還元される

いずれにせよ、今の状況は、あるべき状況ではない。真の革新や創造性が報われるようにするために、経済、税金、大学はすべて刷新されなければならない。「文化の緩やかな変化を辛抱強く待つ必要はない」と一匹狼の経済学者ウィリアム・ボーモルは二〇年以上前に明言した。[20]等しく、他人の金を使うギャンブルが儲からなくなるのを待つ必要はない。ゴミ収集作業員や警察官や看護師が適正な賃金を得るのを待つ必要はないし、天才的数学者がヘッジファンドを始めるのではなく、火星に植民地を作る夢を再び見るようになるのを、待つ必要はない。

今とは違う世界にわたしたちは踏み出すことができる。そして改革の常ながら、最初に手をつけるべきは税金だ。ユートピアにも税金の条項はあるのだ。例えば、金融業界を抑制するために、取引税を導入してもいいだろう。一九七〇年には、アメリカの株は平均で五年も保持されていた。しかし四〇年後、平均的な保持期間はわずか五日になった。[21]株の売買のたびに支払いが生じる取引税を課したら、社会的価値をほとんど生み出さない高頻度トレーダーは、瞬間的な株の売買によって儲けることはできなくなるだろう。そうすれば、その部門を支え扇動している、浮わついた支出を節約することができる。たとえば二〇一二年にロンドンとニューヨークの金融マーケットの情報伝達を速めるために敷設された光ファイバーケーブルには、三億ドルの費用がかかったが、それで短縮できた時間は、わずか五・二ミリ秒だった。

さらに重要なことは、そうした税金によってわたしたち皆がより豊かになれることだ。税金のおかげで、パイをすべての人により平等に分配できるだけでなく、パイ全体が大きくなるの

だ。そうすればウォールストリートに向かっている天才児は、戻ってきて教師や発明家やエンジニアになるだろう。

だがこの数十年間、それとはまったく逆のことが起きてきた。ハーバード大学で行われたある研究は、レーガン時代の減税が、わが国の最も優秀な頭脳を、教師や技術者から銀行員や会計士へと変えた、と指摘する。一九七〇年には、ハーバードの男子学生で研究者の道へ進む人は、銀行業界へ進む人の二倍いたのだが、二〇年後、そのバランスは逆転し、金融業界に就職する人は、研究職に進む人の一・五倍になった。

そして結論を言えば、わたしたちはみな貧しくなった。銀行が一ドル儲けるごとに経済の連鎖のどこかで六〇セントが失われている計算になる。しかし、研究者が一ドル儲けると、五ドルから、往々にしてそれをはるかに上回る額が、経済に還元されるのだ[22]。ハーバード大学流に言えば、高額所得者に高い税金を課せば、「才能ある個人を、負の外部性をもつ職業から、正の外部性をもつ職業に再分配する」のに役立つ。

簡単に言えば、税金を高くすれば、有益な仕事をする人が増えるのだ。

現在の教育はより楽に生きるための潤滑油にすぎない

よりよい世界の探求を始める場所があるとすれば、それは教室だ。

教育は、くだらない仕事の増加を後押ししたかもしれないが、実体のある新たな繁栄の源泉でもありつづけた。仮に、最も影響力のある職業のリストを作るとしたら、教師はトップランクに位置づけられるだろう。それは教師が、金や権力や地位といった報酬を生むからではなく、それよりはるかに大きなもの、すなわち人類の歴史の流れを形作るからだ。

大げさだと思うのであれば、ごく普通の小学校教師を見てみよう。二五人のクラスを四〇年にわたって指導すると、一〇〇〇人の子どもの人生に影響を与えることになる。しかも、最も影響を受けやすい年齢において、である。実のところ、相手はまだ子どもなのだ。教師は子どもに将来のための能力をつけさせるだけでなく、子どもの将来の形成に手を貸しているのだ。

いずれ社会に配当を還元できる形で、介入できる場所があるとすれば、それは教室である。だが、そのようなことはほとんど起きていない。今、教育について議論されるのは、主に形式や教授法だ。教育は一貫して、適応の手段として、つまり、人生をより楽に生きるための潤滑油として提供されている。教育についての会議では、トレンドウォッチャーが次々に演壇に立ち、未来を予測し、二一世紀に必要とされるスキルを語る。「創造性」とか「柔軟さ」、「適応力」といった、もっともらしい言葉を使って。

その焦点は常に能力であって、価値ではない。教授法であって、理想ではない。問題解決能力であって、どの問題が解決を必要としているかではない。すべての中心にあるのは、以下の疑問だ。――明日の求人市場、つまり二〇三〇年の市場で雇用されるために、今日の学生はどのような知識とスキルを身につけるべきか？

だが、それは、まさしく誤った問いなのだ。

二〇三〇年には、良心に欠けるやり手の会計士の需要が高まるだろう。現在のトレンドが続けば、ルクセンブルク、オランダ、スイスといった国は、いっそう魅力的な租税回避地（タックスヘイヴン）になり、多国籍企業が効率よく税金逃れするのをますます助け、発展途上国にますます損な役回りをさせるだろう。もしも教育の目的がこうしたトレンドをひっくり返すことではなく、それと協働することであれば、利己主義が、二一世紀を生きる上で欠かせないスキルになる。そうなるのは、法律や市場やテクノロジーが利己主義を求めるからではなく、明らかに、わたしたちが利己的に金を稼ぎたいと思っているからだ。

新たな理想を中心に教育を再構築する

そうならないために、まったく異なる問いを提示しなければならない。それは、二〇三〇年に、自分の子どもに備えていてほしい知識とスキルとは何か、というものだ。そうすると、期待や適応ではなく、舵取りと創造に焦点を絞ることになる。あれやこれやのくだらない仕事で生計を立てるために何をなすべきかではなく、どうやって生計を立てたいかを考えるのだ。これはトレンドウォッチャーには答えられない質問だ。答えられるはずがない。彼らはトレンドを追うだけで、それを作るわけではないからだ。トレンドを作るのはわたしたちの役目だ。

この問いに答えるには、まず自らを省み、個人的な理想を検討する必要があるだろう。自分は何を望んでいるのだろう？　たとえば友人や家族とすごす時間だろうか？　ボランティアの仕事？　芸術？　スポーツ？　将来の教育は、求人市場のためだけでなく、より基本的なこととして人生のための準備をさせるべきだ。わたしたちは金融分野を抑制したいのか？　そうであれば、経済学者の卵に、哲学思想や道徳を教える必要がある。わたしたちは人種、性別、社会経済集団を横断する、より強い連帯を必要とするだろうか？　それなら社会科の授業から始めよう。

新たな理想を中心に教育を再構築すれば、求人市場は喜んでついてくるだろう。より多くの芸術、歴史、哲学思想を学校のカリキュラムに組み込むことを想像しよう。芸術家や歴史家や哲学思想家の需要がきっと増える。一九三〇年にケインズが夢想した二〇三〇年の社会のように。さらなる繁栄と、仕事のロボット化が進めば、最終的にわたしたちは「手段より目的を重視し、有用性より善を好む」ようになるだろう。労働時間を短縮するのは、座ってぼんやり過ごすためではなく、本当に重要なことにより多くの時間を費やすためなのだ。

最後に、何が真に価値あるものであるかを決めるのは、市場やテクノロジーではなく、社会である。今世紀のうちに全ての人がより豊かになることを望むなら、すべての仕事に意味があるという信条を捨てるべきだ。合わせて、給料が高ければその仕事の社会的価値も高いという誤った考えを捨てようではないか。

そうすれば、わたしたちは、価値の創造という意味では、銀行員になることが必ずしも良い選択ではないと悟るだろう。

ゴミ収集作業員はニューヨークのヒーロー

ゴミ収集作業員のストライキから五〇年がすぎ、ニューヨークは、その教訓から学んだように見える。最近のことだが、「ニューヨークの誰もがゴミ収集作業員になりたがる」という見出しが新聞を飾った。今日、この巨大都市の後片付けをする作業員たちは、人もうらやむ報酬を得ている。勤続五年の人で、年俸は七万ドル。それに残業手当と各種手当が加わる。「彼らが街を動かしている」と公衆衛生局のスポークスマンはその記事の中で語った。「万一彼らが仕事をやめたら、それがどれほど短期間であっても、ニューヨーク全市が機能停止に陥るだろう[23]」

同紙は、市のゴミ収集作業員にもインタビューしている。二〇〇六年に当時二〇歳だったジョゼフ・ラーマンは、市当局からの電話で、ゴミ収集作業員としての採用が決まった、と知らされた。「宝くじに当たった気分だったよ」と彼は回想する。今、彼は毎朝四時に起床し、一日最長一二時間の交替勤務でゴミ袋を運んでいる。ニューヨーク市民から見て、彼の給料が高いのはきわめて筋の通ったことだ。「率直に言って、ゴミ収集作業員がニューヨークのヒーローと見なされているのは、理由があってのことなのです」と市のスポークスマンは笑顔を見せたそうだ。

第七章　優秀な人間が、銀行家ではなく研究者を選べば　まとめ

・農業や工業の効率が上がるにつれて、経済に占める割合が縮小。サービス産業に多くの仕事を生み出した。ますます多くの人が有形の価値を生み出さないまま金を儲けるシステムが出来上がった。

・そこには「くだらない仕事」をする余地も生まれた。そして管理職が多い国ほど、生産性と革新性が低いことが分かっている。ハーバード・ビジネス・レビューが一万二〇〇〇人の専門職の人を対象に行なった調査では半数が、自分の仕事は「意味も重要性も」ないと感じ、同じく半数が、自らの会社の使命に共感していなかった。

・「空飛ぶ車が欲しかったのに、得たのは（ツイッターの）一四〇文字だ」とシリコンバレーの住人ピーター・ティールは揶揄する。戦後の時代が、洗濯機や冷蔵庫やスペースシャトルやピルといった素晴らしい発明をもたらしたのに対して、ここ数十年間の革新は、数年前に買った電話にわずかな改良を加えることだけだった。

・優秀な人材が、富の**創造**ではなく、富の**移動**に投資されてきた。何かを生産しなくても富を得ることができ、稼ぎが良いのだから、価値あるものを生み出しているとい

う虚偽意識を導いた。これは、あるべき状況ではない。真の革新や創造性が報われるようにするために、経済、税金、大学は刷新されなければならない。

・一九七〇年には、アメリカの株は平均で五年も保持されていた。しかし四〇年後、平均的な保持期間はわずか五日になった。株の売買のたびに支払いが生じる取引税を課したら、社会的価値をほとんど生み出さない高頻度トレーダーは、瞬間的な株の売買によって儲けることはできなくなる。

・ハーバード大学で行われたある研究は、レーガン時代の減税が、最も優秀な頭脳を、教師や技術者から銀行員や会計士へと変えた、と指摘する。七〇年には、ハーバードの男子学生で研究者の道へ進む人は、銀行業界へ進む人の二倍いた。二〇年後、そのバランスは逆転し、金融業界に就職する人は、研究職に進む人の一・五倍になった。

・結論を言えば、わたしたちはみな貧しくなった。銀行が一ドル儲けるごとに経済の連鎖のどこかで六〇セントが失われている計算になる。しかし、研究者が一ドル儲けると、五ドル以上の額が、経済に還元される。高額所得者に高い税金を課せば、「才能ある個人を、負の外部性をもつ職業から、正の外部性をもつ職業に再分配」できる。税金を高くすれば、有益な仕事をする人が増える。

目指すべき未来は、全員の失業だ。そうなれば、誰もが遊んで暮らせる。

——アーサー・C・クラーク（一九一七〜二〇〇八）

第八章　ＡＩとの競争には勝てない

産業革命時代、織物工は蒸気機関に仕事を奪われた。そして今、ＡＩとロボットが「中流」と呼ばれる人々の仕事を奪う。その結果、富の不均衡は極大化する。今こそ、時間と富の再分配、労働時間短縮とベーシックインカムが必要だ

ロボットの開発と進出が進めば、残された道は一つ

以前にも似たようなことは起きた。二〇世紀初頭、すでに機械は、古代から続く職業を廃れさせようとしていた。一九〇一年のイギリスには、その職業に従事するものが一〇〇万人以上いたが、数十年後には、その大半が姿を消した。[1] ゆっくりと、しかし着実に、エンジンのついた乗り物がそれらの売り上げを減らし、ついには、自らの食いぶちを稼ぐこともできなくしたのだ。

お察しの通り、その職業とは役馬だ。

そして今、豊饒の地の住人も、自分の仕事がなくなるのではないかという不安を抱いている。運転ロボットや、読書ロボットや、話したり、書いたり、そして最も重要なこととして、計算したりするロボットが、異常な速さで開発されているからだ。「生産の最も重要な要因として

の人間の役割が小さくなるのは避けられない」と、ノーベル賞を受賞した経済学者のワシリー・レオンチェフが、一九八三年にすでに書いている。「農業生産における馬の役割が初めのうちは徐々に縮小し、やがてトラクターの導入によって一掃されたのと同様だ[2]」

　ロボット。それはわたしが労働時間の短縮とユニバーサル・ベーシックインカムを支持する理由の一つだ。実のところ、今のペースでロボットの開発と進出が進めば、残された道は一つしかない。構造的失業と不平等の拡大だ。「機械……は盗人で、多くの物を奪ってしまう」と、イギリスの職人、ウィリアム・リードビーターは、一八三〇年にハダースフィールドで開かれた会合で強く批判した。「それがこの国を破壊することを、やがてわれわれは思い知るだろう[3]」

　まず奪われたのは、わたしたちの給料だ。アメリカでは、平均的なサラリーマンの実質給与が一九六九年から二〇〇九年までの間に、一四パーセント下がった[4]。ドイツから日本に至る他の先進諸国でも、生産性は伸び続けたにもかかわらず、何年にもわたってほとんどの職種で賃金は上がっていない。最大の理由はシンプルで、仕事がどんどん減ってきているのだ。テクノロジーが進歩したせいで、豊饒の地の住人は、世界の数十億の労働者とだけでなく、機械とも競わなければならなくなったのだ。

　当然ながら、人間は馬ではない。馬に教えられることは限られているが、人間は学び、成長することができる。ゆえに人間は、教育に多くの金を注ぎ、知識経済をありがたがる。

　だが、問題が一つある。卒業証明書を額に入れて壁に飾ったからといって、心配が消えるわけではないのだ。ウィリアム・リードビーターは熟練の織工だったが、一八三〇年に機械化された織機に仕事を奪われた。そうなったのは、リードビーターの学歴が低かったからではなく、彼の技術が突如として不要になったからなのだ。彼が経験したことが、この先、多くの人を待ち構えている。「思い切って言うが、機械のせいでやがてこの世は破滅するだろう」と、リードビーターは警告した。

ようこそ、機械と競いあう世界へ。

世界を縮小させたチップと箱

一九六五年の春、ＩＢＭの専門技術者だったゴードン・ムーアは『エレクトロニクス・マガジン』誌から、同誌の創刊三五周年を記念して、コンピュータチップの未来について記事を書いてほしい、と依頼された。当時は、最高のプロトタイプでもトランジスタの数はわずか三〇個だった。トランジスタはコンピュータの基本構成要素だが、その頃のトランジスタは大きく、コンピュータの動きは遅かった。

ムーアはデータを集めるうちに、驚くべきことを発見した。一枚のチップに集積されるトランジスタの数は一九五九年から毎年、倍増していたのだ。当然ながらムーアは、この傾向がこの先も続いたらどうなるのか、と考えた。一九七五年には、一枚のチップに六万個という途方もない数のトランジスタが集積されることになる。そうなればコンピュータは、大学の最も優秀な数学者を全員集めたよりも、速く計算できるようになるはずだ！[5]『集積回路に、より多くの素子を詰め込む（Cramming More Components onto Integrated Circuits）』というムーアの論文のタイトルが、すべてを語っていた。これらの詰め込まれたチップが、「家庭用コンピュータというような驚くべき物」や「携帯用通信機器」、そしてもしかしたら「自動操縦の自動車」までもたらすかもしれない、と彼は予測した。

それは当て推量にすぎないと、ムーアは考えていた。しかし四〇年後、世界最大の半導体メーカーであるインテルは、その論文が掲載された『エレクトロニクス・マガジン』誌を見つけた人に一万ドルを提供する、と告知した。当て推量は、法則――正確には、ムーアの法則――として歴史に刻まれたのだ。

「これまでに何度か、限界に達したと思った」と、ムーア自身は二〇〇五年に語っている。「勢いは次第に弱まっていくものだ」[6]。だが、弱まっていない。少なくとも今のところは。二〇一三年に発売されたビデオゲーム機のエックスボックスワンには、五〇億個という驚異的な数のトランジスタを集積するチップが使われた。この先どれほど長く続くかは誰にもわからないが、現時点では、ムーアの法則の勢いは止まりそうにない[7](図10)。

ある箱も世界を変えた。

一九五〇年代後半、トランジスタは情報の標準単位になったが、同じ頃、輸送用コンテナも輸送の標準単位になった[8]。今から振り返れば、鋼鉄製の直方体の箱は、チップやコンピュータほど革命的には思えないだろうが、輸送用コンテナが誕生する前は、荷物はどれも一つずつ船や列車やトラックに積み込まれていたのだ。この積んだり降ろしたり、再び積んだりといった作業のせいで、運搬には日にちがかかった。

それに比べて輸送用コンテナは、一回積み降ろしするだけですむ。一九五六年の春、最初のコンテナ船がニューヨークからヒューストンに向けて出発した。五八個のコンテナは、ほんの数時間で荷降ろしされ、翌日、その船は別の貨物を満載して帰路に就いた。コンテナが発明される前、船は港で荷積みと荷降ろしのために四日から六日を費やしたが、それは輸送にかかる日数のまるまる五〇パーセントを占めていた。数年のうちに、それがわずか一〇パーセントに

図10　ムーアの法則

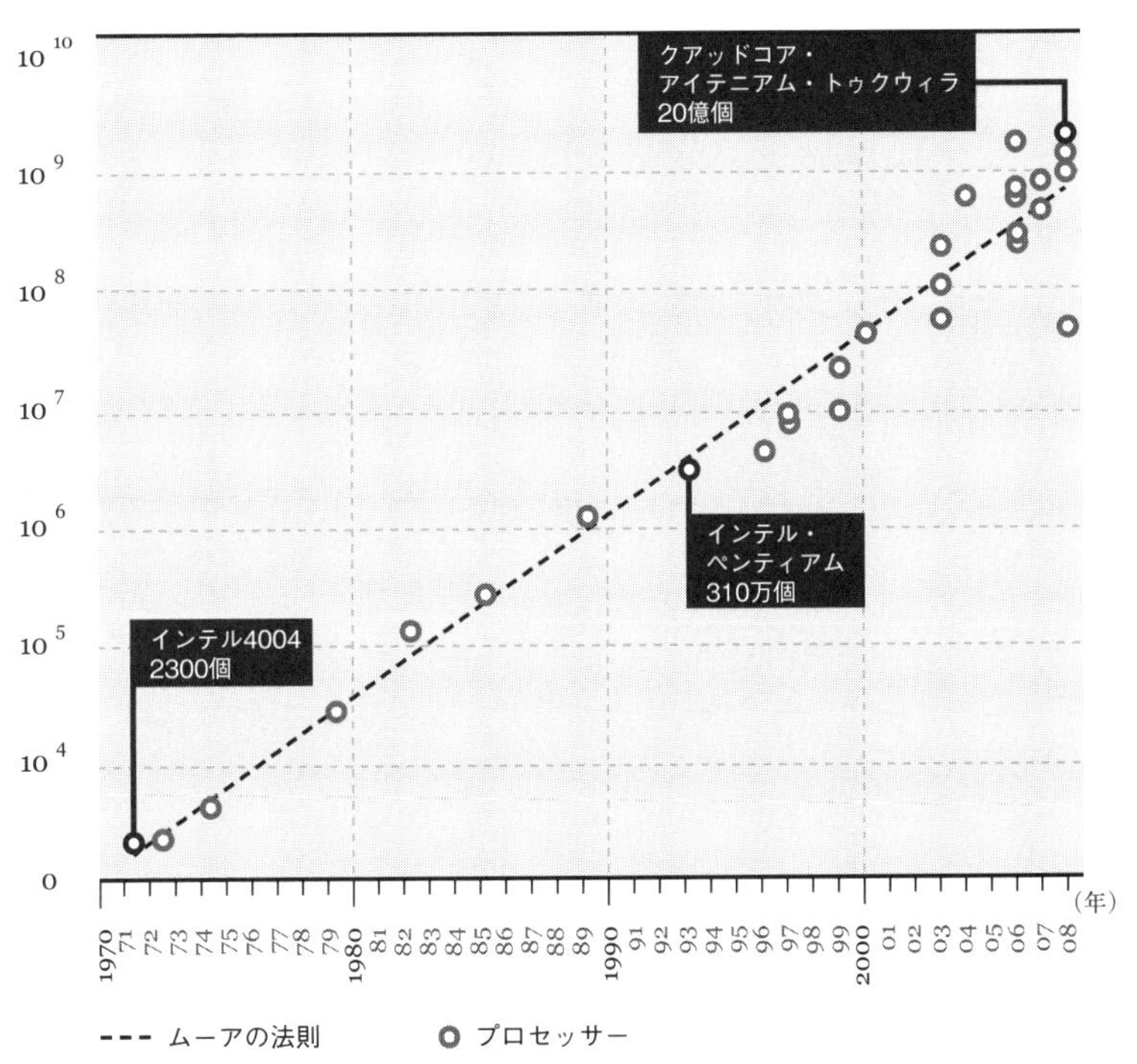

プロセッサー内のトランジスタの数（1970～2008年）

出典：ウィキメディア・コモンズ

なったのだ。

チップと箱の出現が世界を縮小し、品物やサービスや資金がかつてないスピードで世界を回るようになった[9]。テクノロジーとグローバル化は連携してそのスピードを速めた。そしてあることが起きた。それは誰も、起きると思っていなかったことだ。

「資本対労働の比率は不変」ではなかった

教科書通りなら起こり得ないことが起きた。

一九五七年に、経済学者のニコラス・カルドアは、後によく知られることになる経済成長の六つの「事実」を述べた。その一つ目は、「資本と労働が国民所得に占める割合は長期的に安定している」。つまり、国民所得の三分の二が労働者の給与になり、三分の一が資本の持ち主――株式や機械の持ち主――のポケットに入るという状態が変わらない、ということだ。若い世代の経済学者はそれを、「資本対労働の比率は不変である」と頭に叩き込んだ。

だが、そうではなかった。

三〇年も前にすでに変化は始まり、現在の先進工業国では、国の富のうち五八パーセントしか、給与として労働者に支払われていない。三分の二(約六七パーセント)から五八パーセントへの変化はわずかだと思えるかもしれないが、実際は極めて大きい変化なのだ。それにはさまざまな要因が関係している。労働組合の弱体化、金融部門の成長、資本税の削減、アジアの大国の台頭。だが、最も重要な原因は、テクノロジーの進歩である[10]。

iPhoneを例にとってみよう。これはまさにテクノロジーがもたらした奇跡で、チップ

図11　ヌテラ（ヘーゼルナッツペーストをベースとする甘いスプレッド）がどこから来るか

出典：OECD（経済協力開発機構）

と箱がなければ誕生しなかった。この電話は、アメリカとイタリア、台湾、日本で部品が作られ、中国で組み立てられ、世界中に送られている。あるいは、欧米で人気のチョコレートスプレッド、「ヌテラ」を見てみよう。発売元はイタリアの会社だが、工場はブラジル、アルゼンチン、ヨーロッパ、オーストラリア、ロシアにあり、ナイジェリア産のチョコレートとマレーシア産のヤシ油と中国産のバニラ・エッセンスとブラジル産の砂糖から作られる（図11）。

わたしたちは個人主義の時代に生きているようだが、この社会はかつてないほど相互に依存しあっているのだ。

アメリカでは貧富の差は古代ローマ時代より大きい

重大な問題は、だれが利益を得ているか、ということだ。現在、シリコンバレーで起きた革新が、他の場所で大量の一時解雇（レイオフ）を引き起こし、アマゾンのようなオンラインショップの出現が、数百万という小売業を失業に追い込んでいる。イギリスの経済学者アルフレッド・マーシャルは、一九世紀後半にすでにこの流れに気づいていた。世界が小さくなればなるほど、勝者の数は少なくなる。その時代にマーシャルは、グランドピアノ生産の寡占が進むのを目の当たりにした。新たな舗装道路が敷かれ、新たな運河が掘られるたびに、輸送コストが大幅に下がり、ピアノ製造業者は商品を輸出しやすくなった。マーケティング力と規模の経済によって、大手の製造業者は、地元の小規模な製造業者をあっというまに壊滅させた。世界がどんどん縮小するにしたがって、マイナーリーグの選手はグラウンドから追い出されたのだ。

同じ経過をたどって、スポーツや音楽、出版の様相も一変し、それらも今では少数の大物に支配されている。チップと箱とインターネット販売の時代には、他よりほんのわずか優れていれば、一つの戦いだけでなく、すべての戦いを制することができるのだ。経済学者はこの現象を「勝者が独り勝ちする社会」と呼ぶ[11]。小さな会計事務所は税金計算ソフトによって駆逐され、地方の書店はオンラインのメガストアを相手に苦戦を強いられている。世界が小さくなっているにもかかわらず、どの業界でも、巨人がますます巨大化してきた。

そして現在では、ほとんどすべての先進国で不平等が拡大している。アメリカでは、貧富の差はすでに、奴隷労働の上に成り立っていた古代ローマ時代より大きくなっている[12]。ヨーロッパでも、持てる者と持たざる者の溝は、広がる一方だ[13]。企業家や政治家、ポップスターからなる排他的な世界経済フォーラムでさえ、この拡大する不平等を、世界経済が直面する最大の脅威と評した。

確かに、すべては急激に起きた。一九六四年にはアメリカの四大企業は、平均して約四三万人の従業員を雇っていたが、二〇一一年には、企業の価値は二倍になったものの、従業員は四分の一に減っていた[14]。コダック社の悲劇的な運命を見てみよう。同社は、デジタルカメラを発明し、一九八〇年代後半には一四万五〇〇〇人を雇用していたが、二〇一二年に破産申請をした。同じ年、インスタグラムはフェイスブックに一〇億ドルで買収された。インスタグラムはモバイル端末に対応する無料のオンライン画像サービスで、当時の社員はわずか一三人だった。

ビジネスの創出に必要な人間の数はますます少なくなっている。それが意味するのは、ビジネスが成功したあかつきには、少ない人数でその利益を分かち合うということだ。

生産性は過去最高、雇用は減少というパラドックス

早くも一九六四年に、アイザック・アシモフは、「人類は……主に機械を監督する種族になるだろう」と予測した。だが、それは少々楽観的にすぎたようだ。現在では、ロボットは監督者の仕事まで脅かそうとしている。[15] 経済学者の間では、こんなジョークが流行っている。「将来の工場には、従業員は二人しかいない。一人の人間と一匹の犬だ。人間は犬にえさを与えるために、犬は人間が設備に触らないよう見張るためにいる[16]」

今では、先行きを心配するのはシリコンバレーのトレンドウォッチャーと科学の予言者だけではなくなった。オックスフォード大学の学者は、アメリカ人の仕事の四七パーセント以上とヨーロッパ人の仕事の五四パーセントが機械に奪われる危険性が高い、と予測する。[17] それも一〇〇年後ではなく、二〇年以内に、と言うのだ。「それを強く信じる人と、懐疑的に見る人の唯一の違いは、いつそうなると考えているかである」と、ニューヨーク大学の教授は言う。「しかし、今から一世紀後には、それを気にかける人はいないだろう。すでにそれは起きていて、人々が懸念するのは、次に何が起きるかだ[18]」

こうしたことはすべて、以前から言われてきたことだ。二〇〇年も前から、被雇用者はオートメーション化が進むことを心配してきたし、それに対して雇用者は、また新しい仕事が生まれるはずだと、被雇用者の不安をなだめてきた。実のところ、一八〇〇年にはアメリカ人の七四パーセントが農業に従事していたが、一九〇〇年には三一パーセントに下がり、二〇〇〇年にはほんの三パーセントになった。[19] だが大量失業につながったわけではなかった。さらに言え

図12　アメリカにおける生産性と仕事の数

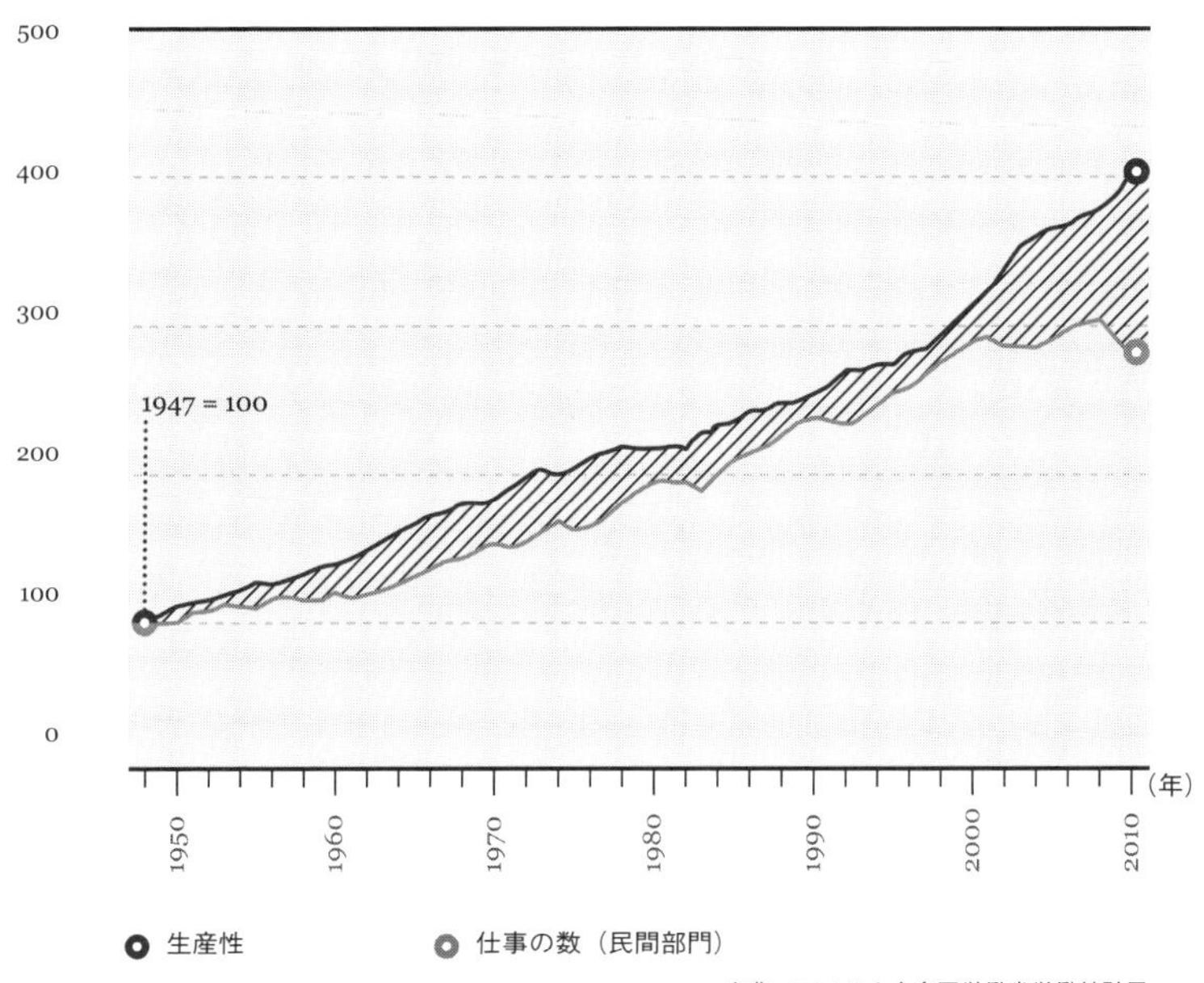

出典：アメリカ合衆国労働省労働統計局

ば、一九三〇年代にケインズが「技術革新のもたらす失業」という「新たな病」について書いたことを思い出してほしい。それは巷を大いに騒がせたが、一九四六年にケインズが亡くなった時、すべてはまだ申し分ない状態だった。

一九五〇年代から一九六〇年代にかけて、アメリカの自動車産業はオートメーション化が続いたが、賃金も仕事の機会も安定して上昇し続けた。一九六三年に行われたある研究は、新技術が過去一〇年間に一三〇〇万の雇用を消したが、二〇〇〇万の新たな雇用を創出していたことを明らかにした。「オートメーションの発達におびえることなく、元気を出すべきだ」と、研究者の一人は言った[20]。

だが、それは一九六三年のことだ。

二〇世紀の間、生産性の伸びと雇用の伸びはほぼ平行していた。人と機械が肩を並べて歩いていたのだ。しかし、新世紀に入ると、ロボットが突然スピードを上げた（図12）。二〇〇〇年ごろに始まったその動きを、マサチューセッツ工科大学の二人の経済学者は、「グレート・デカッププリング」と名付けた。「これは、我々の時代の大きなパラドックスだ」とその一人は言う。「生産性は過去最高のレベルにあり、革新はかつてないスピードで進んでいるが、同時に、平均収入が落ち、雇用が減っているのだ[21]」

現在、新しい雇用は主にピラミッドの底辺、すなわち、スーパーマーケットやファストフードのチェーン店、介護施設で働く低所得者層に集中している。これらの仕事はまだ安泰だ。今のところ、ではあるが。

コンピュータに仕事が奪われる事例の先駆け

一〇〇年前、コンピュータはまだ、あなたやわたしのような存在だった。冗談を言っているのではない。その頃、「コンピュータ」は職種の名称にすぎなかったのだ。当時のコンピュータは、労働者（大半は女性）で、一日中、単純な計算をしていた。しかし、間もなくその仕事を電卓が代行するようになった。これがその後延々とつづく、自動化されたコンピュータに仕事が奪われる事例の先駆けとなった。

一九九〇年に、未来学者のレイ・カーツワイルは、コンピュータは一九九八年までにチェスの王者に勝つだろうと予測した。当然ながら、その予測は外れた。一年早い一九九七年に、ディープ・ブルーがチェスの伝説的チャンピオンのガルリ・カスパロフを破ったのだ。当時の世界最速のコンピュータは、米軍が開発したASCI Redで、最高処理速度は一テラフロップスだった。ASCI Redはテニスコート一面分のスペースを占め、価格は五五〇〇万ドルだった。一六年後の二〇一三年に新しいスーパーコンピュータが発売された。プレイステーション4である。楽に二テラフロップスを達成していたが、価格はきわめて安かった。

二〇一一年には、コンピュータはテレビのゲーム番組への出演まで果たした。ケン・ジェニングスとブラッド・ラターという二人のクイズ王が、クイズ番組の「ジェパディ！」で質問応答システム「ワトソン」と対戦したのだ。ジェニングスとラターはそれまでに三〇〇万ドル以上の賞金を稼いでいたが、コンピュータ制御のライバルに大敗を喫した。ウィキペディアの全ページをはじめとする二億ページ分の情報が詰め込まれたワトソンは、ジェニングスとラターの知恵を合わせたよりも正確な回答を出した。

「クイズ番組の出演者は、ワトソンによって不要にされた最初の職業かもしれない」と、ジェニングスは述べている。「だが、不要にされる最後の職業でないのは確かだ」[22]

二〇四五年、コンピュータは全人類の脳の総計より一〇億倍賢くなる

新世代のロボットは、人間の筋力だけでなく、知的能力も代行する。友よ、第二次機械化時代へようこそ。それは、このチップとアルゴリズムからなる素晴らしい新世界の呼び名だ。第一次の機械化時代は、一七六五年に、スコットランドの発明家ジェームズ・ワットが散歩中に

蒸気機関の効率を上げる方法を思いついたところから始まった。その日は日曜（安息日）だったので、信心深いワットは、思いついたアイデアを試すのに一日待たなければならなかったが、一七七六年までに彼は、炭鉱から深さ一八メートル分の水をわずか六〇分で排出できる機械を作り上げた[23]。

あらゆる場所でほとんどすべての人が貧しく、飢えて、汚れ、恐れ、愚かで、病気がちで、醜かった時代に、技術の進歩を示す線は曲線を描きはじめた。と言うよりむしろ、九〇度に近い角度で飛躍的に上昇しはじめた。一八〇〇年、イギリスではまだ水力が蒸気の三倍のエネルギーをもたらしていたが、七〇年後には、イギリスの蒸気機関は成人男性四〇〇〇万人分に相当する力を生み出すようになっていた[24]。機械の力は驚異的なスケールで筋力に取って代わったのだ。

それから二世紀がたった今、脳が取って代わられる番になった。それも、まさにそのピークにわたしたちはいる。「コンピュータ時代が到来したことを感じられないのは、生産性統計の領域だけだ」と、経済学者のロバート・ソローが語ったのは、一九八七年のことだった。当時、コンピュータはすでにかなり優秀になっていたが、経済への影響は極めて小さかったのだ。蒸気機関と同じくコンピュータも、言うなれば蒸気を集める時間が必要だった。かつて電気がたどった道と同じだ。電気の利用を可能にする主な技術革新は一八七〇年代に起きたが、ほとんどの工場が動力を電気に切り替えたのは、一九二〇年頃になってからだった[25]。

現在まで話を進めると、コンピュータチップは、一〇年前には不可能に思えたことさえ可能にした。二〇〇四年に、二人の著名な科学者が「なぜ人間がまだ必要とされるか？」というタイトルの、示唆に富む章を書いた[26]。彼らの答えは、「車の運転は自動化できないから」というものだった。しかしその六年後、グーグルのロボカーはすでに一〇〇万マイルを走っていた。

未来学者のレイ・カーツワイルは、二〇二九年までにコンピュータは人間と同等の知能を持つようになると確信している。そして、二〇四五年にはコンピュータは全人類の脳の総計より一〇億倍、賢くなっている、と言う。このテクノ予言者によれば、機械の計算能力の指数関数的成長には、まったく限界がないそうだ。言うまでもなく、カーツワイルは天才だが、等しく、いかれてもいる。計算能力は知性と同じではないことを心に留めておこう。

だが、カーツワイルの予測を否定するのは危険だ。というのも、わたしたちが指数関数的成長の力を過小評価するのは、これが最初ではないからだ。

労働搾取工場でさえオートメーション化される

一〇〇万ドルに値する問いは、わたしたちは何をすべきか、というものだ。未来は、どんな新しい仕事をもたらしてくれるのか？　そして、それ以上に重要なことだが、わたしたちはその新しい仕事をしたいと思うだろうか？

未来においても、グーグルのような企業の従業員は、おいしい食事や、毎日のマッサージ、高い給料に恵まれ、しっかり面倒を見てもらえるだろう。しかし、シリコンバレーで仕事を得るには、とてつもない才能と熱意と幸運が必要とされる。それは、経済学者が「労働市場の両極化」と呼ぶもの、つまり、「劣悪な仕事」と「素晴らしい仕事」との格差の広がりの一面である。高度な技術を要する仕事と、技術を要しない仕事の割合は依然としてかなり安定しているが、その中間の、平均的な技術を要する仕事は減ってきている。[27]ゆっくりだが確実に、近代デモクラシーの基盤となってきた「中流」が消え去ろうとしているのだ。そして、アメリカがこのプロセスをリードしているとはいえ、他の先進諸国もすぐ後ろに続いている[28]。

現代の豊饒の地の住人の中には、健康で、意気盛んで、やる気満々であるにもかかわらず、すっかり脇へ追いやられた人もいる。二〇世紀を目前にした頃のイギリスの荷馬と同じように、いくらかでも賃金を払って彼らを雇おうという人がいないのだ。アジア人やアフリカ人、あるいはロボット労働者は、いつでも彼らより安く働くだろう。そして、アジアやアフリカに安く仕事を外注するのは、今のところ効率的だが[29]、それらの国々の時給や技術が高くなると、そこでもロボットが人間に勝つだろう。つまるところ、外注は、途中の踏み石にすぎない。最終的には、ベトナムやバングラデシュの労働搾取工場さえ、オートメーション化されるのだ[30]。

ロボットは病気にならず、休みも取らず、不平も決して言わないが、それが結局、多くの人々に低賃金や出世の見込みのない仕事を強いるのであれば、災いの元でしかない。イギリスの経済学者、ガイ・スタンディングは、新しい危険な「プレカリアート」――政治的発言力を持たない低賃金の非正規雇用者からなる階級――の出現を予測した。彼らの不満は不気味なほど、ウィリアム・リードビーターの不満に似ている。機械が自分の国を滅ぼす、あるいは世界全体を滅ぼすことを恐れたこのイギリスの織工は、プレカリアートに類した危険な階級に属していた。また、資本主義の基礎を築いたある集団のメンバーでもあった。

すなわち、ラッダイトである。

ヨークシャー・ラッダイトの蜂起

一八一二年四月一一日、イギリスのマンチェスターとリーズの間にあるハダースフィールド近くの薄暗い場所に、一〇〇人から二〇〇人の覆面をかぶった男たちが集結した。ダムスティープルと呼ばれる石柱のまわりに群れる彼らは、手に手にハンマーや斧や拳銃を握っていた。リーダーは、カリスマ的な若い小作人、ジョージ・メラーだ。メラーは全員に見えるように、長い銃を高く掲げた。ロシア人から買った銃だと誰かが言っていた。攻撃目標はローフォウルズ・ミル。ウィリアム・カートライトという裕福な男が所有する工場だ。先ごろ、カートライトは新型の自動織機を導入した。その織機は、一台が熟練の職工四人分の仕事をこなし、多くの職工を失業に追いこんだ。そしてついに、この覆面をかぶった男たち、自称「ヨークシャー・ラッダイト」が蜂起するに至ったのだ。

しかし、カートライトはひそかにその情報を得ており、兵士を待機させていた。襲撃開始から二〇分後、一四〇発の銃弾が飛び交い、二人が死に、メラーと仲間は撤退を余儀なくされた。血痕が四マイル先まで残っていたことから、多くの人間が撃たれたことがわかる。

二週間後、ローフォウルズ・ミルへの攻撃に激怒した製粉工場主のウィリアム・ホースフォールが、「あたりをラッダイトの血の海にしてやる」と毒づきながら、ハダースフィールドにほど近いマーズデンという村まで馬を駆った。彼は知らなかったが、村ではメラーを含む四人のラッダイトが待ち伏せていた。ホースフォールは、ロシア製の銃から放たれた弾丸を受け、正午前に息を引き取った。

その後の数カ月間、ヨークシャー中の人間が、武器を手に立ち上がった。血気盛んな治安判事のジョゼフ・ラドクリフは、ローフォウルズ・ミルでの戦いとウィリアム・ホースフォール襲撃にの殺人を調査する委員会の統率を命じられた。捜査を始めて間もなく、ホースフォール襲撃に関与したベンジャミン・ウォーカーが、自首してきた。自分だけ助かって、約束された二〇〇〇ポンドの報奨金をもらおうとしたのだ。ウォーカーは共謀者として、ウィリアム・ソープ、トマス・スミス、そしてリーダーのジョージ・メラーの名を挙げた。
間もなく三人は絞首刑に処された。

ラッダイトが抱いた懸念は、未来への予言だった?

「彼らはだれも涙をこぼさなかった」と、死刑執行の翌日に『リーズ・マーキュリー』紙は報じた。メラーは祈りをささげ、自らの罪に対する許しを請うたが、ラッダイトの活動を悔いる言葉はなかった。裏切り者のウォーカーは、絞首刑は免れたものの、報奨金を手に入れることはできなかった。ロンドンの街路で貧困のうちに死んだと伝えられている。

それから二〇〇年がたち、ローフォウルズ・ミルはとうの昔に取り壊されたが、近くにはロープが張られていて、夜になるとあたりをラッダイトの亡霊たちが歩き回ると、地元の労働者たちは面白半分に語る[31]。実際、彼らの言う通りだ。ラッダイトの亡霊は、今もわたしたちと共にいる。イギリスの中心部と北部の職工が反乱を起こしたのは、第一次機械化時代が幕を開けた頃のことだった。ラッダイトという名は、伝説上のリーダーであるネッド・ラッドに因む。ラッドは一七七九年に、激高して二つの織機を打ち砕いたと言われている。当時、労働組合は違法だったため、ラッダイトたちは、歴史家のエリック・ホブズボームが「暴動による交渉」と呼ぶものを選んだ。工場を次々に襲撃し、機械を破壊したのだ。

機械に仕事を奪われたウィリアム・リードビーターの、「機械のせいでやがてこの世は破滅する」という予言は、少々大げさだったかもしれないが、ラッダイトたちが抱いた懸念は、根拠のないものではなかった。彼らの賃金は急激に下がり、彼らの仕事は風に舞う塵のように消えようとしていた。「あの男たちは、あんなふうに首を切られて、これからどうやって家族を養っていくのだろう?」と、一八世紀後半のリーズの織工たちは案じた。「何か別の仕事を始めたり覚えたりすればいい、と言う人もいる。そうするとしても、他の仕事ができるようになるまで、だれが家族を養うのか。それに、新たな仕事の技術を身につけても、苦労が報われるという保証はない。なぜなら……また別の機械が作られて、それが新しい仕事を奪うかもしれないからだ[32]」

ラッダイトの反乱は一八一一年頃にピークを迎え、と同時に、残忍な方法で鎮圧された。一〇〇人を超す男が絞首刑に処されたのだ。彼らは機械に対して宣戦布告したが、勝ったのは機械の方だった。今では、このできごとは、進化の途上で起きた小さなしゃっくりのようなものと見なされている。結局、機械は多くの新しい仕事を生み出したので、二〇世紀に人口が急増しても、依然として全員にいきわたるほど十分な仕事があった。極端な自由思想家であるトマス・ペインによれば、「仕事を短縮させるための機械はみな、わたしたちが属している大家族に与えられた恩恵なのだ[33]」

確かにその通りだ。「ロボット」という言葉は、「骨折って働く」という意味のチェコ語*robota*に由来する。人間がロボットを作ったのは、自分たちがやりたくない骨の折れる仕事をやらせるためだったのだ。「機械は人間のために炭鉱で働かねばならない」と、オスカー・ワイルドは一八九〇年に熱く語った。機械は「蒸気機関に炭を投げ入れ、道路を掃除し、雨の日に手紙を届け、その他、面倒なことや辛いことを」しなければならない。ワイルドが言うには、古代ギリシャの人々は、奴隷制度は文明化に欠かせないという厄介な真実を知っていた。「未来の世界は、機械化された奴隷、つまり機械という奴隷に頼るのだ」[34]

しかし、未来の世界にとって等しく欠かせないものがある。それは、再分配のメカニズムだ。誰もがこの第二次機械化時代から利益を得られる確かなシステムを、わたしたちは考え出さなければならない。このシステムは敗者にも勝者にも、同じように報酬をもたらす。二〇〇年の間、労働市場がこのシステムの役割を果たし、絶え間なく新しい仕事を作り出すことで、進歩の成果を皆に分配してきた。だが、それが、この先どのくらい続くだろう。ラッダイトが抱いた懸念は未熟なものだったが、結局それは予言だったのではないだろうか？　ついにはほとんどの人間が機械との競争に負ける運命にあるとしたら、どうだろう？

わたしたちに何ができるだろう？

第二次機械化時代の救済策はあるのだろうか？

できることは少ない、と多くの経済学者は言う。流れははっきりしている。不平等は広がり続け、機械にはできない技術を習得しなかった人や、習得できない人は皆、わきに追いやられるだろう。「将来においては、生活のあらゆる部分で高所得者の気分を良くしてやることが、雇用の主な供給源になるだろう」と、アメリカの経済学者タイラー・コーエンは書いている。[35]下層階級の人も、安価な太陽光発電や無料Ｗｉ－Ｆｉといった、快適な新技術を利用できるようになるかもしれないが、彼らと極めて裕福な人々との隔たりは、かつてないほど広がるはずだ。

その上、周辺の村や町がさらに貧しくなっていく一方で、裕福で高学歴の人々は結束を固めていく。この現象はすでにヨーロッパで起きている。例えば、スペイン人のコンピュータ技術者は、マドリードよりアムステルダムにいる方が、仕事を見つけやすい。同じ理由から、ギリシャ人のエンジニアは、シュトゥットガルトやミュンヘンなどに引っ越そうとしている。大卒者が、他の大卒者の近くに住むために、引っ越しをしているのだ。一九七〇年代に、（大卒者が占める割合で見て）最も学歴の高いアメリカの都市は、最も学歴の低い都市に比べて、学歴が一六パーセント高かった。現在、この差は二倍になっている。[36] かつて人々が違いを家柄で評価したとしたら、今は壁にかかっている卒業証書で評価している。機械が大学に行けないうちは、学位はかつてないほど高い見返りをもたらす。

したがって、第二次機械化時代の到来に対するわたしたちの反応が、教育により多くのお金をかけることであったのは、驚くほどのことではない。機械を追い越すのではなく、機械に遅れないために最善を尽くしているのだ。結局のところ、学校や大学に多額の投資をしたからこそ、わたしたちは一九世紀と二〇世紀の技術革新の大きな波を乗り切ることができたのだ。その時代も、農業国では多くの教育は必要とされず、読み、書き、計算といった基本的なことができれば、生産力をあげることができた。だがこの先、自分の子どもを次世紀に備えさせるのは、費用がかかるだけでなく、さらに困難になるだろう。なぜなら、低い位置にぶら下がっている果実はすでに摘み取られてしまったからだ。

あるいは、チェスの世界チャンピオンであるオランダ人のヤン・ヘイン・ドネルの言葉を引いてもいいだろう。コンピュータと戦うことになったら、どんな戦略を立てるかと尋ねられ、彼は即答した。「ハンマーを持っていきますよ」。この道を選べば、神聖ローマ帝国皇帝フランツ二世（一七六八〜一八三五）らの足跡をたどることになる。フランツ二世は、工場や鉄道の建設許可を拒んだ。「だめだ、だめだ。そのようなものとは関わりたくない」と彼は断言した。「この国に技術の革命は入り込ませない」[37]。フランツ二世が反対した結果、一九世紀まで、オーストリアの列車は馬が引いた。

進歩の果実を味わいたいのであれば、より斬新な解決策を見つけなければならない。教育と福祉の革命によって第一次機械化時代を乗り切ったように、第二次機械化時代を乗り切るにも、抜本的な対策が必要だ。例えば、労働時間の短縮と、ユニバーサル・ベーシックインカムである。

金銭、時間、課税、そしてロボットの再分配

現代のわたしたちにとって、賃金労働者が最も重要な存在でなくなった未来社会を想像するのは難しい。しかし、状況の異なる世界を想像できないのは、単に想像力が乏しいためであって、その変化が起きないという証拠にはならない。一九五〇年代には、やがて冷蔵庫や電気掃除機、そして何にもまして洗濯機が発明されて、記録的な数の女性が職場に進出するといったことは、想像できなかった。にもかかわらず、そうなったのだ。

しかし、歴史の流れを決めるのは、テクノロジーそのものではない。結局、人間の運命を決めるのは、わたしたち人間なのだ。アメリカで具現化しつつある極端な不平等は、わたしたちが選べる唯一の選択肢ではない。もう一つの選択肢は、今世紀のどこかの時点で、生きていくには働かなければならないというドグマを捨てることだ。社会が経済的に豊かになればなるほ

ど、労働市場における富の分配はうまくいかなくなる。テクノロジーの恩恵を手放したくないのであれば、残る選択肢はただ一つ、再分配である。それも、大規模な再分配だ。

金銭（ベーシックインカム）、時間（労働時間の短縮）、課税（労働に対してではなく、資本に対して）を再分配し、もちろん、ロボットも再分配する。一九世紀まで遡ると、オスカー・ワイルドは、だれもが「全員の所有物」である知能機械の恩恵を受けられる日を待望した。[38]テクノロジーの進歩は、社会を全体としてはさらに豊かにするかもしれないが、だれもが利益を得ることを保証する経済法則は存在しないのだ。

つい最近、フランスの経済学者トマ・ピケティが、人間が今の道を歩き続ければやがて、金ピカ時代［一八六五～一八九三：アメリカの資本主義が急速に発展した拝金主義の時代］のように、不労所得生活者がのさばる社会に戻っていることに気づくだろう、と主張して、人々を憤慨させた。その時代、資本（株、家、機械）を持つ人は、一生懸命働くだけの人よりはるかに高い水準の暮らしを楽しんだ。この数百年、資本利益率は四～五パーセントだが、経済成長率は年間二パーセント未満と、それに遅れを取っている。力強い包括的な成長（ほとんどありそうにない）、資本に対する高率の課税（等しくありそうにない）、あるいは第三次世界大戦（起きないことを祈ろう）が起きなければ、不平等は再び、驚異的なレベルに達するだろう。

ありふれた選択肢――さらなる教育、規制、緊縮財政――はどれも、バケツの中の一滴の水にしかならない。結局、唯一の解決策は、世界中で財産に累進税を課すことだとピケティは言うが、それが「便利なユートピア（実現不可能なアイデア）」に過ぎないことを彼は認めている。しかしそれでも、未来は決まっているわけではない。歴史を通じて、政治の根底にはつねに平等に向かう流れがあった。全体の発展（コモン・プログレス）を保証する法律が存在しないとしても、わたしたちがそれを立法化することを止めるものはない。実のところ、そのような法律がなければ、やがて自由市場そのものが危うくなるだろう。「資本主義を資本主義者から守らなければならない」とピケティは断定する。[39]

このパラドックスをみごとに説明する、一九六〇年代の逸話がある。ヘンリー・フォードの孫が、労働組合のリーダーであるウォルター・レアザーを自社の新しいオートメーション工場に案内した時のことだ。フォードの孫はレアザーに冗談めかして尋ねた。「ウォルター、あのロボットたちにどうやって組合費を払わせるつもりだい？」。すかさず、レアザーが答えた。「ヘンリー、あのロボットたちにどうやって車を買わせるつもりだね？」

第八章　ＡＩとの競争には勝てない

第八章　ＡＩとの競争には勝てない　まとめ

・（コンピュータ）チップと箱（コンテナ）の出現が世界を縮小し、品物やサービスや資金がかつてないスピードで世界を回るようになった。

・そして不変と思われた労働対資本の比率が崩壊した。国民所得の三分の二が労働者の給与になるという状態から、現在の先進工業国では国の富のうち五八パーセントしか、給与として労働者に支払われていない。世界が小さくなり、「勝者が独り勝ちする社会」がやってきた。

・さらにオックスフォード大学の学者は、二〇年以内に米国人の仕事の四七パーセント以上とヨーロッパ人の仕事の五四パーセントが機械に奪われる危険性が高い、と予測する。

・二〇世紀の間、生産性の伸びと雇用の伸びはほぼ平行していた。人と機械が肩を並べて歩いていたのだ。しかし、二一世紀に入ると、ロボットが突然スピードを上げた。生産性は過去最高のレベルにあり、革新はかつてないスピードで進んでいるが、同時に、平均収入が落ち、雇用が減っている。

・未来学者のレイ・カーツワイルは、二〇二九年までにコンピュータは人間と同等の知能を持つようになると確信している。そして、二〇四五年にはコンピュータは全人類の脳の総計より一〇億倍、賢くなっている、と言う。

・産業革命の時代、織物工は蒸気機関に仕事を奪われた。そして今、第二次機械化時代になり、ＡＩとロボットが「中流」と呼ばれる人々の仕事を奪う。

・不平等は広がり続け、機械にはできない技術を習得しなかった人は、わきに追いやられる。一方で、裕福で高学歴の人々は結束を固めていく。ヨーロッパではすでに、アムステルダム、シュトゥットガルトやミュンヘンなどにコンピュータ技術者が集まっている。

・テクノロジーの恩恵を手放したくないのであれば、残る選択肢はただ一つ、再分配だ。金銭、時間、課税、そしてロボットも再分配する。ベーシックインカム（金銭）と労働時間の短縮（時間）はその具体的な方法なのだ。

未来はすでにここにある。ただ、均等に配分されていないだけなのだ。

——ウィリアム・ギブスン（一九四八〜）

第九章　国境を開くことで富は増大する

西側世界は途上国支援のために五〇年で五兆ドルを投じてきた。だが国境を開けば世界総生産は六七〜一四七％成長し、六五兆ドルの富が生み出される。わずか六二人が三五億人の総資産より多い富を所有する偏在の要因は国境にある

発展途上国支援に過去五〇年で五兆円を投じた

そして、例の罪悪感がつきまとう。

わたしたちは豊饒の地にたどりつき、あり余るお金と週一五時間労働という退廃的なユートピアについて哲学的に思索しているが、周囲に目をやると、非常に多くの人が、依然として一日一ドルで生きることを強いられている。わたしたちは思索にふけっていないで、この時代の最大の課題である、地球上の全ての人に豊饒の地の喜びを提供するということに取り組むべきではないか。

そう、わたしたちはすでに試みてきた。西側世界は発展途上国を支援するために、年に一三四八億ドル、月に一一二億ドル、一秒に四二七四ドルを費やしている。[1] 過去五〇年間に投じた総額はほぼ五兆ドルだ。[2] 多いと思うだろうか？　実のところ、イラクとアフガニスタンでの戦

争には、ほぼ同じくらいの経費がかかっている[3]。それに、先進国は毎年、国内農業の支援に、外国支援の二倍の金を投じていることを覚えておこう[4]。だが、確かに多い。率直に言って、五兆ドルは天文学的な数字である。

そこで質問だ。その支援は役に立っているのだろうか？

ここがやっかいなところだ。答えは一つ。誰にもわからない。

文字どおり、わたしたちには全くわからない。相対的に言って、一九七〇年代は人道支援が最も盛んに行われたが、その頃のアフリカの状況は、悲惨そのものだった。今、わたしたちは支援を削減してきたが、事態は改善しつつある。関連はあるのか？　誰かわかるだろうか？　バンドエイド［ロックやポップスのスターによるチャリティープロジェクト］とボノ［バンドエイド活動の中心となっているミュージシャン］が存在しなければ、状況は一〇〇倍ひどかったかもしれない。あるいはそうでなかったかもしれない。世界銀行が行なった調査によれば、二〇世紀になされた西側諸国による支援の八五パーセントは、本来の意図とは異なる使い方をされた[5]。

では、無駄だったのか。

わからない。

だが、わたしたちには経済モデルがある。それは人間は完全に理性的な存在だという仮定に基づいて、人間の行動を予測するものだ。またわたしたちは、学校や村や国が大金を得るとどうなるかを追跡した調査の結果を見ることもできる。さらに、役に立った支援、あるいは立たなかった支援にまつわる、心温まる、あるいは胸の痛む逸話を振り返ることもできる。その上、わたしたちには直感がある。豊かな直感が。

フランス訛りの英語を話す、マサチューセッツ工科大学の教授、エスター・デュフロは、開発支援を、「瀉血」に喩えた。[6] 瀉血は、中世に一般的に行われていた治療法で、患者の血を抜いて、体液のバランスを取り戻させようとするものだ。静脈の上にヒルを貼って血を吸わせることもあった。それで患者が回復すれば、医者は、自分の腕が良かったのだと自慢し、患者が死ねば、神の思し召しと見なした。患者のためを思ってしたことだったが、瀉血で無数の命が犠牲になったことをわたしたちは知っている。アレッサンドロ・ボルタが電池を発明した一七九九年に、ジョージ・ワシントン大統領は喉の痛みを治すために数リットルの血を抜かれ、二日後に亡くなった。

瀉血は、言うなれば、治療が病気より悪い結果をもたらす例だ。ここで問いだ。同じことが開発支援についても言えるのではないか？　デュフロは、瀉血と開発支援には共通する一つの重要な特徴がある、と言う。それは、科学的根拠がまったくないことだ。

二〇〇三年、デュフロの協力を得て、マサチューセッツ工科大学は貧困行動研究所を設立した。今日、その研究所に所属する一五〇〇人の研究者が、五六カ国で五〇〇〇件以上の研究を進めている。それらの研究結果は、開発支援の世界を根底から覆しつつある。

対象群を用いた最古の比較試験

この物語は紀元前七世紀のイスラエルから始まる。バビロンの王、ネブカドネザル二世は、ユダ王国のエルサレムを征服し、その地の貴族たちを捕虜としてバビロンの城に住まわせた。信仰心の篤い少年、ダニエルもその一人だった。城に着くとダニエルは、自分と仲間は食の戒律を守っているので「王の食物（肉）とワイン」で汚すようなことはしないでほしいと、侍従長に頼んだ。侍従長は驚き、反対した。「わたしは王様が恐ろしい」と彼は言った。「あなた方が何を食べ何を飲むかを決めるのは王様だ。あなたが他の少年たちより痩せ衰えているのを王様がご覧になれば、わたしの首があやうくなるではないか」

そこでダニエルは策を講じた。「一〇日間、わたしたちに野菜と飲み水だけをください。その後、わたしたちの顔色を、王様の食物とワインをいただいた他の少年たちと比べて、処遇を決めてください」。侍従長は同意した。一〇日後、ダニエルらは、他の少年たちより「健康で、栄養状態がよく」見えた。以来、彼らには美食と美酒ではなく、野菜だけの食事が供された。以上、証明終わり。

これは、仮説を検証するために対象群を用いて行なった比較試験の、史上最古の記録である。数世紀後、この出来事は、史上最高のベストセラーに収められ、不朽の名声を得た。そのベストセラーとは、聖書だ（ダニエル書一章一節から一六節）。だが、この種の比較試験が、科学の黄金律（ゴールドスタンダード）と見なされるようになるのは、さらに数百年先のことだった。今日、わたしたちはそれを「無作為化比較対照試験（ＲＣＴ）」と呼ぶ。あなたが医療研究者なら、ＲＣＴは次のように進める。同じ健康上の問題を持つ人々を、くじ引きで二グループに分け、一方には検査したい薬を与え、もう一方には偽薬を与えるのだ。[7]

瀉血の場合、初の比較試験の結果が公表されたのは一八三六年のことだった。行なったのはフランスの医師、ピエール・ルイで、肺炎患者を対象とした。患者の数名からは一度に数パイントの血液を抜き、別の患者たちは数日間、ヒルを貼った状態で過ごさせた。最初のグループは四四パーセントが死亡し、第二グループは二五パーセントが死亡した。[8] 要するに、ルイス医師は史上初の臨床試験を行い、以後、瀉血には危険が伴うと見なされるようになったのだ。

無料の教科書は効果なし？

だが、不思議なことに、海外開発援助についてのＲＣＴは、一九九八年まで行われなかった。ルイが瀉血を歴史のゴミ箱に捨ててから一世紀半以上経ってようやく、マイケル・クレマーという若いアメリカ人教授が、ケニアの小学生に無料で教科書を配ることの影響を調べることを思いついた。教科書はずる休みを減らし、テストの成績を上げると（少なくとも理論上は）考えられていた。そう主張する学術文献は多かったので、世界銀行は一九九一年に、教科書無償配布プログラムを熱心に奨励した[9]。

だが、ちょっとした問題があった。それまでに行われた研究は、他の変数をチェックしていなかったのだ。

クレマーはそのプロジェクトに身を投じた。人道主義団体に加わり、五〇校を選んでそのうちの二五校には無料の教科書を提供し、残り二五校には何も贈らなかった。情報通信基盤が不十分で、道も整備されておらず、飢餓が人生の現実である国でＲＣＴを行うのは容易ではなかったが、四年後、データが上がった。

無料の教科書は何の効果もなかった。テストの成績は向上しなかったのだ[10]。

クレマーの実験は画期的なものだった。以来、開発支援の周囲に、客観的評価を追求する「ランダム化産業」が成長した。この産業を率いるのは、「ランダミスタ」と呼ばれる人々だ。ランダミスタは直感を重んじ、アフリカなどで苦しんでいる人々の需要について、象牙の塔の学者たちと丁々発止の論争を繰り広げた。ランダミスタが求めたのは「数」、すなわち、どの支援が役に立ち、どれが役に立たないかを示す明確なデータだった。

では、ランダミスタのリーダーは？　それはフランス訛りの英語をしゃべる、小柄な教授だ。

必要なのは優れた計画か、何も計画しないことか

さほど遠くない昔、わたしは開発支援の講座を受講する大学生だった。必読書には、ジェフリー・サックスとウィリアム・イースタリーの本が含まれていた。二人はこのテーマについての優れた思索家だ。二〇〇五年、サックスは『貧困の終焉』（前書きをポップスターのボノが書いた）（早川書房、二〇〇六年）と題された本を出し、ひどい貧困は二〇二五年までに一掃できる、と主張した。必要なのは山ほどのお金と優れた計画である。もっともそれは、「彼の」計画にすぎなかった。

イースタリーはそれに異議を唱え、サックスのことを、「植民地独立後の救世主的で空想的な改革主義者」と非難し、発展途上国はボトムアップの方向――つまり、現地の民主主義と、より重要なこととして現地の市場によってしか変わり得ない、と主張した。イースタリーによると、「最良の計画は、何も計画しないことだ」

わたしは当時のノートを見返したが、エスター・デュフロの名はどこにも見当たらなかった。それは特に驚くほどのことでもない。サックスやイースタリーとは違って彼女には、自分を立派な学者に見せたいという欲はなかったからだ。彼女の願いは、簡潔に言うと「政策決定から当て推量を取り除くこと」だった。[11]

マラリアについて見てみよう。毎年、数十万もの子どもが亡くなるこの病気は、蚊帳で防ぐことができる。蚊帳を生産し、船で運び、人々に配ってその使い方を教えるのにかかる費用は一張あたり、わずか一〇ドルだ。サックスは二〇〇七年の「一〇ドル解決策」と題した論文で、次のように書いた。「わたしたちは赤十字ボランティアの前線部隊を率いて、アフリカ中の数万の村に蚊帳を配り、村ごとにその使い方を教えるべきだ」

イースタリーには、この全てが向かう先がわかっていた。サックスと友人のボノは、チャリティーコンサートを開いて数百万ドルかき集め、アフリカに数千張の蚊帳を投下した。過剰な網は漁網やウェディングベールとして使われ、アフリカの網の小売業はたちまち倒産した。サックスの救世主キャンペーンの数年後、贈られた蚊帳はすり切れ、マラリアで命を落とす子どもの数はかつてないほど増えた。

ただで蚊帳を手に入れた人の方が、蚊帳を買う確率が二倍高かった

もっともらしく思えるって？　確かにその通り。

だが、エスター・デュフロは、学説を利用することにも、また、何がもっともらしく「聞こえる」かといったことにも、興味がなかった。蚊帳をただで配った方がいいか、売った方がいいかを知りたければ、椅子に座って延々と考察するのも手だが、外に出て調べるという手もある。ケンブリッジ大学の二人の研究者は後者を選び、ケニアでＲＣＴ実験を行うことにした。一方のグループには蚊帳をただで配布し、もう一方のグループには、正値より安い三ドルで売った。値段がついたとたん、蚊帳をほしいという人は激減した。三ドルで蚊帳を買ったのは、

住民の二〇パーセント以下だった。一方、ただで蚊帳を提供されたグループは、ほぼ全員がその申し出を受け入れた。さらに重要なのは、無料か有料かにかかわらず、蚊帳の九〇パーセントが本来の目的通りに使われたことだ[12]。

だが、実験はそれで終わりではなかった。一年後、調査の被験者は、もう一枚蚊帳を買うかどうかを尋ねられた。このときの値段は二ドルだった。イースタリーの著書を読んだ人は誰でも、前に「ただ」だったグループは、甘やかされるのに慣れているから、買わないはずだと考えるだろう。それが、もっともらしい結果だと思える。だが、残念ながらその結論には肝心なものが欠けている。それは証拠だ。実際には、前回ただで蚊帳をもらった人は、前回三ドルで買った人に比べて、二ドルの蚊帳を買う確率が、二倍高かったのだ。

この研究を紹介したデュフロは、簡潔に指摘した。「人は施しに慣れるわけではありません。蚊帳を使うことに慣れるのです」

一〇ドルの薬が就学年数を二・九年伸ばすと実証したRCT

経済学においてこのアプローチはまったく新しいものだ。ランダミスタは、モデルを考えようとしない。彼らは人間を、理性的な存在とは見なしていない。そうではなく、人間は時には愚かで、時には抜け目なく、恐れ、利他、自己中心が交互に表れる、気まぐれな生き物だと考えている。そして、ランダミスタのアプローチはかなりよい結果をもたらすようだ。

だが、それを突きとめるのになぜ、これほど長くかかったのだろう。

それにはいくつか理由がある。貧困にあえぐ国でＲＣＴを実施するのは難しく、時間がかかり、高くつく。現地の支援組織は協力的でないことが多く、自分たちが役に立っていないことがその調査で判明するのではないかと懸念する場合はなおさらだ。少額融資（マイクロクレジット）の例を取り上げよう。「優れた統治」から「教育」、そして今世紀初めに始まった不運な「マイクロクレジット」に至るまで、開発支援の形には流行がある。マイクロクレジットの効果を調べたのは、おなじみのエスター・デュフロだ。彼女はインドのハイデラバードでマイクロクレジットについてＲＣＴを行い、それまでマイクロクレジットについては心温まるさまざまな逸話が語られてきたにもかかわらず、それが貧困や疾病との闘いに役立つという確かな証拠はないことを明らかにした[13]。現金を与えた方が、結果はよかったのだ。実のところ、現金の給付は、最も広く研究されている貧困対策であるらしい。そして、世界各地で行われたＲＣＴの結果は、長期でも短期でも、大規模でも小規模でも、現金の給付が非常に効果的な手段であることを語っている[14]。

とはいえ、ＲＣＴは特効薬ではない。全てが測定できるわけではないのだ。それに、ＲＣＴの発見が常に一般化できるわけでもない。教科書の無償配布がケニア西部とバングラデシュ北部で同じ効果をあげるかどうかは、誰にもわからない。また、倫理的な問題もある。例えば、自然災害の後、あなたの研究が犠牲者の半分には支援を提供するが、半分は対照群として見捨てるとしたらどうだろう？　道徳的に疑わしいと言わざるを得ない。だが、構造的な開発支援に関しては、この異議は棚上げするしかない。問題をすべて解決するに足る資金はないのだから、効果がありそうなところから手をつけるしかないのだ。それは、新薬の扱いに似ている。人間を対象とする臨床実験には倫理的問題がつきまとうが、新薬を未試験のまま市場に出すことはできないのだ。

就学についてはどうだろう。就学率をどのようにして上げるかについては、それぞれ異なる考えがあるようだ。制服代を支援する、上級学校の授業料を貸与する、無料の食事を提供する、トイレを設置する、教育の価値について社会の認識を高める、教師の数を増やす等々。こうした提案はどれも筋が通っているように思える。とはいえ、RCTのおかげで、一〇〇ドル相当の無料給食が、学校に通う年月を二・八年伸ばすことをわたしたちは知っている。無料の制服の効果より三倍長い期間だ。実証された効果について言えば、寄生虫に苦しめられている子どもの場合、わずか一〇ドルほどの薬というきわめて小さな投資によって、就学年数を二・九年、伸ばすことができた。安楽椅子に座った哲学者には予想できなかっただろうが、この発見がなされてから、数千万人の子どもが寄生虫駆除を受けている。

事実を言えば、RCTが出した証拠はいくらか直感に反するものだ。伝統的な経済学者ならこう言うだろう。寄生虫の駆除は明らかに良いことで、人間には理性があるのだから、貧者は自発的に寄生虫治療を受けたはずだ、と。だが、それは間違っている。数年前のニューヨーカー紙の記事でデュフロは、経済学者についての有名なジョークを語った。一人の経済学者が路上に一〇〇ドル札が落ちているのを見つけた。彼は道理をわきまえた人間だったので、それを拾わなかった。偽札かもしれないからだ。

デュフロのようなランダミスタから見れば、路上にはこうした一〇〇ドル札が散乱しているのだ。

デュフロが開発支援の三つのIと呼ぶもの、すなわち、Ideology（イデオロギー）、Ignorance（無知）、Inertia（怠惰）をつぶすときが来た。「そもそもわたしが言いたいことは、それほど多くありません」、数年前、デュフロはあるインタビューに応えて言った。「その一つは、結果の評価が欠かせないということです。わたしは強くそう思っています。どんな結果が出ても、不満に思ったことはありません。気に入らない結果などというものは、見たことがないのです[15]」。多くの自称改良主義者はこの姿勢に学ぶべきだ。デュフロは、どうすれば大きな理想と知識への渇望を両立できるか、どうすれば観念的になることなく理想主義者になれるか、を体現している。

とは言うものの。

どれほど結果を出せたとしても、開発支援は常に、バケツに一滴の水を垂らすだけのものだ。どのようにして民主主義を構築するか、あるいは国が栄えるには何が必要かといった大きな問いには、RCTは答えられない。そもそもそのような問題は、いくらかの現金を投下して解決するものではないのだ。先にあげた聡明な研究にばかりに注目していると、経済的食物連鎖の他の場所で起きている、最も効果的な貧困追放施策を忘れることにつながる。OECDの推計によると、貧しい国は租税回避地（タックスヘイブン）として利用され、外国からの支援金額の三倍を、脱税によって失っているそうだ[16]。租税回避を防ぐことができれば、善意の支援プログラムがこれまでにしてきたよりずっと多くのことができるはずだ。

さらに大きな規模で考えることもできる。全世界の貧困を一掃できる方法が一つあると想像しよう。それは、アフリカの全ての人を西側諸国の貧困線より引き上げ、その過程でわたしたちのポケットにも数カ月分の給料に等しいお金を入れるものだ。とにかく、想像してみよう。

わたしたちは、その方法を実行するだろうか。

いいや。もちろん実行しない。実を言えば、この方法は何年も前からあるのだ。決して実行されることのない最良の計画。

つまり、「開かれた国境」である。

バナナ、デリバティブ、iPhoneだけでなく、誰に対しても、すなわち、知識労働者、難民、そして今よりも良い場所を求める普通の人々に対して、国境を開くのだ。

言うまでもなく、わたしたちは、経済学者が占い師ではないことを嫌というほど思い知らされてきたが（かつて経済学者のジョン・ケネス・ガルブレイスは、経済予測の唯一の目的は、占星術の評価を高めることだ、と皮肉った）、開かれた国境の効果に関して、経済学者らの意見は、見事なまでに一致している。開かれた国境が実現すれば、「世界総生産」における予想成長率は、世界的な労働市場の動きのレベルに応じて、六七パーセントから一四七パーセントに及ぶと、異なる四つの研究が示した[17]。実のところ、開かれた国境は世界を二倍豊かにするのだ。

こうしたことから、最近、ニューヨーク大学のある研究者は、わたしたちは「路上の一兆ドル」を放置していると結論づけた[18]。ウィスコンシン大学のある経済学者は、開かれた国境は、アンゴラの平均所得を毎年約一万ドル、ナイジェリアの平均所得を毎年二万二〇〇〇ドルまで引き上げるだろうと推計した[19]。

となれば、わずかな開発支援――デュフロが言う路上の一〇〇ドル札――を巡ってあれこれ議論する必要があるだろうか？　そんなことをするより、ただ、豊饒の地の門を押し開けばよいのではないか？

労働の国境を開けば六五兆ドルの富が増える

もしこの計画が進めば、とてつもない成果がもたらされるはずだ。だが、今の世界の境界の開き具合は、一世紀前とほぼ同じだ。「パスポートは正直者を困らせるだけのものだ」、一八七四年に書かれたジュール・ベルヌの小説『八十日間世界一周』（岩波文庫、二〇〇一年）でスエズ運河の領事が言う。「ビザは役立たずで、パスポートは不要だということを知っているか？」、主人公のフィリアス・フォッグがパスポートへの押印を求めたとき、領事はこう言った。

第一次世界大戦以前、国境は地図に引かれた線に過ぎなかった。パスポートを発行する国は少なく、発行する国（ロシアやオスマン帝国など）は、遅れた国と見なされていた。加えて、一九世紀のテクノロジーの驚異である列車は、国境を消し去る態勢を整えていた。

その後、戦争が起きた。突如として国境は、スパイを入れないため、そして戦争をする上で必要な全ての人を国外に逃さないために、封鎖された。一九二〇年のパリ会議で、国際社会は、パスポートの使用について初めて合意を交わした。今日では、フィリアス・フォッグの旅をたどろうとする人は、数十枚のビザを申請し、数百のセキュリティ・チェックを通過し、数え切れないほどボディチェックを受けなければならない。「グローバリゼーション」のこの時代に、母国外で暮らす人は、世界人口のわずか三パーセントだ。

奇妙なことに世界は、人間以外に対しては広く開かれている。物、サービス、株式は世界を縦横に行き交う。情報も自由に循環し、ウィキペディアは三〇〇以上の言語で利用でき、ＮＳ

Ａ（国家安全保障局）は、テキサス州の誰それが、スマートフォンでどのゲームをしたかを、容易にチェックできる。

確かに、今日も貿易障壁は残っている。例えばヨーロッパでは、チューインガムに関税（一キロ当たり一・二ユーロ）がかかり、アメリカでは生きたヤギの輸入に課税する（一頭当たり〇・六八ドル）[20]。しかし、こうした障壁を撤廃したとしても、世界経済は数パーセントしか伸びないだろう[21]。ＩＭＦによると、資本に対する既存の制限を解除することで自由になるのは、せいぜい六五〇億ドル程度だ[22]。ハーバード大学の経済学者、ラント・プリチェットに言わせれば、ほんの小銭である。しかし労働の国境を開けば、富は一〇〇〇倍にも増えるはずだ。

数字で表すと六五、〇〇〇、〇〇〇、〇〇〇、〇〇〇ドル。言葉で表すと六五兆ドルだ。

国境が差別をもたらす最大の要因

もちろん経済成長は万能薬ではないが、豊饒の地の外では、依然として、経済成長が進歩を導く主な力になっている。辺境の地には今も、養うべき口、教育すべき子どもたち、建てるべき家が無数に存在するのだ。

倫理的に考えても、開かれた国境は好ましい。テキサス州のジョンが飢えて死にかけているとしよう。彼はわたしに食べ物を乞うが、わたしは拒否する。ジョンが死ねば、わたしの責任だろうか。当然ながら、わたしはただジョンが死ぬに「まかせた」だけであり、慈悲深いとは言えないが、殺したわけでもないのだ。

ここでジョンが食べ物を要求せず、市場に出かけたと想像しよう。そこで彼はできる仕事を

図13　どの国が最も金持ちか

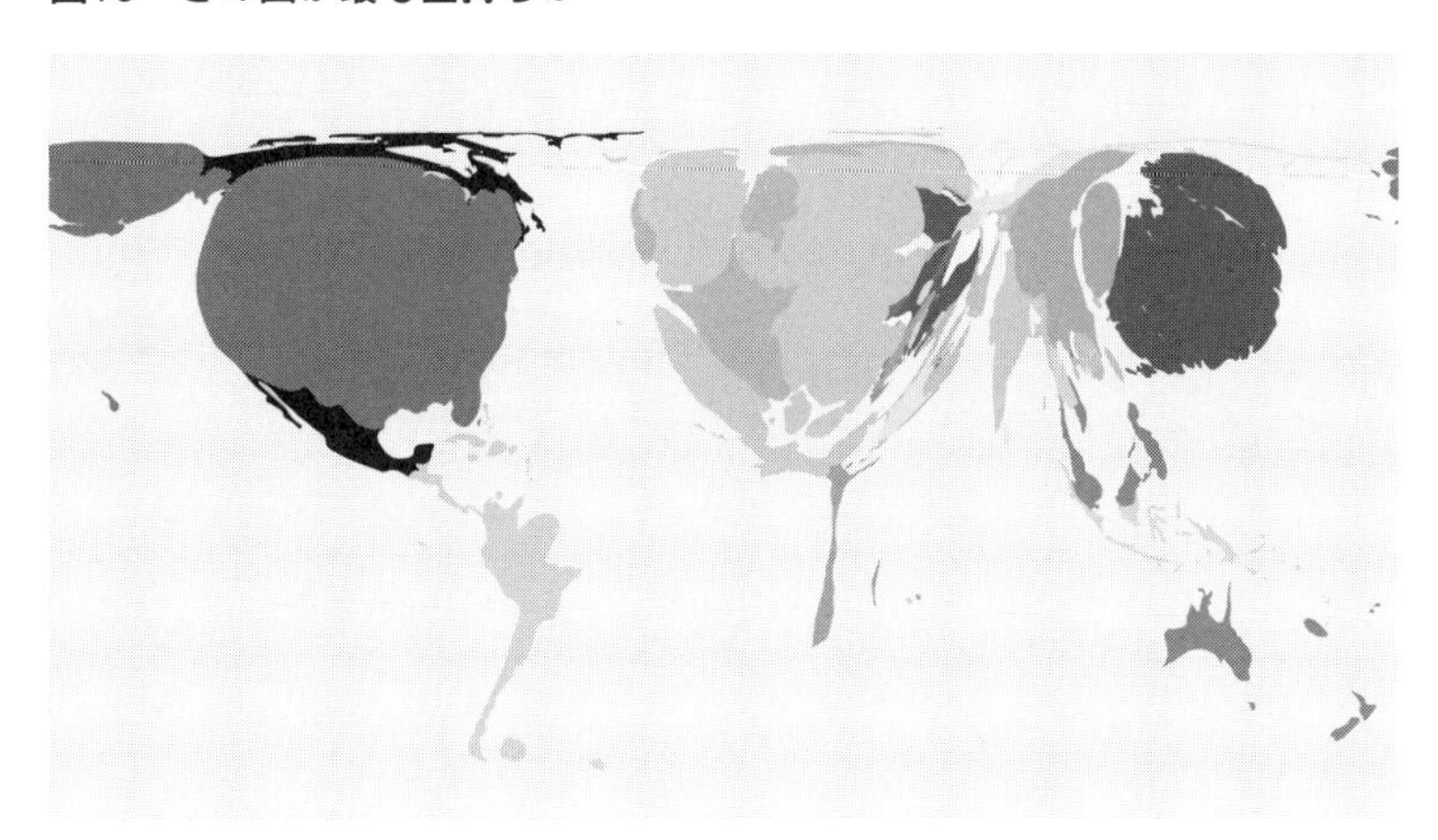

一人当たりのGDPが高い国を表している。大きく描かれている国ほど、金持ちである。

出典：シェフィールド大学SASI（2005年）

すれば、多くの人が返礼として食べ物をくれることを知るだろう。だが今回、わたしは武装した屈強な男を何人か雇って、市場へ行こうとするジョンの邪魔をする。数日後、ジョンは飢えて死ぬ。

それでもわたしは無実だと言えるだろうか。

ジョンの物語は、現代の「労働以外の全ての」グローバリゼーションの実情を語っている[23]。数十億の人が、豊饒の地で得られるはずの賃金に比べるとほんのわずかの金で、自分の労働力を売るよう強いられているが、それはすべて国境のせいなのだ。国境は世界の歴史の全てに置いて、差別をもたらす唯一最大の原因である。同じ国に暮らす人々の格差は、別々の国に暮らす人々の格差に比べると、無いに等しい。今日、最も豊かな八パーセントの人が、世界の総所得の半分を得ており[24]、最も豊かな一パーセントの人が、世界の富の半分以上を所有している[25]。消費に占める割合は、最も貧しい一〇億の人々はほんの一パーセント、最も豊かな一〇億人は七二パーセントだ[26]。

国際的に見れば、豊饒の地の住民は、ただ裕福なだけでなく、貪欲な金持ちだ（図13）。アメリカの貧困線で暮らす人は、世界人口の最も豊かな一四パーセントに属している。アメリカで中央値の賃金を得る人は、世界で最も豊かな四パーセントのメンバーだ[27]。そして頂点では、コントラストはさらに著しい。二〇〇九年、信用危機が勢いを増していたときにゴールドマン・サックス投資銀行が従業員に支払ったボーナスは、世界で最も貧しい二億二四〇〇万人の収入の合計に等しかった[28]。そして、地球で最も豊かなわずか六二人が、世界人口の貧しい半数より多くを所有している[29]。

そう、わずか六二人が、三五億人の総資産より多い富を所有しているのだ。

二一世紀の真のエリートは望ましい国に生まれた人

結果として、数百万の人々が、豊饒の地の門を叩きに来るのは不思議ではない。先進国では、従業員には柔軟さが求められる。仕事が欲しければお金の流れを追わなければならない。だが、途上国からやってきた極めて柔軟な労働力が、そのレースでわたしたちを抜くと、わたしたちは突如として彼らを経済的なフリーローダー（ただ乗りする人）と見なすようになる。そういうわけで亡命を認められるのは、母国で宗教や出生に基づく迫害を受ける恐れがある人だけだ。思えば、奇妙な話だ。

図14　子どもが最も死にやすい国はどこか

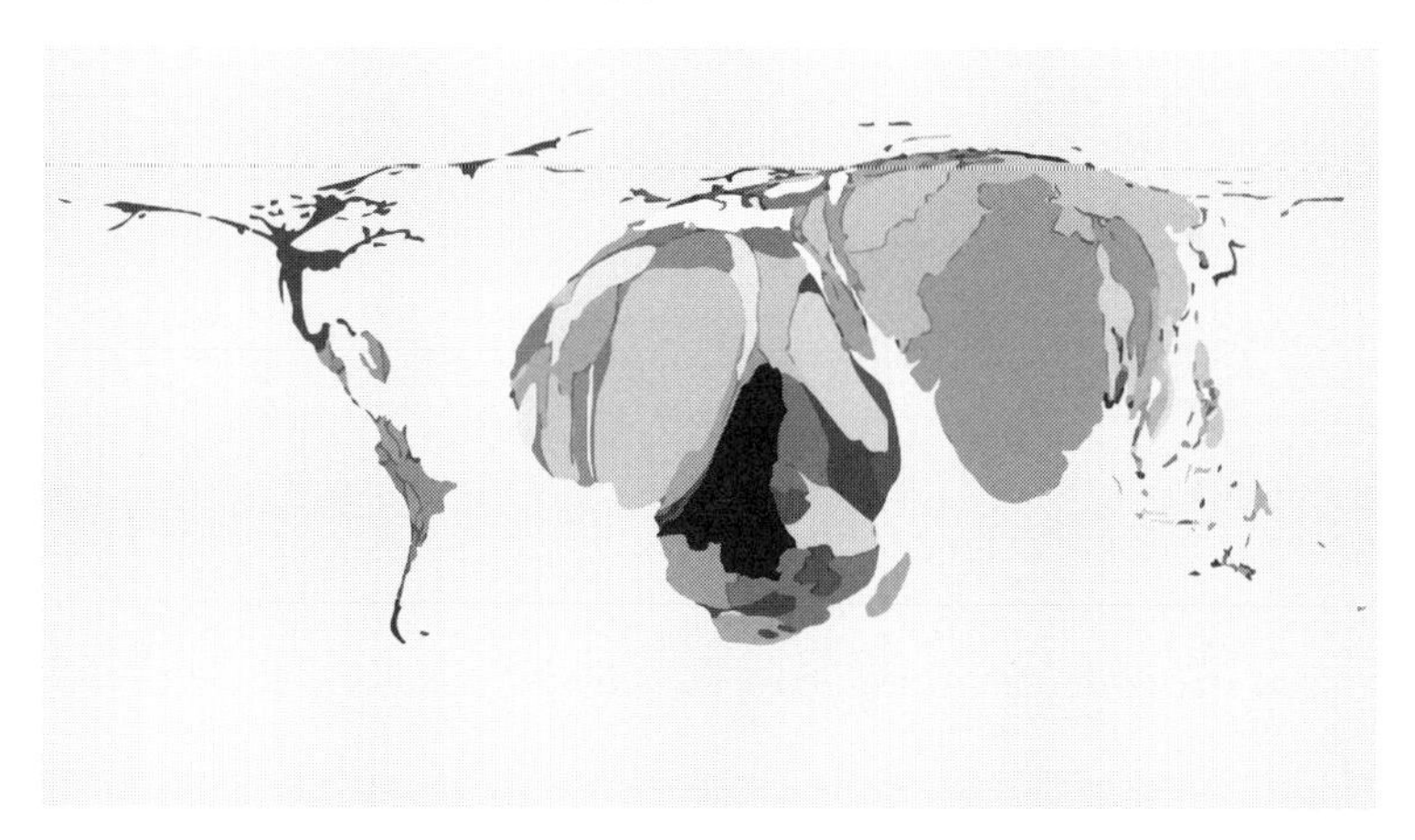

子ども（５歳まで）の死亡率が高い国を表している。大きく描かれている国ほど、子どもの死亡率が高い。

出典：シェフィールド大学SASI＆マーク・ニューマン（ミシガン大学）、2012年

例えば、ソマリアの幼児の場合、五歳までに死ぬ確率は二〇パーセントだ。以下比べてみよう。アメリカの前線兵士の死亡率は、南北戦争で六・七パーセント、第二次世界大戦で一・八パーセント、ベトナム戦争では〇・五パーセントだった[30]。それでもわたしたちは、母親が「本物の」難民でなければ、ためらうことなく、幼児をソマリアへ送還する。そうやってその子をソマリアの子ども死亡率の前線に戻すのだ（**図14**）。

一九世紀において不平等は依然として階級の問題だった。今日、それは場所の問題になった。マルクスが『共産党宣言』に刻んだ、「万国の労働者よ、団結せよ」というスローガンは、あらゆる場所の貧者が、程度の差はあっても等しく悲惨だった時代のものだ。だが、世界銀行の経済

学者を率いたブランコ・ミラノヴィッチは、こう指摘する。「プロレタリアの団結は死んだ。グローバルなプロレタリアートといったものはもはや存在しなくなったからだ」[31]。豊饒の地の貧困線は、外の荒野での貧困線の一七倍も高い位置にある[32]。アメリカのフードスタンプ受給者の暮らしぶりさえ、世界で最も貧しい人々に比べると、王族のように見える。

わたしたちはたいてい、自国の国境内での不平等に対する怒りをため込んでいる。同じ仕事をしても女性より男性の方が給料がいいことや、白人のアメリカ人の方が黒人のアメリカ人より稼ぎがいいことに憤る。しかし、一九三〇年代には、人種による収入格差が一五〇パーセントもあったが、国境がもたらす不平等に比べると、その数字さえかすんで見える。アメリカに住んで働くメキシコ人は、母国に暮らす人の二倍以上の収入を得ている。アメリカ人は、労働スキル、年齢、性別が同じでも、同じ労働でボリビア人の三倍近くを稼ぐ。ナイジェリア人との比較では、その差は八・五倍だ――それは、両国の購買力の差と一致する[33]。

「基本的な生産性が等しい労働者の賃金に及ぼすアメリカ国境の影響は、『かつて』測定されたいかなる形の賃金差別（性別、人種、民族による差別）より大きい」と、三人の経済学者が述べた。これは地球規模のアパルトヘイトだ。二一世紀における真のエリートは、望ましい家や階級に生まれた人ではなく、望ましい国に生まれた人なのだ[34]。だが、この現代のエリートたちは、自分がいかに幸運かということに、ほとんど気づいていない。

移民にまつわる七つの誤謬

エスター・デュフロが行なった寄生虫駆除は、移民のための機会を拡大することに比べると、子どもの遊びだ。国境を開くことは、ほんの少し開くだけでも、間違いなく、世界的な貧困との戦いにおける最も強力な武器になる。だが、残念なことに、そのアイデアは何度となく、昔ながらの間違った主張に打ち負かされている。七つの主張について検証しよう。

(1)移民は皆、テロリストだ

日々ニュースを見ていれば、そう考えても仕方がない。ニュースで報じられるのは、今日起きたこと（例えば、「ニュース速報、パリでテロ攻撃」）であり、今起きていること（「ニュース速報、世界の気温が〇・〇〇〇〇五℃上昇」）ではないので、多くの人が、テロをわたしたちが直面する最大の脅威だと信じ込んでいる。しかし、一九七五年から二〇一五年まで、アメリカ国内で、外国人か移民の攻撃によって死ぬ確率は、三六〇万九七〇九分の一だった。しかもその四一年間のうち三〇年は、そうした攻撃で殺害された人は一人もおらず、九・一一のテロで亡くなった二九八三人を別にすると、その期間に外国生まれのテロリストによって殺されたのはわずか四一人。平均すると一年に一人だ[35]。

ウォリック大学が最近行なった、一四五カ国間の移民についての研究では、移民は実際にはテロの「減少」と結びついていることが示された。「ある国から他の国へ行った移民は、新しいスキル、知識、視点を持ち込む」と、その研究の代表者が記している。「わたしたちは、経済発展が過激思想の減少につながるという見方を認めるのであれば、移民の増加が良い影響をもたらすことを期待すべきだ[36]」

(2)移民は皆、犯罪者だ

この主張を裏付けるデータはない。実際には、アメリカで新しい生活をスタートさせる人は、生粋のアメリカ人より、罪を犯すことも、刑務所送りになることも少ない。アメリカ国内の不法移民は一九九〇年から二〇一三年の間に三倍増えて、一一〇〇万人を超えたが、彼らの犯罪率は逆に大幅に低下した[37]。同じことがイギリスについても言える。数年前に、ロンドン・スクール・オブ・エコノミクスの研究者は、東欧から大量の移民が流入した地域で、犯罪率が著しく低下したことを報告した[38]。

では、移民の子どもについてはどうだろう。アメリカにいる移民の子どもは、アメリカにルーツを持つ子どもに比べて、犯罪の道に入る傾向が低い。だが、ヨーロッパでは話は違う。わたしの母国であるオランダを例にとると、モロッコ系移民の子どもは、法を犯すことが多い。だが問題はもちろん、その理由だ。長年にわたって、ポリティカル・コレクトネス（政治的公正）を重んじる立場から、この問いに触れてはならないとされてきた。だが、二〇〇四年にロッテルダムで、民族と若者の犯罪との関連を探る、初めての大規模な研究が始まった。一〇年後、結果が出た。民族的背景と犯罪とのつながりはゼロだったのだ。なし、なし、なし。若者が犯罪に走る原因は育った環境にあると、その報告は明言した。貧しいコミュニティでは、オランダ人の子どもも少数民族の子どもと全く同等に、犯罪に走りやすいのだ[39]。

後に続く数々の研究が、その報告を裏づけている。実際、性別、年齢、収入を調整すると、民族と犯罪には何らつながりは認められないのだ。「加えて、オランダ人に比べて、難民の数は少なく見積もられがちなので、実際の犯罪率はさらに低いはずだ」と、オランダの研究者が最近の論文に書いた[40]。

誰もがこうした発見に強い関心を寄せるわけではない。ポリティカル・コレクトネスを標榜する新たな集団は、犯罪と民族をあらゆるレベルでつなげている。

(3)移民は社会の一体性を蝕む

二〇〇〇年に、著名な社会学者、ロバート・パットナムの研究が下した結論は、多様性はコミュニティの一体性を蝕むというものだった。当時それは不都合な真実のように見えた。具体的に言うとパットナムは、コミュニティが多様だと、人は互いを信用しようとせず、友情を築きにくく、ボランティア活動にもあまり参加しない、という発見をしたのだ。根拠としたのは三万人を対象とする面談の記録だった。パットナムは、基本的に多様性は人を「カメの首のように内にこもらせる[41]」と結論づけた。

自らが出した結果に驚いた彼は、その公表を数年ほど先延ばしにした。二〇〇七年にようやく出版されたとき、予想通り、それは爆弾を落としたかのような反響を招いた。今世紀で最も影響力ある社会学研究の一つだともてはやされ、数々の新聞や報告書に引用され、今に至るまで、多文化社会の恩恵を疑う政治家にとって頼れる情報源となっている。

だが、一つ問題がある。数年後、パットナムの発見は誤りだと証明されたのだ。

過去に行われた九〇件の研究を再分析したところ、多様性と社会の一体性との間には、いかなる相関も見出されなかった[42]。それだけでなく、パットナムは重大な誤りを犯していた。その誤りを発見したのは、プリンストン大学のマリア・アバスカルとニューヨーク大学のデリラ・バルダサーリという二人の社会学者だ。パットナムは、アフリカ系アメリカ人とラテンアメリカ系の回答は信頼度が低いという事実を無視していたのだ[43]。これを調整すると、パットナムの衝撃的な発見は粉々に崩れた。

では、現代社会が一体性に欠けるのが多様性のせいでないとしたら、原因はどこにあるのだろう。答えは簡単だ。貧困、失業、そして差別である。「信頼を蝕むのはコミュニティの多様性ではない」、アバスカルとバルダサーリは結論づける。「むしろ、多様なコミュニティに暮らす人々が直面する不利な状況が、原因なのだ」

⑷移民が仕事を奪う

この主張は誰でも一度は聞いたことがあるだろう。一九七〇年代を振り返れば、膨大な数の女性が労働市場に参入し、新聞紙上では、女性という安い労働力が流入すると一家の稼ぎ頭である男性の地位が奪われるという懸念が盛んに論じられた。当時も今も、求人市場は椅子取りゲームのようなものだと多くの人が考えている。だが、それは誤解だ。生産力のある女性や高齢者や移民は、男性や若者や勤勉な市民の職を奪ったりはしない。むしろ、労働力が増えると、雇用の機会は増える。それは、消費が増え、需要が増え、ひいては仕事の数が増えるからだ。求人市場をどうしても椅子取りゲームに例えたいのであれば、それは、パーティ好きの人が多くの椅子を抱えて次々にやってきて参加するゲームと言えるだろう。[44]

⑸移民の安い労働力のせいで、わたしたちの賃金が下がる

これが誤解だという証拠をもたらしたのは、移民に「反対する」シンクタンク、移民研究センターが行なった研究だ。[45]その研究は、移民は賃金に影響を及ぼさないことを発見した。他の研究では、移民の流入は、国内労働者の収入の微増を招くことさえ示している。[46]勤勉な移民は生産性を高め、それが全ての人により多くの給料をもたらすのだ。

だが、いつもそうとは限らない。世界銀行の研究者は、一九九九年から二〇〇〇年にかけての分析で、外国からの移民がヨーロッパの賃金の低下を招いたことを明らかにした[47]。貧乏くじを引いたのは未熟練の労働者だった。しかしこの同じ期間、移民は一般に考えられているより生産的で、よい教育を受けており、自国民（ネイティブ）の未熟な労働者の向上心を刺激しさえした。さらに言えば、たいていの場合、移民を雇うのをやめれば、仕事は他国に委託することになり、それは皮肉にも、賃金の低下につながるのだ[48]。

(6)移民は怠惰で働かない

豊饒の地で横たわって休んでいる人の方が、豊饒の地の外で働いている人より、多くを稼いでいるのは事実だが、自国民（ネイティブ）に比べて移民は補助的な仕事に向いている、という根拠はなく、また、強力な社会的セーフティネットのある国の方が、移民をより多く引きつけるという根拠もない。実際には、収入と仕事の状況を是正すれば、移民が受ける公的支援は減るはずだ[49]。総じて移民は、国にとって得になる。オーストリア、アイルランド、スペイン、イギリスのような国では、一人当たりで言うと、移民は自国民より多くの税金を国にもたらしているのだ[50]。

それでもまだ心配なのか？　であれば、国は移民に対して、政府による金銭的な支援を得る権利を認めない、少なくとも入国してから最低限の年数が経つまで、あるいは税金を五万ドル払ってからでなければ認めないと、決めればよいのだ。移民が政治的脅威になることや、社会に溶け込まないことを懸念するなら、同様の制限要因を設ければよい。言語と文化のテストを課すとか、投票権を与えないとか。そして、移民が仕事に就こうとしない場合は、母国に送還するだけのことだ。

ひどい仕打ちだろうか。おそらくそうだろう。だが、締め出しを急速に進める方が、よほど残酷ではないだろうか。

(7)移民は決して母国に戻らない

これはわたしたちに魅力的な逆説をもたらす。開かれた国境は、移民の帰還を促すのだ[51]。メキシコとアメリカの国境について考えてみよう。一九六〇年代、七〇〇〇万人のメキシコ人が国境を越えたが、やがてその八五パーセントが帰国した。一九八〇年代以降、とりわけ九・一一の後、国境のアメリカ側は警備が強化され、カメラ、センサー、ドローン、そして二万人の国境警備隊員が二〇〇〇マイル（約三二〇〇キロメートル）の壁沿いに配備されている。今日、メキシコ人の違法移民は七パーセントしか帰国しない。

「わたしたちは、毎年、納税者が納めた一〇億ドルを国境の警備に費やしているが、それは役に立つどころか有害でさえあり、非生産的だ」と、プリンストン大学の社会学教授は述べた。「警備が強化され、リスクとコストが高まるにつれて、賢明にも移民は、国境を越える回数を最小限にするようになった[52]」。アメリカに不法に滞在するメキシコ人の数が、二〇〇七年までに七〇〇〇万人（一九八〇年代の七倍）に達したのも、さほど不思議なことではない。

世界で最も豊かなアメリカは移民が建てた

国境監視員のいない世界であっても、貧しい人の大半は、今いる場所にとどまるだろう。結局、大半の人は母国、家庭、家族との間に強い結びつきを感じている。さらに、渡航は高くつき、非常に貧しい国では、他国に移住する余裕がある人はほんのわずかしかいない。しかし、経済事情はともかく、最近の世論調査では、七億人もが、可能なら別の国に移住したいと考えていることが明らかになった[53]。

国境を開くことは、もちろん一晩でできることではなく、またそうすべきでもない。無秩序に移民を受け入れると、豊饒の地の社会の一体性は、確実に蝕まれるだろう。だが、あることを思い出す必要がある。この異常なまでに不平等な世界では、移住は、貧困と闘うための最も強力なツールなのだ。なぜそうだとわかるのか。歴史が語っているからだ。一八五〇年代のアイルランドと、一八八〇年代のイタリアでは、どん底の生活を強いられた貧しい農民たちが国を離れた。一八三〇年代から一八八〇年代にかけては、一〇万人のオランダ人も母国を去っている。彼らは皆、無限のチャンスがあるように見えた海の向こうの国に照準を定めた。世界で最も豊かな国、アメリカは、移民が建てた国だ。

一世紀半が過ぎた今、世界各地の何億もの人が、言うなれば屋根のない牢屋で暮らしている。国境の壁やフェンスの四分の三は、二〇〇〇年以降に建てられた。インドとバングラデシュとの国境には、数千マイルにわたって有刺鉄線が張り巡らされている。サウジアラビアは国全体をフェンスで囲っている。そして、加盟国間の国境を開き続けているEUでさえ、地中海沿岸で壊れそうなボートの接近を阻止するのに多額の費用を投じている。この政策は、移民の流入を減らすのには役立っていないが、人身売買ビジネスには役立っており、結果として数千人の命を奪っている。ベルリンの壁の崩壊から二五年がたった今、ウズベキスタンからタイまで、イスラエルからボツワナまで、世界にはかつてないほど多くの壁がある[54]。

人類は、一箇所にとどまっていては、進化しなかった。放浪癖はわたしたちの遺伝子に組み込まれている。大方の人は、数世代さかのぼれば移民にたどり着く。現代中国を見てみよう。そこでは、二〇年前に世界史上最大規模の人口の移動が発生し、地方から都市へ数億人が流入した。どれほど破壊的であっても、移民が進歩をもたらす強い力になることは、歴史において幾度となく証明されている。

三パーセントの移民受け入れで開発支援総額の三倍の効果

本章の冒頭で述べた開発支援の総額についてもう一度考えてみよう。年間一三四八億ドル、月に一一二億ドル、一秒につき四二七四ドル。莫大な金額のように思えるが、そうではない。世界中で行われている開発支援の総額は、オランダくらいの小国がヘルスケアに費やす金額と同程度だ。平均的なアメリカ人は、連邦政府は国家予算の四分の一以上を海外支援に費やしていると考えているが、実際の数字は一パーセントにも満たない[55]。一方、豊饒の地の門は閉ざされ、施錠されたままだ。そして、かつて壁を巡らせた都市の門を激しく叩いた物乞いのように、この守られたコミュニティの周囲に数億の人が群がっている。世界人権宣言の第一三条は、すべて人は自国その他いずれの国をも立ち去る権利があると述べるが、豊饒の地に移り住む権利は誰にも保証していない。そして、亡命を申請した人がほどなく気づくように、その手続きは公的支援を申請するより複雑で、より腹立たしく、より希望がない。今日、豊饒の地を目指す人は、何マイルものライス・プディングの道ではなく、書類仕事の山を通って進まなければならないのだ。

おそらく一〇〇年くらい後の人は、こうした境界を、今日のわたしたちが奴隷制やアパルトヘイトに向けるような目で、振り返ることだろう。とはいえ、確かなことがひとつある。それは、世界をよりよい場所にしたいなら、移民を避けることはできないということだ。ほんの少し、ドアを開けるだけでも良い。先進国全てがほんの三パーセント多く移民を受け入れれば、世界の貧者が使えるお金は三〇五〇億ドル多くなると、世界銀行の科学者は予測する。[56] その数字は、開発支援総額の三倍だ。

開かれた国境の主唱者のひとりであるジョゼフ・カレンズが一九八七年に記したように、「自由な移住は、すぐには達成できないかもしれないが、それに向かって努力すべき目標である」[57]

第九章　国境を開くことで富は増大する　まとめ

・西側世界は発展途上国を支援するために、年に一三四八億ドル、月に一一二億ドル、一秒に四二七四ドルを費やしている。過去五〇年間に投じた総額はほぼ五兆ドル。

・その支援は役に立ってきたのか？　その効果の実際のところは分からない。MITの教授エスター・デュフロは貧困行動研究所を設立。世界五六カ国で五〇〇件以上の比較試験（RCT）を進め、開発支援の世界を根底から覆しつつある。

・RCTのおかげで直感に反する結果が判明している。一〇〇ドル相当の無料給食が、学校に通う年月を二・八年伸ばすことが分かった。無料の制服の効果より三倍長い期間だ。また、寄生虫に苦しめられている子どもの場合、わずか一〇ドルほどの薬というきわめて小さな投資によって、就学年数を二・九年伸ばすことができた。

・しかし、どれほど結果を出せたとしても、開発支援は常に、バケツに一滴の水を垂らすだけのものだ。どのようにして民主主義を構築するか、あるいは国が栄えるには何が必要かといった大きな問いには、RCTは答えられない。

・世界の貧困を一掃する最良の方法は「開かれた国境」である。これが実現すれば、「世界総生産」における予想成長率は、世界的な労働市場の動きのレベルに応じて、六七パーセントから一四七パーセントに及ぶと、異なる四つの研究が示している。そして労働の国境を開けば六五兆ドルの富が生み出される。

・国境は差別をもたらす唯一最大の原因である。二〇〇九年、信用危機が勢いを増していたときにゴールドマン・サックスが従業員に支払ったボーナスは、世界で最も貧しい二億二四〇〇万人の収入の合計に等しかった。そして、地球で最も豊かなわずか六二人が、三五億人の総資産より多い富を所有しているのだ。

・二一世紀の真のエリートは望ましい国に生まれた人だ。豊饒の地の貧困線は、外の荒野での貧困線の一七倍も高い位置にある。米国のフードスタンプ受給者の暮らしぶりさえ、世界で最も貧しい人々に比べると、王族のように見える。

・移民にまつわる数々の誤謬がある。例えば移民はテロリストという嘘だ。米国で一九七五年から二〇一五年までの四一年間で、九・一一を別にすると外国生まれのテロリストに殺されたのはわずか四一人。平均すると一年に一人だった。

難しいのは、新しい考えに馴染むことではなく、古い考えから抜け出すことだ。

——ジョン・メイナード・ケインズ（一八八三〜一九四六）

第一〇章　真実を見抜く一人の声が、集団の幻想を覚ます

一九五四年一二月二一日に洪水が来て世界は滅亡する。そう予言した主婦とそれに付き従った人々。その予言が外れても信者たちは信念を変えない。だが、一人の真実を見抜く人の勇気ある声が幻想を崩し、現実を変えることもある

空飛ぶ円盤が来なければ主婦はどうするのか

一九五四年の夏の終わり、若く才気あふれる心理学者が新聞を読んでいた。彼は、最終面の奇妙な大見出しに目を留めた。

惑星クラリオンからの予言、
全市に告ぐ　洪水から逃れよ
一二月二一日に我々を襲う、
外宇宙から、郊外の住民に告ぐ

その心理学者、レオン・フェスティンガーは、興味をそそられ、読み進めた。「レイク・シ

ティは一二月二一日夜明け前に、グレートレイクからの洪水で壊滅するだろう」。その通告は、シカゴ郊外に住む主婦が載せたもので、他の惑星に住む優れた存在から受け取ったメッセージだと言う。「彼らは、わたしたちが空飛ぶ円盤と呼ぶものに乗って、何度も地球を訪れていま す」

これこそまさに、フェスティンガーが待っていたものだった。何年も彼を悩ませてきた、単純だが厄介な問題について調べるチャンスが訪れたのだ。その問題とは、人は信念が揺らぐような経験をすると、どうなるか、というものだ。空飛ぶ円盤が助けに来ないと、この主婦はどうするだろう。大洪水が起きなかったら、どうなるだろう。少し調べを進めるうちに、フェスティンガーは、一九五四年一二月二一日に世界が終わると信じているのはその女性、ドロシー・マーチンだけではないことを知った。彼女には十数名の信奉者がいて、皆、聡明で正直なアメリカ人だったが、大洪水が起きることを確信していて、ゆえに仕事を辞め、所有物を売り、あるいは配偶者と別れていた。

フェスティンガーはそのセクトに潜入した。入ってすぐ、そのメンバーが、終末が迫っていることを他の人々に訴えようとしないことに気づいた。救済は、彼ら、すなわち、選ばれた少数の人々のためのものなのだ。一九五四年一二月二〇日の朝、ミセス・マーチンは天上から新たなメッセージを受け取った。「真夜中に、なんじらは駐車している車に乗せられ、ある場所に運ばれ、そこでポーチ［空飛ぶ円盤］に乗り込むことになるだろう」

それまで興奮していた彼らは、このメッセージに心を落ち着かせ、天国への凱旋を待った。

一九五四年一二月二〇日の真夜中

午後一一時一五分：ミセス・マーチンはメッセージを受け取った。それは皆に、コートを着て準備するようにと告げるものだった。
午前〇時：何も起きない。
午前〇時五分：信者の一人が、部屋にあるもうひとつの時計が一一時五五分を指していることに気づく。まだ〇時ではないと、彼らは合意する。
午前〇時一〇分：宇宙からのメッセージ「空飛ぶ円盤が遅れている」
午前〇時一五分：電話が数回鳴る。ジャーナリストからで、世界が終わったかどうかを尋ねるもの。
午前二時：本人の予定では、この頃にはもう数光年先に行っているはずだった一人の若い信者が、午前二時までに帰宅しないと警察に電話する、と母親に言われていたことを思い出す。他のメンバーから、きみが去ることはグループを救うための価値ある犠牲だと告げられ、彼は去る。
午前四時：信者の一人が言う。「わたしは退路を断った。世の中に背を向けた。疑うことはできない。信じなければならない」
午前四時四五分：ミセス・マーチンが新たなメッセージを受け取る。「神は地球を救うと決断された。また、信者の小さなグループがこの夜、非常に多くの『光』を広げたため、地球は救われた」

午前四時五〇分：天上からの最後のメッセージ「宇宙人はよき知らせが『直ちに新聞に掲載されること』を望む」。この新たな使命を果たすべく、信者たちは夜が明けるまでに、地元の全ての新聞社とラジオ局に連絡した。

自らの世界観を改めるより現実を再調整する

レオン・フェスティンガーがこの出来事を述べた一九五六年刊行の『予言がはずれるとき』（勁草書房、一九九五年）は、今日まで社会心理学における影響力の強い教科書となっている。その冒頭でフェスティンガーは、「信念を持つ人を変えるのは難しい」と述べている。「きみの意見には同意できないとこちらが言えば、その人はそっぽを向いてしまう」と彼は続ける。「事実や数字を見せても、相手はその出所を疑うだろう。論理的に説明しても、相手にはその要旨が理解できない」

ミセス・マーチンと信奉者の物語を嘲笑うのはたやすいが、フェスティンガーが述べた現象は、誰にでも起きる可能性がある。「認知的不協和」という言葉を彼は作った。深く信じることと現実が対立すると、わたしたちは自らの世界観を改めるより、現実を再調整するほうを選ぶのだ。のみならず、それまで以上に頑なにその世界観を信じるようになる[1]。

もっとも、わたしたちは現実的なことについては、かなり柔軟だ。例えば、油染みのとり方やキュウリの刻み方についての助言なら、喜んで受け入れることができる。だが、政治、イデオロギー、宗教に関する自らの信念がかかっている場合は、きわめて頑固になる。刑罰、婚前交渉、あるいは地球温暖化については、自分と異なる意見に耳を貸そうとしない。それらに関して自説を翻すと、アイデンティティや、教会、家庭、あるいは友人の輪といった社会集団における自らの位置づけが揺らぐからだ。

だからと言って、自説を曲げない人が愚かなわけではない。エール大学の研究者は、高い教育を受けた人ほど、信念が揺るぎにくいことを示した。[2] 結局のところ、教育は、自説を守る道具を人に与えるのだ。知的な人は、自説を裏づける主張、専門家、研究を見つけるのがうまく、加えて、現在ではインターネットのおかげで、自分の意見を持つ消費者になることが、かつてないほど容易になった。マウスをワンクリックするだけで、自説の証拠はいくらでも見つかるのだ。

賢い人々は、正しい答えを得るために自分の知性を使うのではない。答えであってほしいものを得るために用いるのだと、アメリカのジャーナリスト、エズラ・クレインは結論づけている。[3]

わたしには自分の意見を変える勇気があるだろうか？

告白しなければならないことがある。本書の第六章（ケインズが予測した週一五時間労働の時代）を執筆していた折に、「労働時間の短縮は幸福を増進しない可能性がある」と題された記事を『ニューヨーク・タイムズ』紙に見つけた。[4] それは韓国での研究についての記事で、週の労働時間が一〇パーセント短縮されても、従業員はより幸福にはならない、と述べていた。さらにグーグルで検索すると、時短は健康に良くないことを示唆する『テレグラフ』紙の記事が見つかった。[5]

自分の信念に矛盾するこれらの記事を読んで、わたしは突如としてドロシー・マーチンになり、わたしの時計は深夜〇時を打った。直ちに、自らの防衛機構（ディフェンス・メカニズム）を動員した。まず、その情報源を疑った。『テレグラフ』は保守的な新聞だから、それを間に受けていいだろうか？　加えて、『ニューヨーク・タイムズ』の見出しには「可能性がある（may）」とあった。その研究の結論は、どのくらい決定的なのか。さらにわたしは、偏見（ステレオタイプ）までも起動した。研究対象になった韓国人はかなりのワーカホリックだから、労働時間が短縮された時でも、時間外労働をしていたのだろう。その上、幸福だって？　どうすれば、幸福度を正確に測定できるのか。

こうしてわたしは満足し、その研究を脇にやった。それが妥当なはずがないと確信したのだ。[6]

別の例を挙げよう。第二章でわたしはユニバーサル・ベーシックインカムを支持した。それは、数年にわたって多くの調査を行なった上で確信したことだった。そのテーマについてわたしが最初に書いた記事は、一〇〇万回近く閲覧され、『ワシントンポスト』紙に取り上げられた。わたしはユニバーサル・ベーシックインカムについて講演し、オランダのテレビ番組で論証した。熱烈に支持するEメールが殺到した。つい最近も、誰かがわたしを「ミスター・ベーシックインカム」と呼んでいるのを耳にした。ゆっくりと、だが着実に、この見解が、わたしの個人的かつ専門職としてのアイデンティティを定義するようになった。ユニバーサル・ベーシックインカムは時宜を得たアイデアだと、わたしは確信している。これまで広範囲にわたってその問題を調査してきたし、さまざまな証拠がその方向を指し示しているのだ。だが、正直なところ、証拠が違う方向を指していたとして、わたしはそれに気づくだろうかと、不安になることがある。わたしは、自分の意見を変えるほどの観察力を持っているだろうか？　そうする勇気があるだろうか？

真実を語るひとりの声が集団の意見を変える

「空中の城の建設を続けたまえ」。ある友人はこう返した。わたしが彼に送った、労働時間の短縮とユニバーサル・ベーシックインカムについてのわたしの記事を読んでの返事だ。彼がそう返すのも無理はない。結局、政治家が国の財政収支を合わせることすらできない時に、これほど突飛な新アイデアを掲げることに何の意味があるだろう。

この時からわたしは、新しいアイデアは本当に世界を変えることができるだろうか、と自問し始めた。

今、あなたの（きわめて合理的な）直感的答えはこうだろう。「無理だ。人は、自分がよく馴染んでいる古いアイデアに頑なにしがみつくものだ」。しかし、アイデアは時とともに変わっていくことを、わたしたちは知っている。昨日の前衛（アヴァンギャルド）が今日の常識になるのだ。サイモン・クズネッツはGDPのアイデアを生み出した。ランダミスタは、海外支援の効率を問うことによって、支援計画をひっくり返した。問題は、新しいアイデアが古いアイデアを「打倒できるかどうか」ではない。「いかに打倒するか」なのだ。

この件に関して、突然の衝撃が驚くべき働きをすることを研究者は示唆している。イリノイ大学の政治学者、ジェイムズ・ククリンスキーは、受け入れがたい事実であっても、それを真正面からぶつけられると、人は意見を変える可能性が高い、ということに気づいた。[7] 最近の右派の政治家の成功を見てみよう。彼らは、一九九〇年代からすでに「イスラム教徒の脅威」を警告していたが、二〇〇一年九月一一日にツインタワーが衝撃的に破壊されたのを機に、世間の関心を集めるようになった。かつて社会の片隅にあった意見が、突如として集団の強迫観念になったのだ。

アイデアがじわじわとではなく、何らかの衝撃によっていきなり世界を変える、というのが真実であれば、わたしたちの民主主義、ジャーナリズム、教育は全て間違っていることになる。なぜならそれらは、人々が情報の蓄積と理性的な熟慮によって意見を変えていくという啓蒙モデルを社会の支柱と見なしているからだ。また、それが真実であれば、合理性、ニュアンス、歩み寄りといったことを信じる人は、アイデアがいかにして世界を支配するかを理解できていないことになる。すなわち、ある世界観は、レゴのブロックをあちらに付け足し、こちらから取り除くというようにして出来上がるものではないのだ。それはあらゆる手段を尽くして守られている砦であり、外からかかる圧力があまりに強くなると一気に崩壊するのである。

レオン・フェスティンガーがミセス・マーチンのセクトに潜入していたのと同じ頃、アメリカの心理学者、ソロモン・アッシュは、集団の圧力がかかると人はその目で見ていることが見えなくなることを実証した。今ではよく知られる実験だが、アッシュは被験者に三本の線が記されたカードを手渡し、どの線がいちばん長いかを尋ねた。部屋にいる他の人たち（全員がアッシュの同僚で、被験者にとっては見知らぬ人）が同じ答えを出すと、被験者もそれに倣った——明らかに間違っていても、である。[8]

同じことが政治の場でも起きている。政治学者は、投票の内容を決めるのは、自分の生活についてどう感じているかではなく、社会についてどう感じているかであることを立証してきた。政府が個人のために何をしてくれるかに、わたしたちはそれほど興味を持っていない。わたしたちが知りたいのは、わたしたち全員のために何ができるか、なのだ。わたしたちは自分のためだけでなく、所属したいと思う集団のために、一票を投じるのである。

だが、ソロモン・アッシュはまた別のことも発見した。それは、反対する一人の声が、全てを変えるということだ。彼が行なった実験では、その集団の中に、他に一人でも真実を語る人がいれば、被験者が自分の目で見たことを信じる可能性が高まった。これを、荒野で一人叫んでいるように感じている全ての人への励ましとしよう。空中の城を築き続けよう。いずれあなたの時が来る。

なぜ銀行部門の根本的改革は進まないのか?

二〇〇八年、わたしたちは、一九三〇年代以来最大の認知的不協和に直面し、ついにそのときが来たと覚悟を決めた。九月一五日、投資銀行であるリーマン・ブラザーズが破産を申し立てた。全世界の銀行部門がドミノのように倒れるのではないかと思えた。それに続く数カ月間、自由市場の教義が、次から次へと崩壊し、炎上した。

かつて「金融の神様」とか「マエストロ」と呼ばれた、連邦準備制度理事会の元議長、アラン・グリーンスパンは不意を打たれた。二〇〇四年に彼は自信満々でこう断言した。「個々の金融機関が、潜在するリスク要因の衝撃に耐えられるようになっただけでなく、金融システム全体がより強靭になった[9]」。二〇〇六年に引退したとき、グリーンスパンは金融の殿堂に不朽の名声を刻んだと、誰もが思った。

しかしその二年後、下院委員会の公聴会で、その破綻した銀行家は「わたしは茫然自失の状態にある」と認めた。彼が資本主義に向けた信頼は打ち砕かれた。「わたしは傷に気づいていたが、それがどれほど深刻で、また、長引くかについては、わかっていなかった。この事実にひどく落ち込んでいる[10]」。あなたの考えが間違っていたのではないかと連邦議会議員に尋ねられて、グリーンスパンはこう答えた。「それこそまさに、わたしが衝撃を受けた理由だ。なぜなら、それがうまくいくという確かな証拠のもとに、これまで四〇年にわたってやってきたからだ」

一九五四年一二月二一日のできごとが残した教訓は、すべては危機のその一瞬に決まる、ということだ。時計が深夜〇時を打った。次に何が起きるのか。新しいアイデアにとって、危機は好機をもたらすこともあるが、古い信念を補強することもあるのだ。

では、二〇〇八年九月一五日の後に何が起きただろう。オキュパイ運動［ウォール街で起きた草の根的なデモ活動］がつかの間、人々に衝撃を与えたものの、それは急速に収まった。その間、ヨーロッパでは、大半の国で左寄りの政党が選挙に負けた。ギリシャとイタリアは多かれ少なかれ、民主主義を封印し、債権者におもねるために新自由主義寄りの改革を展開し、政府を縮小し、労働市場の流動性を強化した。北欧でも、政府は緊縮の新時代を宣言した。

そして、グリーンスパンはどうなったか？　数年後にリポーターが、彼の考えに何か誤りがあったのではないか、と尋ねたところ、彼は決然と答えた。「全くない。それに代わる案はないと考えている[11]」

現在まで話を進めよう。銀行部門の根本的改革はまだ行われていない。ウォール街では、銀行員はリーマン・ショック以降で最高額のボーナスを得ている[12]。そして、銀行の準備金はこれまでと変わらずわずかだ。『ガーディアン』紙のジャーナリスト、ヨリス・ライエンダイクは、二年かけてロンドンの金融部門を入念に調査し、二〇一三年にその経験を総括した。「まるでチェルノブイリに立って、昔ながらの管理体制のまま原子炉が再稼働されるのを見ているような気分だった[13]」

あなたは不思議に思うはずだ。二〇〇八年にこの社会が経験した認知的不協和は、まだ足りなかったのだろうか。あるいは、「あまりに大きすぎ」たのか。わたしたちは昔ながらの信念に、あまりに投資しすぎたのか。それとも、単に代案がないだけなのか。

この最後の可能性は、最も懸念すべきものだ。

「危機（crisis）」という言葉は古代ギリシャ語の、「分離」、「ふるいにかける」という単語に由来する。そうだとすれば、危機は、真実を決める瞬間、すなわち、根本的な選択が為される岐路であるべきだ。だが、二〇〇八年のわたしたちには、その選択ができなかったようだ。全銀行部門の崩壊に直面していることに気づいたものの、利用できる真の代案はなかった。わたしたちにできたのは、同じ道をとぼとぼと歩きつづけることだけだったのだ。

したがって、おそらく、「危機」は、わたしたちの現況を表すのにふさわしい言葉ではないのだろう。むしろ現況は、「昏睡（coma）」に似ている。それも古代のギリシャ語に由来し、意味は「夢も見ない深い眠り」である。

新自由主義を広めたハイエクとフリードマン

それは何とも皮肉なことだとあなたは思うかもしれない。

いつの日か自分たちの理想の正しさが認められることを確信して、空中に城を築くことに人生を捧げた人物が二人いるとしたらそれは、多方面に活躍した哲学者、フリードリヒ・ハイエクと、世に知られた知識人、ミルトン・フリードマンだ。「新自由主義(ネオリベラリズム)」の創始者である二人を、わたしは尊敬している。

今日、「新自由主義」は左派に同意しない全ての人に対する蔑称になっているが、ハイエクとフリードマンは誇り高い新自由主義者であり、自由主義の改革を、自らの責務としていた[14]。「自由な社会の建設を再び知的冒険にしなければならない」とハイエクは記した。「わたしたちに欠けているのはリベラルなユートピアだ[15]」

もしあなたが、ハイエクとフリードマンが強欲を流行らせ、数百万の人々を苦境に陥れた金融危機を招いた張本人だと考えていたとしても、彼らから学ぶことは多い。

一人はウィーンで生まれ、もう一人はニューヨークで生まれた。二人とも、アイデアの力を強く信じた。長年にわたり二人は、主流派の外に存在する、セクトと呼べそうなほど小さな集団に属していた。彼らは協力してその囲いを引き破り、独裁者と億万長者しか夢見ることができなかった方法で世界をひっくり返した。彼らは、最大のライバルであるイギリスの経済学者、ジョン・メイナード・ケインズが生涯をかけて築いた業績の破砕に着手した。どうやら彼らがケインズと共有していたのは、経済学者や哲学者のアイデアの方がビジネス界のリーダーや政治家の既得権より強い、という確信だけだったらしい。

この注目すべき物語は、ケインズが亡くなってから一年も経たない一九四七年四月一日に始まる。その日、四〇名の哲学者、歴史学者、経済学者が、スイスのモンペルラン(ペルラン山)の小さな村に集まった。中には、海を越えて、数週間かけてやってきた人もいた。後年、彼らはモンペルラン・ソサエティとして知られることになる。

このスイスの村に来た四〇名の思索家は、思うことを語るよう奨励され、社会主義の優勢に対抗する資本主義者のレジスタンス兵士の部隊を結成した。「言うまでもなく、今日、社会主義者でない人はほとんど残っていない」、そのイベントの発起人であるハイエクはそう嘆いた。ニューディール政策によって、アメリカでさえ社会主義的な方向に向かっていた当時、自由市場を守ろうとすることは、まさに革命的行為と見なされており、ハイエクは「絶望的に時代とずれている」と感じていた[16]。

ミルトン・フリードマンもその会合に参加した。「そこでのわたしは、世間知らずの若いアメリカ人だった」と、フリードマンは後に回想している。「世界各地から来た人々と会った。彼らもわたしたちと同じく、自由主義の原則を奉じていた。皆、自国では困難な状況にあったが、中には世界的に有名な学者や、後にそうなる人もいた[17]」。実際、モンペルラン・ソサエティのメンバーのうち、八名もが後にノーベル賞を受賞した。

もっとも、一九四七年当時、誰一人として、そのように華々しい未来は予想できなかった。ヨーロッパの広大な地域が荒廃していた。復興への取り組みはケインズの理想に彩られていた。万人のための雇用、自由市場の抑制、銀行の規制。戦争国家は福祉国家になった。その時代に、新自由主義思想は、牽引力を備えはじめた。それはひとえにモンペルラン・ソサエティの貢献によるもので、ソサエティはやがて、二〇世紀を率いるシンクタンクの一つになる。「彼らは、世界の政策の変容を予定より早め、その影響は数十年にわたって続いた」と歴史学者、アンガス・バーギンは語る[18]。

一九七〇年代に、ハイエクはソサエティの会長の地位をフリードマンに譲った。このメガネをかけた小柄なアメリカ人は、エネルギーと熱意でオーストリア生まれの先任者をしのぎ、彼のリーダーシップのもとで、ソサエティは急進的になった。基本的にフリードマンは、問題をすべて政府のせいにした。そしてその解決策は、つねに市場の自由化だった。失業？　最低賃金を撤廃せよ。自然災害？　企業に救助活動を組織させろ。劣悪な学校？　教育を民営化せよ。お金のかかるヘルスケア？　それも民営化し、加えて公的な監督を廃止せよ。薬物乱用？　薬物を合法化し、市場に魔法をかけさせよう。

フリードマンは、講義、特集ページ、ラジオのインタビュー、テレビ出演、本、さらにはドキュメンタリーまで、あらゆる方法を駆使して自分のアイデアの拡散を図った。ベストセラーになった自著『資本主義と自由』（マグロウヒル好学社、1975年）の前書きに彼は、代わりとなるアイデアを提供し続けるのは思索家の義務だと記した。今日、「政治的に不可能」に見えるアイデアも、いつの日か、「政治的必然」となる可能性がある、と。

後は、決定的な瞬間が来るのを待つだけだ。「現実のものであれ、認識上のものであれ、危機のみが真の変化をもたらす」とフリードマンは説いた。「危機に際してとられる行動は、すでにそこにあるアイデアによって決まる[19]」。その危機は、一九七三年一〇月にやって来た。アラブ石油輸出国機構（ＯＡＰＥＣ）が原油価格を七〇パーセント引き上げ、親イスラエル国であるアメリカとオランダに対する原油輸出禁止を加盟国に命じたのだ。インフレは天井知らずとなり、西側諸国の経済は急速に落ち込んだ。この影響の呼び名である「スタグフレーション」（不況であるにもかかわらず物価が上がりつづけること）は、ケインズの理論では起こりえないことだったが、フリードマンはそれを予測していた。

フリードマンはその後もずっと、自分が成功できたのは、一九四七年以降に構築された基盤があればこそだったと言い続けた。新自由主義はリレーのようにして、勢いを増していった。シンクタンクがジャーナリストにバトンを渡し、ジャーナリストはそれを政治家に渡した。アンカーを務めたのは、西側諸国で最も強力なふたりのリーダー、ロナルド・レーガンとマーガレット・サッチャーだ。サッチャーは、自らの最大の勝利は何かと問われ、「新しい労働党」だと答えた。サッチャーのライバルで社会民主主義者である労働党員でさえ、新自由主義を奉じるトニー・ブレアのリーダーシップのもと、サッチャーの世界観に歩み寄ったのだ。

五〇年経たないうちに、かつては過激な傍流と見なされていたアイデアが、世界を支配していた。

モンペルランの教訓

昨今では誰に投票するかはほとんど問題ではなくなった、と主張する人がいる。依然として右派と左派はいるものの、いずれも未来について明確な計画はないようだ。アイデアの力を確信した二人の男の頭脳から生まれた新自由主義者は今、皮肉な運命のいたずらから、新たなアイデアへと続く道を封鎖している。わたしたちは、リベラルな民主主義と自由な消費者を終着点とする「歴史の終わり」に到達したらしい[20]。

一九七〇年代にフリードマンがモンペルラン・ソサエティの会長に指名された時、ソサエティの発展を支えた哲学者と歴史学者の大半は退いており、議論の内容は、テクノロジーと経済に偏ってきていた[21]。後から振り返れば、フリードマンの到来は、経済学者が西側諸国を率いる時代の夜明けを象徴していた。わたしたちは今もその時代にいる[22]。

わたしたちはマネージャーとテクノクラートの世界に住んでいる。「問題解決に専念しよう」と彼らは言う。「収支を合わせることに焦点を当てよう」。そこでは政治的決断は常に、危急の問題として提示され、当然のように、中立的かつ客観的な問題として扱われる。ケインズはその時代に、すでにこの傾向に気づいていた。「自分は何人からも知的影響を受けないと考えている実際的な人は、往々にして昔日の経済学者の奴隷となっている」[23]と彼は書いている。

二〇〇八年九月一五日にリーマン・ブラザーズが崩壊し、一九三〇年代以来最大の危機が始まったとき、有効な代案はなかった。誰もその土台を築いていなかった。何年も前から、インテリ、ジャーナリスト、そして政治家は皆、「大きな物語」の時代は終わり、イデオロギーを実用主義に換える時が来た、と信じきっていたのだ。

当然ながら、わたしたちは、数世代前の人々が戦って勝ち取った自由を誇りに思うべきだ。だが問題は、語るべき物語が失われたこの時代に、言論の自由にいかなる価値があるのか、ということだ。所属という感覚が失われた今、連携の自由にいかなる意味があるのか。人々が何も信じなくなった今、宗教の自由にいかなる目的があるのか。

一方で世界は依然としてますます豊かで、安全で、健康になりつつある。日々、ますます多くの人々が豊饒の地にたどり着いている。それは大きな勝利だ。だが、豊饒の地に長く住まうわたしたちは、新しいユートピアを切り開くべき時を迎えている。もう一度、帆を上げよう。

「進歩とは、ユートピアが次々に形になっていくことだ」と、その昔、オスカー・ワイルドは記した[24]。週一五時間労働、ユニバーサル・ベーシックインカム、そして国境のない世界……いずれも、荒唐無稽な夢にすぎない。だがいつまでも夢のままであるとは限らない。

新自由主義が生まれて間もない頃にハイエクが断じたように、現在、わたしたちは「人間のアイデアと信念が歴史を動かす主な原動力だ」という見方を疑っている。「誰にとっても、自分の信念が、今のそれとは異なる状況を想像するのは非常に難しいものだ[25]」とハイエクは言う。

新しいアイデアが社会に広がるのに、一世代かかることもあると、彼は主張した。ゆえに、わたしたちは、「ユートピア主義者になる勇気」を備えた忍耐強い思索家を必要としているのだ。

これをモンペルランの教訓としよう。これを、よりよい世界を夢見る全ての人のマントラにすれば、わたしたちはもう二度と、座り込んで、時計が深夜〇時を打つのを聞きながら、来るはずのない地球外からの救いを虚しく待ち続けるようなことにはならないだろう

アイデアは、どれほど途方のないものであっても、世界を変えてきたし、再び変えるだろう。「実際」、とケインズは記した。「アイデアの他に世界を支配するものはほとんどない[26]」

第一〇章　真実を見抜く一人の声が、集団の幻想を覚ます　まとめ

・一九五四年一二月二一日に洪水が来て世界は滅亡する。そう予言した主婦とその信奉者十数名がいた。洪水は訪れなかったが信者たちは「われわれ小さなグループが地球を救ったのだ」と言い、自らの世界観を改めるより現実を再調整することを選んだ。

・この出来事を観察していた心理学者フェスティンガーは「認知的不協和」という言葉を作り、深く信じることが現実と対立すると、人はそれまで以上に頑なに自らの世界観を信じると論じた。

・同じ頃、心理学者アッシュは、集団の圧力がかかると人はその目で見ていることが見えなくなることを実証した。集団の他の人たちが同じ答えを出すと、明らかに間違っていても、被験者も他の人たちの答えに倣うのだ。

・だがアッシュは別のことも発見した。それは、反対する一人の声が、全てを変えるということだ。彼の実験では、集団の中に、他に一人でも真実を語る人がいれば、被験者が自分の目で見たことを信じる可能性が高まった。これを、荒野で一人叫んでいるように感じている全ての人への励ましとしよう。

・現在も銀行部門の根本的改革はまだ行われていない。ウォール街では、銀行員はリーマン・ショック以降で最高額のボーナスを得ている。そして、銀行の準備金はこれまでと変わらずわずかだ。われわれには単に代案がないだけなのだろうか。

・新自由主義思想を世に広めたハイエクとフリードマン。ニューディール政策により、米国でさえ社会主義的な方向に向かっていた一九四〇年代後半に、スイスのモンペルランの小さな村に集まり、自由市場を守ろうと声を上げ始めた。

・「誰にとっても、自分の信念が、今のそれとは異なる状況を想像するのは非常に難しい」とハイエクは言った。「新しいアイデアが広がるのに、一世代かかることもある」。だからわたしたちは、「ユートピア主義者になる勇気」を備えた忍耐強い思索家を必要とする。

・アイデアは、どれほど途方のないものであっても、世界を変えてきたし、再び変えるだろう。「実際」、とケインズは記した。「アイデアの他に世界を支配するものはほとんどない」

ユートピアは水平線上にある。わたしが二歩近づくと、それは二歩遠ざかる。もう一〇歩近づくと、さらに一〇歩遠ざかる。

どれだけ歩いても、決してたどり着けない。では、ユートピアに何の意味があるのだろう。答えはこうだ。歩き続けよ、とそれは教えてくれるのだ。

——エドゥアルド・ガレアーノ（一九四〇〜二〇一五）

終　章　「負け犬の社会主義者」が忘れていること

この本で提案したのは、大きな路線変更だ。奴隷制度の廃止、女性の解放も、唱えられた当初は、正気の沙汰とは考えられていなかった。そうした「大きな政治」を左派は思い出し、右派も同調する変革へと進むべきだ

不可能を必然にする「大文字の政治」

最後に問いたい。どうすれば、ユートピアを現実のものにできるだろう？　これらのアイデアをわたしたちはどのように扱い、どうやって実現すればよいのだろう？

この理想から現実への道は、わたしを魅了してやまない。プロイセンの政治家オットー・フォン・ビスマルクが述べたように、「政治とは、可能性の芸術である」からだ。ワシントンやウェストミンスターからのニュースを見るかぎり、その見方は今も健在であるらしい。だが、はるかに重要な、もう一つの形の政治が存在する。それは「大文字の政治」（Politics）だ。それが扱うのは、規則ではなく改革であり、可能性の芸術ではなく、不可能を必然にする術である。

「大文字の政治」の舞台には、ゴミ収集作業員から銀行家、科学者から靴職人、著述家から本

図15　オヴァートンの窓

出典：'Overton Window' by Hydrargyrum is licensed under CC BY-SA 2.0

書の読者まで、より多くの「政治家」のための場所がある。そして、その中身は「小文字の政治」とは正反対だ。「小文字の政治」は現状を再確認するためのものだが、「大文字の政治」は現状を打破して自由になるためのものなのだ。

　一九九〇年代に「大文字の政治」のメカニズムを初めて説明したのは、アメリカの弁護士、ジョゼフ・オヴァートンである。彼はまず、以下の単純な問いから始めた。「これほど多くの良いアイデアが真剣に受け止められないのはなぜだろう?」

　オヴァートンが気づいたのは、再選を望む政治家は、あまりに極端に思えるアイデアを敬遠する、ということだ。権力を持ち続けるには、自分のアイデアを人々に許容される範囲に留めておかなければならない。この「許容性」の窓に収まるのは、専門家に承認され、統計上支持する人が多く、法律になる可能性が高いアイデアだ。

この「オヴァートンの窓」（図15）の外へはみ出した者は、いばらの道を歩むことになる。たちまち、その窓の恐ろしい番人であるメディアから、「非現実的」とか「無分別」といった烙印を押されるだろう。例えばテレビは基本的に、異なる意見を報道する時間やスペースを持ち合わせていない。その代わり、同じ人々が同じ意見を言う、メリーゴーラウンドのような場面を延々と流し続ける。

だが、そうであっても、社会は二〇～三〇年の間に完全に変わることができる。オヴァートンの窓は、ずらすことができるのだ。そのための古典的な戦略は、非常にショッキングで破壊的なアイデアを公表して、それ以外のアイデアを、比較的穏当で、まともに見えるようにすることだ。つまり、急進的なものを穏当に見せるには、急進性の枠を広げれば良いのである。

アメリカのドナルド・トランプ、イギリスのボリス・ジョンソン、反イスラム主義者であるオランダのヘルト・ウィルダースは、この技を完璧にマスターしている。彼らは、自分の主張をまともに受け止めてもらえない時はいつも、オヴァートンの窓をその主張が通るところまで移動させる。事実、この数十年の間にこの窓は、経済的問題についても文化的問題についても、右寄りに移動してきた。経済論争の場で新自由主義の経済学者が声を強めるにつれて、宗教や移民に関する議論でも、右派が支配権を握るようになってきたのだ。

国際的な現象となった「負け犬の社会主義」

わたしたちが目撃しているのは、大きな路線変更だ。歴史的に、「大文字の政治」は左派を擁護してきた。一九六八年、パリのデモ隊は「現実的であれ、不可能を要求せよ！」と叫んだ。奴隷制度の廃止、女性の解放、福祉国家の台頭はすべて、正気の沙汰と思えない「無分別」から始まった革新的なアイデアだったが、最終的には基本的な常識になった。

しかし、このところ左派は、「大文字の政治」の術を忘れてしまったかのようだ。さらに悪いことに、多くの左派の思想家と政治家は、票を失うことへの恐れから、支持者である一般大衆の急進的な感情を抑えようとしている。この姿勢は、わたしが近年、「負け犬の社会主義」と見なすようになった現象の一つだ。

「負け犬の社会主義」は国際的な現象で、労働組合から政党、コラムニストから大学教授に至るまで、世界中の多数の左派の思想家や活動家に見られる。その世界観は、「ネオリベラルが論理、判断、統計のゲームを制し、左派に残されたのは感情だけ」というものだ。その心根は優しい。「負け犬の社会主義者」は同情心に富み、現在の支配的な政策はひどく不公平だと考えている。福祉国家が崩壊していくのを見ると、救えるものを救おうと駆けつける。だが、いよいよとなると反対意見に屈服し、その論争が前提とするものを受け入れるのだ。「国の債務はもはやコントロールできない状況だ」と彼らはしぶしぶ認める。「しかし、税収に頼った計画をさらに多く立てることは可能だ」

「貧困との戦いは恐ろしいほど高くつく」と彼らは論じる。「しかし、それは文明国家にはつきものだ」

「税金は高い」と彼らは嘆く。「しかし、各人の能力に応じたものだ」

「負け犬の社会主義者」は、真の問題は国の債務ではなく、支払い能力以上の債務を抱える家庭やビジネスだということを忘れている。貧困との戦いは確実に利益を生む投資であることを忘れている。そして、銀行家や弁護士が、ゴミ収集作業員や看護師の犠牲の上に見栄を張っていることを忘れているのだ。

反対派に手綱をつけ、抑えること、それが「負け犬の社会主義者」に残された唯一の仕事だ。反民営化、反体制、反緊縮財政。彼らは何もかもに反対するので、誰もがこう思うはずだ。負け犬の社会主義者」はいったい何に賛成なのだろう、と。

彼らは幾度となく、社会の弱者に味方してきた。貧しい人々、落伍者、亡命希望者、身体障害者、被差別者に。そして彼らは、反イスラム主義、ホモフォビア、人種差別主義を非難する。さらに彼らは、世界をブルーカラーとホワイトカラー、貧困と富、普通の人々と一パーセントの富豪に分ける「断絶」が広がることを懸念し、ずっと前に離れていった選挙民と「再びつながる」ことをいたずらに追い求める。

しかし、「負け犬の社会主義者」の最大の問題は、彼らが間違っているということではない。そうではなく、あまりにも覇気がないことなのだ。彼らは、語るべき物語を持たず、それを伝える言葉も持たない。

その上、しばしば左派はむしろ敗北を喜んでいるかのように見える。まるで全ての失敗、破滅、非道な行いは、左派がずっと正しかったことを証明するためのものであるかのように。

「一種の行動主義のようなものが存在し」と、レベッカ・ソルニットは著書『暗闇のなかの希

望　非暴力からはじまる新しい時代』（七つ森書館、二〇〇五年）で述べている。「それは、結果を出すことより、アイデンティティを強化することを重視する」。ドナルド・トランプがよく理解していることの一つは、ほとんどの人々は勝つ方を好むということだ（「わたしたちは数多くの勝利を収める。きみたちはやがて勝つことに飽きるだろう」と、トランプは有権者に訴えた）。たいていの人は、善きサマリア人の憐憫と家父長的な温情を不快に思うものなのだ。

進歩を語る言語を取り戻す

悲しいことに、「負け犬の社会主義者」は、左派の物語は希望と進歩の物語であるべきだということを忘れている。誤解しないでほしいが、その物語とは、長々しい学術書を読んで「ポスト資本主義」や「インターセクショナリティ」について思索するのが好きな、少数のヒップスター［知的流行を追う似非インテリ］を悦ばせるためのものではない。学問の世界の左派が犯した最大の罪は、基本姿勢が貴族的になり、単純なことを奇怪な専門用語で書いてことさらわかりにくくしていることだ。もしあなたが自分の理想を、聡明な一二歳の子どもにうまく説明できないのであれば、おそらく原因はあなたの方にある。わたしたちに必要なのは、数百万人もの普通の人々に語り聞かせる物語なのだ。

進歩を語る言語を取り戻すところから始めよう。

改正？　もちろん賛成だ。金融部門を徹底的に整備しよう。銀行にはより大きなバッファー（緩衝材）を築かせ、新たな危機が訪れても、すぐには倒れないようにする。だが、必要とあらば、銀行を解体し、「銀行は大きすぎて潰せない」という理由から納税者が再建費用をかぶらされたりしないようにしよう。タックスヘイブンはすべて洗い出して全滅させ、富裕層に税金を公平に負担させる。彼らが雇う会計士には、脱税の手伝いではなく、価値ある仕事をさせよう。

能力主義？　望むところだ。真の貢献の度合いに応じて、賃金を支払うようにしよう。ゴミ収集作業員、看護師、教師の給料はかなり上がり、相当数のロビイスト、弁護士、銀行家の給料がかなり下がるはずだ。もしあなたが大衆を傷つける仕事がしたいのなら、好きにするといい。だが、その特権には重税が伴うだろう。

革新？　当然だ。現在、膨大な数の才能が無駄になっている。かつてアイビー・リーグの卒業生は科学、公共サービス、教育分野の仕事に就いていたが、現在では、銀行員や弁護士、あるいはグーグルやフェイスブックなど広告料で成りたつ業界を選びがちだ。ここでしばし立ち止まって、よく考えてみよう。数十億ドルもの税金が、最高の頭脳を持つ若者たちの教育に使われている。だがそれによって、彼らが最終的に身につけるのは、他の人々を効率良く利用する方法なのだ。そう考えると、頭がクラクラしてくるはずだ。もしも、わたしたちの世代の最高の頭脳が、現在の最大の難問、例えば、気候変動、高齢化、不平等といったことに取り組むようになれば、状況はどれほど変わるだろう。きっと真の革新がもたらされるはずだ[1]。

効率？　それが肝心だ。考えてみよう。ホームレスの人々に投資した金額は、ヘルスケア、警察、裁判にかかる費用が節約される結果、三倍かそれ以上になって戻ってくる。子どもの貧困が撲滅されることを想像してみよう。そうした問題を解決することは、それらの「管理」に多大な費用を投じるより、はるかに効率的だ。

過保護な福祉を削減する？　完全に正しい。働いていない人（実際には失業を引き延ばしている人）のための、無意味で傲慢な再雇用講座は廃止しよう。また、福祉の受益者にみじめな暮らしを強いるのをやめよう。誰もにベーシックインカム――人々のためのベンチャーキャピタル――を給付し、自分の人生の方針を立てられるようにしよう。

自由？　謳歌しようではないか。先に述べた通り、労働人口の三分の一以上は、その人自身、無意味だと思う「くだらない仕事」を押しつけられている。つい先頃、わたしは数百人のコンサルタントを聴衆とする講演会で、無意味な仕事が増えていることについて語った。驚いたことに、それを非難する声はあがらなかった。のみならず、その後の酒の席で二人以上から、「儲けは多いがくだらない仕事のおかげで、儲けは少ないが価値のある仕事をすることができるのです」と打ち明けられた。

その話を聞いて思い出したのは、フリーのジャーナリストが、批判的な調査記事を書くために、自分が軽蔑している企業の宣伝記事を書いて、資金稼ぎをしていることだ（批判的な調査記事というのは、同種の企業を対象とするものだ）。これでは本末転倒ではないか？　どうやら現代の資本主義では、わたしたちはくだらないとわかっているものに投資しているらしい。

今こそ、「仕事」という概念を再定義すべき時だ。わたしは一週間の労働時間を短縮しようと呼びかけているが、長く退屈な週末を過ごせと言っているわけではない。自分にとって本当に重要なことにもっと多くの時間を費やそうと、呼びかけているのだ。数年前、オーストラリアの作家ブロニー・ウェアは『死ぬ瞬間の五つの後悔』（新潮社、二〇一二年）という本を出版し、看護師として世話をした患者たちの最後の日々について語った。[2]何が書かれているだろう？　仕事仲間のパワーポイントのプレゼンにもっと注意を払っていればよかった、とか、ネットワーク社会での画期的な共同創作についてもう少しブレインストーミングをしておけばよかった、などと言う人は一人もいなかった。最大の後悔は、「他人がわたしに期待する人生ではなく、自分のための人生を生きればよかった」というもの。二番目は、「あんなに働かなければよかった」である。

左派から右派まで、もっと多くの仕事を、と要求している。ほとんどの政治家と経済学者は、仕事に良いも悪いもなく、それは多ければ多いほどよいと考えている。今こそ、新たな労働運動を始めるべき時だとわたしは考える。それは、より多くの仕事やより高い賃金を求めるだけでなく、さらに重要なこととして、本質的に価値のある仕事を求める戦いだ。

そうすればわかるはずだ。わたしたちが退屈で無意味でくだらない仕事に多くの時間を費やすうちは、失業率は上昇するが、満足できることに多くの時間を投資し始めると、失業率は下がるということが。

アイデアを行動に移す際の二つのアドバイス

だが、まず初めに、「負け犬の社会主義者」は、自分は道徳的に優れているという思い込みと時代遅れの思想を捨てなければならない。自分は進歩的だと自負する人は皆、エネルギーだけでなくアイデアの源となるべきだ。そして、憤りを発するだけでなく、希望の光を放ち、倫理と強い理想を併せ持たなければならない。結局、「負け犬の社会主義者」に欠けているのは、政治を変えるための最も重大な成分、すなわち、もっと良い方法が本当に存在する、ユートピアは確かに手の届くところにある、という確信なのだ。

わたしは、「大文字の政治」をマスターすれば、簡単に理想の社会を実現できると言うつもりはない。全くその逆だ。そもそも、このアイデアを世間に真剣に受け止めてもらうことからして非常に難しいのだ。わたし自身、それを痛感した。この三年間、ユニバーサル・ベーシックインカム、労働時間の短縮、貧困の撲滅について訴えてきたが、幾度となく、非現実的だ、負担が大きすぎると批判され、あるいは露骨に無視された。

少々時間がかかったが、その「非現実的だ」という批判が、わたしの理論の欠陥とはほぼ無関係であることに気づいた。「非現実的」というのはつまり、「現状を変えるつもりはない」という気持ちを手短に表現しただけなのだ。人を黙らせる最も効果的な方法は、相手に自分は愚かだと思わせることだ。そうすればほぼ確実に口をつぐむので、検閲より効果がある。

わたしがベーシックインカムについて書き始めたとき、それについて聞いたことがある人はほとんどいなかった。しかし、わずか三年後の現在、ベーシックインカムのアイデアは至るところに広まっている。

フィンランドとカナダでは、大規模な実験が行われている。シリコンバレーでは、広く認められつつある。ギヴ・ディレクトリ（第二章で述べた組織）はケニアでベーシックインカムの大規模な研究を始めた。そしてわたしの国オランダでも、二〇を超える自治体が、その実施に踏み切った。

突然このように関心が高まったのは、二〇一六年六月五日にスイスで行われた国民投票がきっかけだった。五年前には、ベーシックインカムがどのようなものかを知っているスイス人は、二、三〇〇人程度だったはずだが、今の状況はまったく違う。当然ながらその提案は反対大多数で否決されたが、忘れてならないのは一九五九年というそれほど遠くない昔に、スイスの男性の過半数が、ある奇抜な提案を、同じく反対大多数で否決したことだ。それは女性の選挙権を認めるという提案だった。一九七一年に二度目の国民投票が行われ、その時はほとんどの人が賛成した。

重要な点はここだ。スイスの国民投票によってベーシックインカムの議論は終わったのではなく、始まったのだ。本書のオランダ版が初めて出版されてから、わたしはパリ、モントリオール、ニューヨーク、ダブリン、ロンドンでベーシックインカムについて語ってきた。どこででも、熱烈にそれを支持する人々に出会った。彼らがベーシックインカムを支持するのは、同じ理由からだ。二〇〇八年の世界金融危機と、イギリスのEU離脱とトランプという新時代が幕を開けて以来、ますます多くの人が、ゼノフォビア（外国人嫌悪）と不平等に対する革新的な、本物の解毒剤を渇望するようになった。全く新しい世界の地図、新しい希望の源、つまり、新しいユートピアが待ち望まれているのだ。

最後になったが、本書が提案したアイデアを行動に移す用意ができている全ての人に、二つのアドバイスをしたい。まず、世の中にはあなたのような人がたくさんいることを知ろう。それも大勢いるのだ。本書のアイデアを信じるようになってから、この世界が堕落した欲深い場所に見えるようになったと、無数の読者がわたしに語った。彼らに対するわたしの答えはこうだ。テレビを消して、自分の周りをよく見て、人々と連携しよう。ほとんどの人は、優しい心をもっているはずなのだ。

そして二つめのアドバイスは、図太くなることだ。人が語る常識に流されてはいけない。世界を変えたいのであれば、わたしたちは非現実的で、無分別で、とんでもない存在になる必要がある。思い出そう。かつて、奴隷制度の廃止、女性の選挙権、同性婚の容認を求めた人々が狂人と見なされたことを。だがそれは、彼らが正しかったことを歴史が証明するまでの話だった。

謝辞

これまでどの本も自分一人で書いたわけではないが、本書ほど多くの人に支えられて書いた本はない。まず感謝したいのは、わたしの著述家としての拠点であるコレスポンデント（*De Correspondent*）のメンバーだ。彼らは、論文や著書で情報やヒントを提供してくれただけでなく、さまざまな間違いを指摘してくれた。また、原稿の全部あるいは一部を読んでくれた仕事仲間——ジェシー・フレデリック、アンドリアス・ジョンカーズ、エリカ・ムーア、トラヴィス・マシェット、ロブ・ワインバーグ——に深く感謝している。

Momkaiのデザインチーム——マーティン・ヴァン・ダム、ヘラルド・ドュニンク、シャノン・リー、シンシア・マール、レオン・ポストマ、フレイザー・スパーハム——には、そのすばらしいインフォグラフィックに大いに感謝する（なんども細かな修正を求めたわたしに、辛抱強くつきあってくれたことにも感謝している）。

オリジナルのオランダ語版を、ウィル・ハンセンが編集者として担当してくれたことを大変光栄に思う。またしても彼は、誤った論理展開やわかりにくい言い回しを修正してくれた。本書を英語に翻訳してくれたエリザベス・マントンにも、その言語感覚と貴重な助言に感謝する。英語版の出来はどうかと訊かれると、わたしはいつも、「オリジナルよりずっと良い」と即答したものだ。

オランダで出版を手がけるミル・クレイン・ランクホーストの助力がなければ、本書は成功しなかったはずだ。ランクホーストは、エージェントになるレベッカ・カーターを紹介してくれた。そのカーターが、本書の将来性を確信して、編集者となるリトル・ブラウン社のベン・ジョージとブルームズベリー社のアレクシス・キルシュバウムを紹介してくれた。彼らの識見によって本書はさらに良いものになった。

最後になったが、家族、友人、とりわけマルティエの支援に感謝している。マルティエの批評は時として厳しく、受け入れがたかったが、それがなければうまくいかなかっただろう。その理由は簡単で、彼女がいつも正しかったからだ。

論理の誤り、ぎこちない言い回し、達成しえない幻想がまだ残っていれば、その責任は全てわたしにある。

ソースノート

第一章　過去最大の繁栄の中、最大の不幸に苦しむのはなぜか？

1　著しい貧困とは一日一・二五ドル未満で生活することを指し、これは辛うじて生きていけるレベルだ。以下を参照。François Bourguignon and Christian Morrisson, "Inequality among World Citizens: 1820-1992," *American Economic Review* (September 2002). http://piketty.pse.ens.fr/ les/BourguignonMorrisson2002.pdf.

2　オランダでは、ホームレスの人は年約一万ドルの公的補助を受け取る。一九五〇年代のオランダでは、国民一人当たりのＧＮＰ（購買力とインフレを調整済み）は七四〇八ドル（数値はgapminder.orgによるもの）。一六〇〇年～一八〇〇年では、二〇〇〇～二五〇〇ドル。

3　歴史家アンガス・マディソン、Ｊ・ボルト、Ｊ・Ｌ・ファン・ザンデンが提示した数値を参照のこと。"The First Update of the Maddison Project; Re-Estimating Growth Before 1820," *Maddison Project Working Paper 4* (2013). http://www.ggdc.net/maddison/ maddison-p roject/ home.htm.

4　Herman Pleij, *Dromen van Cocagne. Middeleeuwse fantasieën over het volmaakte leven* (1997), p. 11.

5　World Health Organization, "Obesity and over weight," Fact sheet No. 311 (March 2013). http://www.who.int/ mediacentre/ factsheets/fs311/en/.

6　Manuel Eisner, "Long-Term Historical Trends in Violent Crime," University of Chicago (2003), table 2. http://www.vrc .crim.cam.ac.uk/vrcresearch/paper down load/manuel-eisner- historical-trends-in-violence. pdf.

7　World Bank, "An update to the World Bank's estimates of consumption poverty in the developing world" (2012). 09:42 http://siteresources.worldb ank.org/ INTPOVCALNET/ Resources/Global_Poverty_ Update_2012_02-29-12.pdf.

8　J.O.'s, "Development in Africa: Growth and other good things," *Economist* (May 1, 2013). http://www.economi st.com/blogs/ baobab/2013/05/development- africa.

9　UN News Centre, "Deputy UN chief calls for urgent action to tackle global sanitation crisis" (March 21, 2013). http://www.un.org/apps/news/story.asp?NewsID=44452.

10　Internet Live Statsの数値に準じる。http://www. internetlivestats.comを参照のこと。

11　世界保健機関によれば、二〇〇〇年に生まれたアフリカ人の平均余命は五〇年だったという。二〇一二年では五八年だった。 http://www.who.int/gho/ mortality_burden_disease/ life_tables/situation_trends_text/en/.

12　世界保健機関の数値による。http://apps.who.int/ gho/data/view.main.700?lang=en.

13　個人が一日に摂取するカロリーの平均値は、一九九〇年の二六〇〇キロカロリーから二〇一二年には二八四〇キロカロリーに上昇した（サハラ以南アフリカでは二一八〇から二三八〇）。Miina Porka et al., "From Food Insufficiency towards Trade Dependency: A Historical Analysis of Global Food Availability," *Plos One* (December 18, 2013). http://www.ncbi.nlm.nih.gov/pubmed/24367545.

14　Bjørn Lomborg, "Setting the Right Global Goals,"

Project Syndicate (May 20, 2014). https://www.project-syndic ate .org/commentary/bj-rn-lomborg-identies-the-areas-in- which-increased-development-spending-can-do-the-most-good.

15　一人はケンブリッジ大学のオードリー・デ・グレイで、彼はこのトピックについてＴＥＤで講演した。http://www.ted.com/talks/aubrey_ de_grey_says_we_can_avoid_aging.

16　Peter F. Orazem, "Challenge Paper: Education," Copenhagen Consensus Center (April 2014). http://copenhagenconsensus .com/publication/education.

17　"Where have all the burglars gone?" *Economist* (July 18, 2013). http://www.economist.com/news/briefing/21582041-rich-world-seeing-less-and-less-crime-even-face-high-unemployment-and-economic

18　Francis Fukuyama, "The End of History?" *National Interest* (Summer 1989). http://ps321.community.uaf.edu/les/2012/10/Fukuyama-End-of-history-article.pdf.

19　Andrew Cohut et al., *Economies of Emerging Markets Better Rated During Difficult Times. Global Downturn Takes Heavy Toll; Inequality Seen as Rising*, Pew Research (May 23, 2013),p. 23. http://www.pewg lobal. org/ les/2013/05/Pew-Global- Attitudes-Economic-Report-FINAL-May-23-20131.pdf.

20　Lyman Tower Sargent, Utopianism. A Very Short Introduction (2010) p. 12. 仏教における「豊かな国」の例を挙げよう。「栄養を得たいと思ったら、ある大きな石の上に、この米を載せればよい。たちまち炎が出て、調理してくれる」

21　Ian C. Storey (trans.), *Fragments of Old Comedy*, Vol. III: *Philonicus to Xenophon. Adespota.* Loeb Classical Library, 515 (2011), p. 291. https://www.loebclassics.com/view/telecides-testimonia_fragments/2011/pb_LCL515.291.xml

22　Russell Jacoby, *Picture Imperfect. Utopian Thought for an Anti- Utopian Age* (2005). 以下のわたしの著書（オランダ語）も参照のこと。*De geschiedenis van de vooruitgang* (2013). その中でわたしは、ジャコビーが区別したユートピア的思考の二形態について論じている。

23　ジョージ・カテブの言葉。Lyman Tower Sargent, Utopianism. A Very Short Introduction (2010) p. 107より。とはいえ、トマス・モアのユートピアを読んだ人はぎょっとするはずだ。モアが描いたのは徹底して権威主義的な社会であり、そこの住民は、軽い過失を犯しただけで、奴隷として売られてしまうからだ。だが中世の小作農にとってはそれさえありがたく思えたはずだ。当時日常的に行われていた絞首刑、四つ裂きの刑、火あぶりの刑に比べれば、奴隷にされるのは、ずいぶん軽い刑だったからだ。一方で、多くの注釈者は、ラテン語で書かれたモアの原書を読んでおらず、そのため彼が意図した皮肉を理解していなかったことも述べておく必要がある。たとえば、モアのユートピアのガイド役は「ヒュトロダエウス（Hythlodaeus）」という名で、これは「ナンセンスを語る者」という意味だ。

24　Branko Milanovic, "Global Inequality: From Class to Location, from Proletarians to Migrants," World Bank Policy Research Working Paper (September 2011). http://elib rary.world bank. org/doi/book/10.1596/1813-9450-5820.

25　アメリカについては以下を参照のこと。Bryan Caplan, "How Dems and Reps Di er: Against the Conventional

Wisdom," *Library of Economics and Liberty* (September 7, 2008). http://econlog.econlib.org/archives/2008/09/how_dems_and_re.html. イギリスについては以下を参照のこと。James Adams, Jane Green, and Caitlin Milazzo, "Has the British Public Depolarized Along with Political Elites? An American Perspective on British Public Opinion," *Comparative Political Studies* (April 2012). http://cps.sagepub.com/content/45/4/507.

26　以下を参照のこと。Alain de Botton, *Religion for Atheists* (2012), Chapter 3.

27　これは、自ら進んで、という意味ではない。数々の研究により、あらゆる先進国の国民の大半が、現代の物質主義や個人主義、無情な文化を憂慮していることが明らかになった。アメリカの世論調査では、ほとんどの国民が社会に、「強欲と行き過ぎた行為から脱し、価値観、コミュニティ、家族を重視した生き方を目指す」ことを望んでいることが示された。Richard Wilkinson and Kate Pickett, The Spirit Level: Why Equality is Better for Everyone (2010) p. 4に引用されている。

28　映画『ファイト・クラブ』からの引用。持続可能な開発を専門とする教授ティム・ジャクソンほか、多くの人がこの言葉を少々変えて引用している。

29　以下に引用されている。Don Peck, "How a New Jobless Era Will Transform America," *Atlantic* (March 2010). http://www.theatlantic.com/magazine/archive/2010/03/how-a-new-jobless-era-will-transform-america/307919/.

30　Wilkinson and Pickett, *The Spirit Level*, p. 34.

31　World Health Organization, "Health for the World's Adolescents. A second chance in the second decade" (June 2014). http://apps.who.int/iris/bitstream/10665/112750/1/WHO_FWC_MCA_14.05_eng.pdf?ua=1.

32　Wilkinson and Pickett, *The Spirit Level*, p. 36. 特に北米の若者に顕著だが、他の先進諸国でも同様の傾向が見られる。

33　以下に引用されている。Ashlee Vance, "This Tech Bubble Is Di erent," *Bloomberg Businessweek* (April 14, 2011). http://www.business-week.com/magazine/content/11_17/b4225060960537.htm.

34　John Maynard Keynes, "Economic Possibilities for our Grandchildren" (1930), *Essays in Persuasion*. http://www.econ.yale.edu/smith/econ116a/keynes1.pdf.

35　Bertrand Russell, *Philosophy and Politics* (1947), p. 14.

36　Bertrand Russell, *Political Ideals* (1917), Chapter 1.

第二章　福祉はいらない、直接お金を与えればいい

1　きわめて控えめな試算だ。イギリス政府による研究では、ホームレス一人につき年間三万ポンドかかると見積もられている（社会福祉費、警備費、訴訟費用などに対して）。この一三人が最もたちの悪い浮浪者だった場合は、総額はずっと高くなっていただろう。その研究は、ホームレス一人あたり年間四〇万ドルもが費やされている事例を紹介している。以下を参照。Department for Communities and Local Government, "Evidence Review of the Costs of Homelessness" (August 2012). https://www.gov.uk/government/uploads/system/uploads/attachment_data/file/7596/2200485.pdf.

2　ブロードウェイの報告によれば、受給者は通常、「予算」

の金額を知らされないとあるが、同じ報告に、ホームレスの一人がその金額を三〇〇〇ポンドから二〇〇〇ポンドに減額することを提案した、とあるので、そのホームレスが金額を知っていたのは確かだ。

3　ホームレスは直接その金を受け取らなかった。彼らの全支出は、まず「ホームレス人口管理者」の承認を得なければならず、それは常に速やかに行われた。この精査が限定的だったことも、『エコノミスト』誌によるあるソーシャル・ワーカーへのインタビューで確認された（第二章、注6を参照）。「わたしたちはただこう言った。『きみの人生だし、人生に何を求めるかはきみ次第だが、助言がほしければ、こちらにはその用意がある』と」。その報告はこうも伝える。「面談で使い道を聞かれると、ホームレスの多くは、『ぼくが選んだ』、『わたしが決めた』と表現し、自分で選択し、管理していることを強調していた」

4　Joseph Rowntree Foundation は、その実験に関する膨大な報告書を公表した。ここでの引用はそれに依拠する。以下を参照。Juliette Hough and Becky Rice, *Providing Personalised Support to Rough Sleepers. An Evaluation of the City of London Pilot*(2010). http://www.jrf.org.uk/publications/support-rough-sleepers-london. その他の評価については、以下を参照。Liz Blackender and Jo Prestidge, “Pan London Personalised Budgets for Rough Sleepers,” *Journal of Integrated Care* (January 2014). http://www.emeraldinsight.com/journals.htm?articleid=17104939&.

5　二〇一三年、そのプロジェクトは対象をロンドン市内の二八名の浮浪者に拡大したが、彼らのうちの二〇名がすでに屋根の下で暮らしている。

6　“Cutting out the middle men,” *Economist* (November 4, 2010). http://www.econom ist.com/node/17420321.

7　以下に引用されている。Jacob Goldstein, “Is It Nuts to Give to the Poor Without Strings Attached?” *New York Times* (August 13, 2013). http://www.nytimes.com/2013/08/18/magazine/is-it-nuts- to-give-to-the-poor-without-s trings-attached.html.

8　Johannes Haushofery and Jeremy Shapiroz, “Policy Brief: Impacts of Unconditional Cash Transfers.” https://www .prin ceton.edu/˜joha/publications/Haushofer_Shapiro_Policy_ Brief_2013.pdf.

9　チャリティ事業の評価で定評のあるギヴ・ウェルは、五〇〇を超える慈善事業の評価を行なっているが、ギヴ・ディレクトリを上から四番目に格づけている。

10　Christopher Blattman, Nathan Fiala, and Sebastian Martinez, “Generating Skilled Self-Employment in Developing Countries: Experimental Evidence from Uganda,” *Quarterly Journal of Economics* (November 14, 2013). http://papers.ssrn.com/sol3/ papers.cfm?abstract_id=2268552.

11　Christopher Blattman et al., *Building Women's Economic and Social Empowerment Through Enterprise. An Experimental Assessment of the Women's Income Generating Support (WINGS) Program in Uganda* (April 2013). https://open know ledge. world bank.org/bitstream/handle/10986/17862/860590NWP0Box30ySeriesNo10Uganda0hr.pdf ?sequence=1&isAllowed=y. 以下も参照。Isobel Coleman, “Fighting Poverty with Unconditional Cash,” *Council on Foreign Relations* (December 12, 2013). http://blogs.cfr.org/development-channel/2013/12/12/ fighting-poverty-with-unconditionalcash/.

12 Christopher Blattman et al., "The Returns to Cash and Micro- enterprise Support Among the Ultra-Poor: A Field Experiment." http://sites.bu.edu/neudc/les/2014/10/paper_15.pdf.

13 以下は、条件付きあるいは無条件の「現金助成」の効果に関する選り抜きの研究である。南アフリカ: Jorge M. Agüero and Michael R. Carter, "The Impact of Unconditional Cash Transfers on Nutrition: The South African Child Support Grant," University of Cape Town (August 2006). http://www .ipc- undp.org/pub/IPCWorkingPaper39.pdf. マラウイ: W. K. Luseno et al., "A multi level analysis of the effect of Malawi's Social Cash Transfer Pilot Scheme on school- age children's health," *Health Policy Plan* (May 2013). http:// www.ncbi.nlm.nih.gov/pmc/articles/PMC4110449/. こちらもマラウイ: Sarah Baird et al., "The Short-Term Impacts of a Schooling Conditional Cash Transfer Program on the Sexual Behavior of Young Women." http://cega.berkeley.edu/assets/cega_research_projects/40/Short_Term_Impacts_of_a_ Schooling_CCT_on_Sexual_Behavior.pdf.

14 Charles Kenny, "For Fighting Poverty, Cash Is Surprisingly Effective," *Bloomberg Businessweek* (June 3, 2013). http://www .bloomberg.com/bw/articles/2013-06-03/for- fighting-poverty-cash-is-surprisingly-effective.

15 Joseph Hanlon et al., *Just Give Money to the Poor* (2010), p. 6.

16 Armando Barrientos and David Hulme, "Just Give Money to the Poor. The Development Revolution from the Global South," Presentation for the OECD. http://www.oecd.org/dev/pgd/ 46240619.pdf.

17 Christopher Blattman and Paul Niehaus, "Show Them the Money. Why Giving Cash Helps Alleviate Poverty," *Foreign Affairs* (May/June 2014).

18 David McKenzie and Christopher Woodruff , "What Are We Learning from Business Training and Entrepreneurship Evaluations around the Developing World?" World Bank Policy Research Working Paper (September 2012). http://ftp.iza.org/ dp6895.pdf.

19 Hanlon et al., *Just Give Money to the Poor*, p. 4. もちろん、現金給付は万能薬ではなく、それで橋ができたり、平和がもたらされたりするわけではない。しかし、それによって状況は大きく変わる。現金給付は、「発展をもたらす特効薬のようなものだ」と、ワシントンの世界開発センターのセンター長ナンシー・バーゾールは言う。同上p. 61よりnotes to pp. 32–34

20 ほとんどの事例では、現金給付はタバコとアルコールの消費量に影響しなかったので、この減少が統計的に重要でないことを明記すべきだろう。以下を参照。David K. Evans and Anna Popova, "Cash Transfers and Temptation Goods. A Review of Global Evidence," World Bank Policy Research Working Papers (May 2014). http://docum ents.world bank.org/curated/en/2014/05/19546774/cash-transfers-temptation- goods-review- global-evidence.

21 Blattman and Niehaus, "Show Them the Money."

22 二〇〇九年に『ランセット』誌はこうまとめた。「現金給付プログラムについては、成人の職探しを妨げ、依存する文化を形成し、貧困の世代間連鎖をもたらすという批判があるが、現実のデータは、そうした懸念を否定する」。以下を参照。The Lancet Editorial, "Cash Transfers for Children. Investing into the Future," *Lancet* (June 27, 2009).

23　Claudia Haarmann et al., "Making the Difference! The BIG in Namibia," Assessment Report (April 2009), p. VII. http://www .bignam.org/Publications/big_Assessment_report_08b.pdf.

24　以下の人々が含まれる。Thomas Paine, John Stuart Mill, H. G. Wells, George Bernard Shaw, John Kenneth Galbraith, Jan Tinbergen, Martin Luther King, and Bertrand Russell.

25　例えば以下を参照。Matt Zwolinski, "Why Did Hayek Support a Basic Income?" *Libertarianism.org* (December 23, 2013). http:// www.libertarianism.org/columns/why-did-hayek-support-basic-income.

26　Robert van der Veen and Philippe van Parijs, "A Capitalist Road to Communism," *Theory & Society* (1986). https://www.ssc .wisc.edu/~wright/ERU_ les/PVP-cap-road.pdf.

27　ベーシックインカムを提唱する保守主義者チャールズ・マレーによる以下からの引用。Annie Lowrey, "Switzerland's Proposal to Pay People for Being Alive," *New York Times* (November 12, 2013). http:// www.nytimes.com/2013/11/17/magazine/switzer lands-proposal-to-pay-people-for-being- alive.html.

28　以下に引用されている。Zi-Ann Lum, 'A Canadian City Once Eliminated Poverty and Nearly Everyone Forgot About It', *Huffington Post*. http://www.huffingtonpost.ca/2014/12/23/mincome-in-dauphin-manitoba_n_6335682.html.

29　以下に引用されている。Lindor Reynolds, "Dauphin's Great Experiment," *Winnipeg Free Press* (March 12, 2009). http://www.winnipeg-free press.com/local/dauphins-great-experiment.html.

30　ここと次のセクションについて、全ての言及は米ドルに基づく。

31　以下に引用されている。Vivian Belik, "A Town Without Poverty?" *Dominion* (September 5, 2011). http://www.domini on pa per.ca/articles/ 4100.「多くの経済学者は、働く意欲が失われることを懸念した」と、ミンカムを研究した別のカナダの経済学者ウェイン・シンプソンは述べる。「だが証拠により、いくつかの文献が示唆するほど悪くはないことが、明らかになった」。以下に引用されている。Lowrey, "Switzerland's Proposal to Pay People for Being Alive."

32　Vimeo上の講義より引用した。http://vimeo.com/56648023.

33　Evelyn Forget, "The town with no poverty," University of Manitoba (February 2011). http://public.econ.duke.edu/~erw/ 197/forget-c ea %282%29.pdf.

34　Allan Sheahen, *Basic Income Guarantee. Your Right to Economic Security* (2012), p. 108.

35　Dylan Matthews, "A Guaranteed Income for Every American Would Eliminate Poverty – And It Wouldn't Destroy the Economy," *Vox.com* (July 23, 2014). http:// www.vox.com/ 2014/7/23/5925041/guaranteed-income-basic- poverty-gobry-labor-supply.

36　以下に引用されている。Allan Sheahen, "Why Not Guarantee Everyone a Job? Why the Negative Income

Tax Experiments of the 1970s Were Successful." USBIG Discussion Paper (February 2002). http://www.usbig.net/papers/013-Sheahen.doc. 研究者は、政府が付加的な仕事を創出することによって、人々はより働くようになる、と考えた。「現金助成が引き起こす作業成果の減少は、公共サービス部門での雇用が増えることによって帳消しとなり、さらにお釣りが来るほどだろう」

37　Matthews, "A Guaranteed Income for Every American Would Eliminate Poverty."

38　"Economists Urge Assured Income," *New York Times* (May 28, 1968).

39　Brian Steensland, *The Failed Welfare Revolution. America's Struggle over Guaranteed Income Policy* (2008), p. 123. 273

40　以下に引用されている。Sheahen, *Basic Income Guarantee*, p. 8.

41　Steensland, *The Failed Welfare Revolution*, p. 69.

42　以下に引用されている。Peter Passell and Leonard Ross, "Daniel Moynihan and President-Elect Nixon: How Charity Didn't Begin at Home," *New York Times* åhan-income .html.

43　以下に引用されている。Leland G. Neuberg, "Emergence and Defeat of Nixon's Family Assistance Plan," USBIG Discussion Paper (January 2004). http://www.usbig.net/papers/066-Neuberg- FAP2.doc.

44　Bruce Bartlett, "Rethinking the Idea of a Basic Income for All," *New York Times Economix* (December 10, 2013). http:// econo mix.blogs.nytimes.com/2013/12/10/rethinking-the-idea-of-a-basic-income-for-all.

45　Steensland, *The Failed Welfare Revolution*, p. 157.

46　Glen G. Cain and Douglas Wissoker, "A Reanalysis of Marital Stability in the Seattle–Denver Income Maintenance Experiment," Institute for Research on Poverty (January 1988). http://www.irp.wisc.edu/publications/dps/pdfs/dp85788 .pdf.

47　一九六九年のフレッド・ハリス主導による世論調査より。Mike Alberti and Kevin C. Brown, "Guaranteed Income's Moment in the Sun," *Remapping Debate*. http://www.remap ping de bate.org/ article/guaranteed-income's-moment-sun.

48　Matt Bruenig, "How a Universal Basic Income Would Affect Poverty," *Demos* (October 3, 2013). http://www.demos.org/ blog/10/3/13/how-universal-basic-income-would-affect-poverty.

49　Linda J. Bilmes, "The Financial Legacy of Iraq and Afghanistan: How Wartime Spending Decisions Will Constrain Future National Security Budgets," Faculty Research Working Paper Series (March 2013). https://research.hks.harvard.edu/ publications/getFile.aspx?Id=923.

50　これについて思考実験をしてみよう。地球上の全ての人に一日あたり一・二五ドルのベーシックインカムを給付する場合、その費用は年間三兆ドル、すなわち全世界のＧＤＰの三・五パーセントに相当する。世界の一三億人の最も貧しい人々に対し同額の現金助成をするのに必要な費用は六〇〇〇億ドル以下、つまり全世界のＧＤＰのおよそ〇・七パーセントとなり、それで極度の貧困は完全に撲滅されるだろう。

51　Walter Korpi and Joakim Palme, "The Paradox of Redistribution and Strategies of Equality: Welfare State

Institutions, Inequality and Poverty in the Western Countries," *American Sociological Review* (October 1998). http://citeseerx.ist.psu.edu/viewdoc/ download?doi=10.1.1.111.2584&rep=rep1&type=pdf.

52　Wim van Oorschot, "Globalization, the European Welfare State, and Protection of the Poor," in: A. Suszycki and I. Karolewski (eds), *Citizenship and Identity in the Welfare State* (2013), pp. 37-50.

53　アラスカは成功例で、無条件のベーシックインカム（年間わずか一〇〇〇ドル超だが）がある唯一の自治体だ。石油収益をその財源としており、支援は事実上、全会一致で決議された。アンカレッジのアラスカ大学の教授スコット・ゴールドスミスによれば、政治家にとって、それに異議を唱えることは自ら政治生命を断つに等しい。このささやかなベーシックインカムのおかげで、アラスカはアメリカで最も不平等が少ない州になっている。以下を参照。Scott Goldsmith, "The Alaska Permanent Fund Dividend: An Experiment in Wealth Distribution," 9th International Congress B I E N (September 12, 2002). http://www.basicincome.org/ bien/pdf/2002Goldsmith.pdf.

54　宝くじ当選者の行動に関する研究から、大金を当てた人が仕事を辞めることは稀で、辞めた場合も、子どもと過ごしたり他の職を探したりするために時間を費やしていることがわかる。この有名な研究については以下を参照。Roy Kaplan, "Lottery Winners: The Myth and Reality," *Journal of Gambling Behavior* (Fall 1987), pp. 168-78.

55　監獄の受刑者が好例だ。食料と住居があるので、彼らはのんびり楽しんですごしていると、あなたは思うかもしれない。しかし監獄では、仕事をさせないことが罰として用いられる。不正を働いた受刑者は、仕事場である工場や調理場への出入りを禁じられるのだ。ほぼ全ての人は、何らかの貢献をしたいと思っている。もっとも、「仕事」や「失業」という言葉の意味は、再考する必要がある。実際、人々が行なっている膨大な無償労働が、あまりにも軽視されている。

56　彼女はカナダのテレビ番組でこのように述べた。次のビデオクリップを参照。https:// youtu.be/EPRTUZsiDYw?t=45m30s.

第三章　貧困は個人のIQを一三ポイントも低下させる

1　Jessica Sedgwick, "November 1997: Cherokee Casino Opens" (November 1, 2007). https://blogs.lib.unc.edu/ncm/index.php/2007/11/01/this_month_nov_1997/.

2　James H. Johnson Jr., John D. Kasarda, and Stephen J. Appold, "Assessing the Economic and Non-Economic Impacts of Harrah's Cherokee Casino, North Carolina" (June 2011). https://www .kenan- flagler.unc.edu/~/media/Files/kenaninstitute/UNC_ KenanInstitute_Cherokee.pdf.

3　18歳未満の子どもの分は基金に払い込まれ、青年に達するときに渡される。

4　Jane Costello et al., "Relationships Between Poverty and Psycho- pathology. A Natural Experiment," *Journal of the American Medical Association* (October 2003). http://jama.jamanetwork.com/article.aspx?articleid=197482.

5　以下に引用されている。Moises Velasquez-Mano, "What Happens When the Poor Receive a Stipend?" *New York Times* (January 18, 2014). http://opini on ator.blogs.nytimes.com/2014/01/18/ what-happens-when-the-poorreceive-a-stipend/.

6　William Copeland and Elizabeth J. Costello, "Parents' Incomes and Children's Outcomes: A Quasi-Experiment," *American Economic Journal: Applied Economics* (January 2010). http:// www.ncbi.nlm.nih.gov/pmc/articles/pmc2891175/.

7　以下に引用されている。Velasquez-Mano , "What Happens When the Poor Receive a Stipend?" コステロによれば、チェロキー族の生活が向上したのは、収入がもたらされた時からで、それは、新しい施設が利用できるようになるずっと以前なので、影響を及ぼしたのは現金給付であって、新しい施設（学校、病院）ではない。

8　Costello et al., "Relationships Between Poverty and Psycho- pathology," p. 2029.

9　Richard Dowden, "The Thatcher Philosophy," *Catholic Herald* (December 22, 1978). http://www.margaretthatcher.org/ document/103793.

10　Sendhil Mullainathan and Eldar Shar, *Scarcity: Why Having Too Little Means So Much* (2013).

11　Velasquez-Mano , "What Happens When the Poor Receive a Stipend?"

12　Donald Hirsch, "An estimate of the cost of child poverty in 2013," Centre for Research in Social Policy. http://www.cpag .org.uk/sites/default/ les/Cost of child poverty research update (2013).pdf.

13　Donald Hirsch, "Estimating the costs of child poverty," Joseph Rowntree Foundation (October 2008). http:// www.jrf.org.uk/ sites/ les/jrf/2313.pdf.

14　以下を参照のこと。Harry J. Holzer et al., "The Economic Costs of Poverty in the United States. Subsequent Effects of Children Growing Up Poor," Center for American Progress (January 2007). https:// www.americanprogress.org/issues/poverty/report/2007/01/24/2450/the-economic-costs-of- poverty.

15　これらの数字は四捨五入した。以下を参照のこと。Greg J. Duncan, "Economic Costs of Early Childhood Poverty," Partnership for America's Economic Success, Issue Brief #4 (February 2008). http:// ready-nation. s3.amazon aws.com/wp-content/uploads/ Economic-Costs-Of-Early-Childhood-Poverty-Brief.pdf.

16　Valerie Strauss, "The cost of child poverty: $500 billion a year," *Washington Post* (July 25, 2013). http://www.washingtonpost. com/blogs/answer-sheet/wp/2013/07/25/the-cost-of-child- poverty-500-billion-a-year/.

17　Daniel Fernandes, John G. Lynch Jr., and Richard G. Netemeyer, "Financial Literacy, Financial Education and Downstream Financial Behaviors," *Management Science* (January 2014). http://papers.ssrn.com/sol3/papers.cfm?abstract_id=2333898.

18　あくまで平均寿命だ。いうまでもなく、どの国でも、富裕層と貧困層の健康状態にはかなり差がある。しかし、そのことは、経済成長がある程度進むと、国民の平均寿命に影響しなくなる、という事実と矛盾しない。

19　以下に引用されている。Rutger Bregman, "99 problemen, 1 oorzaak," *De Correspondent*. https://decorrespondent.nl/388/99-problemen-1oorzaak/1491660-5a5eee06.

20　以下も参照のこと。Brian Nolan et al., *Changing Inequalities and Societal Impacts in Rich Countries:*

Thirty Countries' Experiences (2014). 二〇〇名を超す研究者によってヨーロッパやアメリカ、オーストラリア、カナダ、日本、韓国で行われた大規模な研究に関するこの報告によって、不平等と満足感の減少、社会的流動性、選挙の投票率、そして地位への強い欲求の間に強い相関が見出された。犯罪と社会参加との相関関係はあまり明確ではなく、不平等より貧困の方が、広範にわたってより悪い影響を及ぼす。

21　皮肉なことに、ドイツやノルウェーのようなより平等な国々の人々は、成功を運や環境の産物と見なしがちで、一方、アメリカの人々は（世界価値観調査が示すように）自分の成功を、自分の手柄と見なしがちだ。

22　Jonathan D. Ostry, Andrew Berg, and Charalambos G. Tsangarides, "Redistribution, Inequality, and Growth," IMF (April 2014). http://www.imf.org/external/pubs/ft/sdn/2014/sdn1402.pdf.

23　ウィルキンソンとピケットの調査結果は大変な騒ぎを引き起こしたが、多くの研究が二人の説を立証した。*The Spirit Level*の出版後、二〇一一年にジョゼフ・ロウンツリー財団は、二人の出したデータを独力で分析し、不平等と社会問題の相関については、広く科学者が同意している、と結論づけた。とりわけ重要なこととして、相関を裏づける多量のデータがある。以下を参照のこと。Karen Rowlingson, "Does income inequality cause health and social problems?" (September 2011). http://www.jrf.org.uk/sites/ les/jrf/inequality-income-social-problems-full.pdf. 反対に、より広範に福祉体制が整っている国々では、裕福な人も貧しい人もより幸せで、社会的問題をあまり抱えていない。これについての詳細な研究は、以下を参照のこと。Patrick Flavin, Alexander C. Pacek, and Benjamin Radcli , "Assessing the Impact of the Size and Scope of Government on Human Well- Being," *Social Forces* (June 2014). http://sf.oxford journals.org/ content/92/4/1241.

24　Jan-Emmanuel De Neve and Nattavudh Powdthavee, "Income Inequality Makes Whole Countries Less Happy," *Harvard Business Review* (January 12, 2016). https://hbr.org/2016/01/ income-inequality-makes-whole-countries-less-happy.

25　マタイによる福音書二六章一一節、マルコによる福音書一四章七節、そしてヨハネによる福音書一二章八節を参照のこと。

26　以下に引用されている。Emily Badger, "Hunger Makes People Work Harder, and Other Stupid Things We Used to Believe About Poverty," *Atlantic Cities* (July 17, 2013). http://www.theatlanticcities.com/ jobs-andeconomy/2013/07/hunger-makes-people-work-harder-and-other-stupid-things-we-used-believe-about-poverty/6219/.

27　Bernard de Mandeville, *The Fable of the Bees, or, Private Vices, Publick Benefits* (1714).

28　Samuel Johnson, Letter to James Boswell, 7th December 1782.

29　以下に引用されている。Kerry Drake, "Wyoming can give home less a place to live, and save money," *Wyofile* (December 3, 2013). http://www.wyofile.com/column/wyoming-homelessness-place-live-save-money/.

30　フロリダでの研究から、一人の路上生活者には年に三万一〇〇〇ドルの負担がかかるが、住む場所を与え、ソーシャル・ワーカーをつけた場合は、一万ドルで済むことが実証された。コロラド州の研究では、同じ条件で、四万三〇〇〇ドルに対して一万七〇〇〇ドルで済むと算出された。以下を参照のこと。Kate Santich, "Cost of home less ness in Central Florida? $31K per person," *Orlando Sentinel* (May 21, 2014). http://articles.orlandosentinel.com/2014-05-21/news/os-cost-of-homelessness-orlando-20140521_1_homeless-individuals-central-florida-commission- tulsa.
および、Scott Keyes, "Colorado Proves Housing the Homeless Is Cheaper Than Leaving Them on the Streets," *Think Progress* (September 5, 2013). http://thinkprogress.org/economy/ 2013/09/05/2579451/coloradohomeless- shelter.

31　Malcolm Gladwell が、この件についてすばらしい評論を書いている。http:// glad well.com/million-dollar-murray.

32　Birgit Kooijman, "Rotterdam haalt daklozen in huis," *Binnenlands Bestuur* (August 28, 2009). http://www.binnenl and s bestuur.nl/ sociaal/achterg rond/achtergrond/rotter dam-haalt-daklozen-inhuis.127589.lynkx.

33　Plan van aanpak Maatschappelijke Opvang Fase I I, "Van de straat naar een thuis." http://www.utrecht.nl/lead min/uploads/ documenten/5.sociaal-maatschappelijk/Zorg_voor_sociaal_ kwetsbaren/ocw_Plan_van_Aanpak_MO_fase2_ samenvatting_1_.pdf.

34　Action Plan によれば、二〇〇六年には四大都市のホームレスの人の数は約一万人だった。二〇〇九年には、その数はおよそ六五〇〇人に減ったが、二〇一二年に一万二四〇〇人に跳ね上がった。以下を参照のこと。Statistics Netherlands Statline, "Daklozen; persoonskenmerken." http://statline.cbs.nl/StatWeb/publication/?VW=T&DM=SL NL&PA=80799NED&LA-L.

35　Cebeon, "Kosten en baten van Maatschappelijke opvang. Bouwstenen voor effectieve inzet van publieke middelen" (2011). http://www.opvang.nl/site/item/kosten-en-baten-van-maat-schappe-lijke-opvang-bouwstenen-voor-effectieve.

36　Ruper Neate, "Scandal of Europe's 11m empty homes," *Guardian* (February 23, 2014). http://www.theguardian.com/ society/2014/feb/23/europe-11m-e mpty-properties-enough-house-homeless-continent-twice.

37　Richard Bronson, "Homeless and Empty Homes – An American Travesty," *Huffington Post* (August 24, 2010). http://www .huffingtonpost.com/richard-s kip-bronson/post_733_b_692546 .html.

38　以下に引用されている。John Stoehr, "The Answer to Homelessness," *American Conservative* (March 20, 2014). http://www .theamericanconservati ve.com/articles/the-answer-to-homelessness.

39　以下に引用されている。Velasquez-Mano , "What Happens When the Poor Receive a Stipend?"

第四章　ニクソンの大いなる撤退

1　イギリスの小説家Ｌ・Ｐ・ハートレイの作品参照。*The Go-Between* (1953).

2　Brian Steensland, *The Failed Welfare Revolution. America's Struggle Over Guaranteed Income Policy* (2008), p. 93.

3　同上。p. 96.

4　同上。p. 115.

5　Peter Passell and Leonard Ross, "Daniel Moynihan and President-elect Nixon: How charity didn't begin at home," *New York Times* (January 14, 1973). http://www.nytimes.com/ books/98/10/04/specials/moynihan- income.html.

6　同上。

7　ジョンズホプキンス大学が最近行なった研究により、過去三〇年でアメリカの福祉政策は、「裕福な貧しい人」に関心を向けるようになったことがわかる。「裕福な貧しい人」とは、仕事があり、結婚していて、あるいは高齢で、支援を「受ける資格がある」人のことだ。その結果、その枠からもれた最貧層の家庭（そのほとんどはシングルマザー家庭）の状況は、一九八三年より三五パーセント悪化した。二〇一二年には、二八〇〇万人の子どもを含む一五〇万近くの家庭が、一日一人当たり二ドル以下の「極貧」状況で生活していた。以下を参照。Gabriel Thompson, "Could You Survive on $2 a Day?", *Mother Jones* (December 13, 2012). http://www. mother jones.com/politics/2012/12/extreme- poverty-unemployment- recession-economy-f resno.

8　*Reading Mercury* (May 11, 1795). http://www1.umassd.edu/ir/ resources/poorlaw/p1.doc.

9　以下を参照のこと。Thomas Malthus, "An Essay on the Principle of Population" (1798). http://www.esp.org/books/malthus/population/ malthus.pdf.

10　わかりやすくするためにデイビッド・リカードを「経済学者」と表現したが、当時彼は「政治経済学者」とみなされていた。GDPの章で説明したように、現代の経済学者は二〇世紀の発明である。

11　*Report from His Majesty's Commissioners for Inquiring into the Administration and Practical Operation of the Poor Laws* (1834), pp. 257-61. http://www.victorianweb.org/history/poorlaw/ endallow.html.

12　ただしポランニーは、その直時的な失敗については、先輩学者と異なる見方をした。彼は、スピーナムランド制度が労働者の集団行動を傷つけることによって賃金を押し下げたと考えた。

13　Boyd Hilton, *A Mad, Bad & Dangerous People? England 1783- 1846* (2006), p. 594.

14　Fred Block and Margaret Somers, "In the Shadow of Speenhamland: Social Policy and the Old Poor Law," *Politics & Society* (June 2003), p. 287.

15　たとえばバングラデシュでは、一九七〇年の時点では女性は平均で七人の子どもを生み、その四人に一人は、五歳に達する前に亡くなった。現在では、ベンガル人女性が生む子どもは二人だけだが、乳幼児死亡率は四パーセントに下がった。世界中で貧困が減ると、子どもの死亡率が下がり、人口増加率が緩やかになる。

16　Frances Coppola, "An Experiment With Basic Income," *Pieria* (January 12, 2014). http://www.pieria.co.uk/articles/an_experiment_with_basic_income. 以下も参照のこと。Walter I. Trattner, *From Poor Law to Welfare State. A History of Social Welfare in America* (1999), pp. 48-9.

17　Hilton, *A Mad, Bad & Dangerous People?*, p. 592.

18　金本位制とは、貨幣の価値が一定量の金に基づく貨幣制度である。一八一九年にイギリスが大戦前のレートで金本位制に復帰したため、ポンドの価値があがり、デフレーションが起きた。イギリスですでに金持ちだった人にとってはすばらしいニュースだったが、そうでない人にとっては、悪いニュースだった。小麦の値段は下降し続け、農家は借金をするのが困難になり、失業率は急上昇した。一〇〇年後、西洋諸国の政府は大恐慌後も金本位制を維持しつづけた。それを見てケインズは、リカードのあやまち（一八一九年に金本位制に戻ることを提案した）をくり返していることに気づいた。同じ事態が、二〇〇八年の金融危機の後にも起きた。ヨーロッパがユーロにしがみついたことが、発展途上国にとって一種の金本位制になったのだ（彼らは通貨の切り下げができなかったため、競争力が低下し、失業率が急上昇した）。一八三四年同様、一九三〇年と二〇一〇年には、かなりの数の政治家が、マクロ経済政策が起こしたこの結果を、労働者の怠惰と寛大過ぎる福祉国家のせいにした。

19　B. A. Holderness, "Prices, Productivity and Output," in *The Agrarian History of England and Wales*, vol. 6: 1750-1850, ed. G.E. Mingay (1989), p. 140.

20　Joseph Hanlon et al., *Just Give Money to the Poor* (2010), pp. 17-18.

21　Block and Somers, "In the Shadow of Speenhamland," p. 312.

22　Mark Blaug, "The Poor Law Report Reexamined," *Journal of Economic History* (June 1964), pp. 229-45. http://journals. cambridge.org/action/displayAbstract?fromPage=online& aid=7548748.

23　Hanlon et al., *Just Give Money to the Poor*, pp. 16-17.

24　同じ年、歴史家ガートゥルード・ヒメルファーブは*The Idea of Poverty*を刊行し、その中で、スピーナムランド制度についてMalthus, Bentham, de Tocquevilleによる批判を繰り返した。

25　Matt Bruenig, "When pundits blamed white people for a 'culture of poverty,'" *The Week* (April 1, 2014). http://theweek.com/ article/index/259055/when-pundits-blamed-white-people-for- a-culture-of-poverty.

26　「わたしはこれらの調査結果を見て、わたしたち科学者が誤っていたことを知りショックを受けている」とモイニハンは議会で語った。保守系の共和党員である彼がベーシックインカムを信奉していた理由のひとつは、これが結婚制度を強めると考えたからだ。以下を参照のこと。R. A. Levine, "A Retrospective on the Negative Income Tax Experiments: Looking Back at the Most Innovative Field Studies in Social Policy," USBIG Discussion Paper (June 2004). http://www.usbig.net/papers/086-Levine-et-al-NIT-session .doc.

27　以下に引用されている。Steensland, *The Failed Welfare Revolution*, p. 216.

28　Barbara Ehrenreich, "Rediscovering Poverty: How We Cured 'The Culture of Poverty,' Not Poverty Itself," *Economic Hardship Project* (March 15, 2012). http://www.tomdispatch.com/blog/175516/tomgram%3A_barbara_ehrenreich,_american_poverty,_50_years_later/.

29　Austin Stone, "Welfare: Moynihan's Counsel of Despair," *First Things* (March 1996). http://www.firstthings.com/article/1996/ 03/001-welfare-moynihans-counsel-of-despair.

30　Daniel Patrick Moynihan, "Speech on Welfare Reform" (September 16, 1995). http://www.j-bradford-delong.net/politics/danielpatrickmoynihansspee.html.

31　仮にニクソンの計画が施行されていれば、急速に幅広い支持を得ただろうから、無効にするのは難しかったはずだ。「新たな政策は新たな政治を生む」とスティーンズランドは以下で述べている。*The Failed Welfare Revolution*, p.

220.

32 同上。p. 226.

33 同上。p. x.

34 ヨーロッパで行われた九三のプログラムをメタ分析したところ、少なくともその半数で、効果がないか、マイナスの影響が見つかった。以下を参照のこと。Frans den Butter and Emil Mihaylov, "Activerend arbeidsmarktbeleid is vaak niet effectief," *ESB* (April 2008). http://personal.vu.nl/ f.a.g.den.butter/activ erend arbmarktbeleid2008.pdf.

35 Stephen Kastoryano and Bas van der Klaauw, "Dynamic Evaluation of Job Search Assistance," *IZA Discussion Papers* (June 15, 2011). http://www.roa.nl/ seminars/pdf2012/ BasvanderKlaauw.pdf.

36 皮肉なことに、失業手当の受給者は、収入のある仕事の機会を減らすという理由から、給付の代わりに目的のある仕事をすることを許されない場合が多い。

37 Deborah Padfield, "Through the eyes of a benefits adviser: a plea for a basic income," *Open Democracy* (October 5, 2011). http:// www.opendemoc racy.net/ ourkingdom/deborah- padfield/ through-eyes-of-benefits-adviser-plea-for-basic-income.

38 David Graeber, "On the Phenomenon of Bullshit Jobs," *Strike! Magazine* (August 17, 2013). http://www. strikemag.org/ bullshit-job.

第五章　ＧＤＰの大いなる詐術

1 Tim Webb, "Japan's economy heads into freefall after earth quake and tsunami," *Guardian* (March 13, 2011). http://www .theguardi an.com/world/2011/mar/13/ japan-economy-recession-earthquake-tsunami.

2 Merijn Knibbe, "De bestedingsgevolgen van de watersnoodramp: een succesv olle 'Keynesiaanse' schok," *Lux et Veritas* (April 1, 2013). http://www.luxetveritas.nl/ blog/?p=3006.

3 Frédéric Bastiat, "Ce qu'on voit et ce qu'on ne voit pas" (1850). http://bastiat.org/en/twisat wins.html.

4 以下に引用されている。Diane Coyle, *GDP. A Brief But Affectionate History* (2014), p. 106.

5 OECD (2011), "Cooking and Caring, Building and Repairing: Unpaid Work around the World," *Society at a Glance 2011*, p. 25. http://www.oecd-ilibrary.org/social-issues-migration- health/ society-at-a-glance-2011/ cooking-and-caring- building-and-repairing_soc_glance-2011-3-en. 以下も参照のこと。Coyle, *GDP*, p. 109.

6 Coyle, *GDP*, p. 108.

7 J. P. Smith, " 'Lost milk?': Counting the economic value of breast milk in gross domestic product," *Journal of Human Lactation* (November 2013). http://www.ncbi.nlm. nih.gov/pubmed/ 23855027.

8 国際戦略研究所（ＩＩＳＳ）によると、二〇一三年に中国は軍事費に一一二〇億ドル費やした。

9 統計学者は製品の向上を要因に組み入れようとしたが、それは極めて難しい。ランプやコンピュータのような技術機器の改善は、ＧＤＰには部分的にしか反映されない。以下を参照のこと。Diane Coyle, *The Economics of Enough. How to Run the Economy as if the Future Matters* (2012), p. 37.

10 Robert Quigley, "The Cost of a Gigabyte Over the Years," *Geeko-system* (March 8, 2011). http://www.

geekosys tem.com/ gigabyte-cost-over-years.
11　Erik Brynjolfsson and Andrew McAfee, *The Second Machine Age* (2014), p. 112.
12　Clifford Cobb, Ted Halstead, and Jonathan Rowe, "If the GDP is Up, Why is America Down?" *Atlantic Monthly* (October 1995). http://www.theat lantic.com/past/politics/ecbig/gdp.htm.
13　Jonathan Rowe, "The Gross Domestic Product." Testimony before the U.S. Senate Committee on Commerce, Science and Transportation (March 12, 2008). http://jonathanrowe.org/ the-gross-domestic-product.
14　これを反映してGDPを補正すると、金融業のシェアは三分の一から五分の一、低下するだろう。以下を参照のこと。Coyle, *GDP*, p. 103.
15　David Pilling, "Has GDP outgrown its use?" *Financial Times* (July 4, 2014). http://www.ft.com/intl/cms/s/2/dd2ec158-023d-11e4-ab5b-00144feab7de.html – axzz39szhgwni.
16　以下に引用されている。European Systemic Risk Board, "Is Europe Overbanked?" (June 2014), p. 16.
17　Oscar Wilde, *The Soul of Man under Socialism* (1891).
18　以下に引用されている。Coyle, *GDP*, p. 10.
19　以下に引用されている。J. Steven Landefeld, "GDP: One of the Great Inventions of the 20th Century," Bureau of Economic Analysis. http://www.bea.gov/scb/account_articles/general/0100od/ main text.htm.
20　Maarten van Rossem, *Drie Oorlogen. Een kleine geschiedenis van de 20e eeuw* (2008), p. 120.
21　以下に引用されている。Landefeld, "GDP: One of the Great Inventions of the 20th Century."
22　Timothy Shenk, "The Long Shadow of Mont Pèlerin," *Dissent* (Fall 2013). http://www.dissentm agazine.org/article/the-long-shadow-of-mont-pelerin.
23　以下に引用されている。Jacob Goldstein, "The Invention of 'The Economy,'" *Planet Money* (February 28, 2014). http://www.npr.org/blogs/ money/2014/02/28/283477546/the-invention-of-the-economy.
24　Coyle, *GDP*, p. 25.
25　ケネディのスピーチは以下で聞くことができる。https://www .youtube.com/watch?v=5P6b9688K2g.
26　John Stuart Mill, *Utilitarianism* (1863), Chapter 2.
27　Oscar Wilde, *A Woman of No Importance* (1893), Act II.
28　以下を参照のこと。William Baumol, *The Cost Disease. Why Computers Get Cheaper and Health Care Doesn't* (2012).
29　当然ながら、試みは為された。例えば、教育では多肢選択式問題を用いた標準試験、オンライン講義、より大きな学級である。だが、効率を優先すると、質を犠牲にすることになる。
30　Susan Steed and Helen Kersley, "A Bit Rich: Calculating the Real Value to Society of Di erent Professions," *New Economics Foundation* (December 14, 2009). http://www.neweconomics. org/publications/entry/a-bit-rich.
31　Kevin Kelly, "The Post-Productive Economy," *Technium* (January 1, 2013). http://kk.org/thetechnium/2013/01/ the-post-produc.
32　Simon Kuznets, "National Income, 1929–1932," National Bureau of Economic Research (June 7, 1934). http://

www.nber.org/ chapters/c2258.pdf.
33 Coyle, *GDP*, p. 14.
34 Simon Kuznets, "How to Judge Quality," *New Republic* (October 20, 1962).

第六章　ケインズが予測した週一五時間労働の時代

1 John Maynard Keynes, "Economic Possibilities for our Grandchildren" (1930), *Essays in Persuasion*. http://www.econ.yale.edu/smith/econ116a/keynes1.pdf.
2 John Stuart Mill, *Principles of Political Economy with Some of Their Applications to Social Philosophy* (1848), Book IV, Chapter VI. http://www.econlib.org/library/Mill/mlP61.html.
3 Bertrand Russellのエッセイ"In Praise of Idleness" (1932)からの引用。http://www.zpub.com/notes/idle.html.
4 Benjamin Kline Hunnicutt, "The End of Shorter Hours," *Labor History* (Summer 1984), pp. 373–404.
5 同上。
6 Samuel Crowther, "Henry Ford: Why I Favor Five Days' Work With Six Days' Pay," *World's Work*. https://en.wikisource.org/wiki/HENRY_FORD:Why_I_Favor_Five_Days'_Work_With_Six_Days'_Pay.
7 Andrew Simms and Molly Conisbee, "National Gardening Leave," in: Anna Coote and Jane Franklin (eds), *Time on Our Side. Why We All Need a Shorter Workweek* (2013), p. 155.
8 "Nixon Defends 4-Day Week Claim," *Milwaukee Sentinel* (September 25, 1956).
9 Jared Cohen, *Human Robots in Myth and Science* (1966).
10 Hillel Ruskin (ed.), *Leisure. Toward a Theory and Policy* (1984), p. 152.
11 Isaac Asimov, "Visit to the World's Fair of 2014," *New York Times* (August 16, 1964). http://www.nytimes.com/books/97/03/23/lifetimes/asi-v-fair.html.
12 以下に引用されている。Daniel Akst, "What Can We Learn from Past Anxiety Over Automation?" *Wilson Quarterly* (Summer 2013). http://wilsonquarterly.com/quarterly/summer-2014-where-have-all-the-jobs-gone/theres-much-learn-from-past-anxiety-over-automation/.
13 この場面は「宇宙家族ジェットソン」シリーズ一第一九話より。
14 以下に引用されている。Matt Novak, '50 Years of the Jetsons: Why the Show Still Matters,' *Smithsonian* (September 19, 2012). http://www.smithsonianmag.com/history/50-years-of-the-jetsons-why-the-show-still-matters-43459669/.
15 Sangheon Lee, Deirdre McCann, and Jon C. Messenger, *Working Time Around the World. Trends in Working Hours, Laws and Policies in a Global Comparative Perspective* (2007). http://www.ilo.org/wcmsp5/groups/public/@dgreports/@dcomm/@public/documents/publication/wcms_104895.pdf.
16 Rasmussen Reports, "Just 31% Work a 40-Hour Week" (December 13, 2013). http://www.rasmussenreports.com/public_content/lifestyle/general_lifestyle/december_2013/just_31_work_a_40_hour_week.
17 Wall Street Journal Sta , *Here Comes Tomorrow! Living and Working in the Year 2000* (1967).

18　Hanna Rosin, "The End of Men," *Atlantic* (July/August 2010). http://www.theatlantic.com/magazine/archive/2010/07/ the-end-of-men/308135/2/.

19　New Economics Foundation, *21 Hours. Why a Shorter Working Week Can Help Us All to Flourish in the 21st Century*, p. 10. http://www.neweconomics.org/publications/entry/21-hours.

20　以下に引用されている。Mirjam Schöttelndreier, "Nederlanders leven vooral om te werken," *De Volkskrant* (January 29, 2001).

21　D'Vera Cohn, "Do Parents Spend Enough Time With Their Children?", *Population Reference Bureau* (January 2007). http://www.prb.org/Publications/Articles/2007/DoParentsSpendEnoughTimeWithTheirChildren.aspx.

22　Rebecca Rosen, "America's Workers: Stressed Out, Overwhelmed, Totally Exhausted," *Atlantic* (March 2014). http://www.theatlantic.com/business/archive/2014/03/americas- workers-stressed-out-overwhelmed-totally-exhausted/284615/.

23　Netherlands Institute for Social Research, *Nederland in een dag. Tijdsbesteding in Nederland vergeleken met die in vijftien andere Europese landen* (2011).

24　Dutch National Working Conditions Survey (*Nationale Enquête Arbeidsomstandigheden*) 2012. http://www.monitorarbeid.tno.nl/ dynamics/modules/SFIL0100/view.php? l_Id=53.

25　Derek Thompson, "Are We Truly Overworked? An Investigation – In 6 Charts," *Atlantic* (June 2013). http://www .theatlantic.com/magazine/archive/2013/06/are-we-truly-overworked/309321/.

26　Yoon Ja-young, "Smartphones leading to 11 hours' extra work a week," *Korea Times*. http://www.koreatimes.co.kr/www/news/ biz/2016/06/488_207632.html.

27　これらはギャップマインダー（https://www.gapminder.org/）を使って計算された。

28　以下に引用されている。Herman Pleij, *Dromen van Cocagne. Middeleeuwse fantasieën over het volmaakte leven* (1997), p. 49.

29　Juliet Schor, *The Overworked American. The Unexpected Decline of Leisure* (1992), p. 47. 狩猟採集民族のほうが働いていなかった、という推定は注目に値する。彼らの週労働時間は二〇時間に満たないと考古学者は見積もる。

30　Benjamin Kline Hunnicutt, *Kellogg's Six-Hour Day* (1996), p. 35.

31　アダム・スミスは古典的な著書『国富論』の中で書いた。「節度を保って常に働いている者は、長く健康でいられるだけでなく、年間にこなす仕事量も多い」

32　Kline Hunnicutt, *Kellogg's Six-Hour Day* (1996), p. 62.

33　第二次世界大戦中、ケロッグ社の平日の労働時間は、一時的に八時間になったが、戦後は、大半の従業員が一日六時間労働の再開に賛成した。コーンフレーク工場の管理職が独自に労働時間を設定できるようになると、徐々に、一日の労働時間は八時間になっていった。だが、アイオワ大学教授のベンジャミン・クライン・ハニカットによれば、六時間労働が崩れたのは、世間一般の人と同じペースで働き、消費せよ、という外圧のせいだった。それでも同社の工場の一部では六時間労働が続き、一九八五年になってようやく、最後の五三〇人がそれを断念した

34　New Economics Foundation, *21 Hours*, p. 11.

35　近年、二〇世紀初期以降に行われてきた、自立した働き方についての実験を分析したところ、自主性と管理力が労働時間数よりはるかに重要だ、という結果が出た。自分で労働時間を管理できる人ほど意欲があり、優れた成果をあげる。以下を参照のこと。M. Travis Maynard, Lucy L. Gilson, and John E. Mathieu, "Empowerment – Fad or Fab? A Multilevel Review of the Past Two Decades of Research," *Journal of Management* (July 2012). http://jom.sagepub.com/ content/38/4/1231.

36　Sara Robinson, "Bring back the 40-Hour work week," *Salon* (March 14, 2012). http://www.salon.com/2012/03/14/bring_ back_the_40_hour_work_week.

37　概要については以下を参照のこと。Nicholas Ashford and Giorgos Kallis, "A Four-day Workweek: A Policy for Improving Employment and Environmental Conditions in Europe," *European Financial Review* (April 2013). http://www.europeanfinancialreview .com/?p=902.

38　Christian Kroll and Sebastian Pokutta, "Just a Perfect Day? Developing a Happiness Optimised Day Schedule," *Journal of Economic Psychology* (February 2013). http://www.sciencedirect .com/science/article/pii/S0167487012001158.

39　David Rosnick, *Reduced Work Hours as a Means of Slowing Climate Change* (Center for Economic and Policy Research). http://www.cepr.net/documents/publications/climate-change-workshare-2013-02.pdf.

40　Kyle Knight, Eugene A. Rosa, and Juliet B. Schor, "Reducing Growth to Achieve Environmental Sustainability: The Role of Work Hours." http://www.peri.umass.edu/fileadmin/pdf/working_papers/working_papers_301-350/ 4.2KnightRosaSchor.pdf.

41　ある研究では、週労働時間が極端に超過した場合、研修医の誤診は五倍になることが示された。Christopher P. Landrigan et al., "Effect of Reducing Interns' Work Hours on Serious Medical Errors in Intensive Care Units," *New England Journal of Medicine* (October 2004). http://www.nejm.org/doi/full/10.1056/nejmoa041406. また、働き過ぎが健康に悪いことを証明する研究も多い。以下のメタ分析を参照のこと。Kate Sparks et al., "The Effects of Hours of Work on Health: A Meta-Analytic Review," *Journal of Occupational and Organizational Psychology* (August 2011). http://onlinelibrary.wiley.com/doi/10.1111/j.2044-8325.1997.tb00656.x/abstract.

42　Jon C. Messenger and Naj Ghosheh, "Work Sharing during the Great Recession" (International Labour Organization). http:// www.ilo.org/wcmsp5/groups/public/---dgreports/---dcomm/ ---publ/documents/publication/wcms_187627.pdf.

43　ヨーロッパのどこよりも危機を乗り越えてきたドイツでは、このおかげで非常に多くの職が守られた。以下も参照のこと。Nicholas Ashford and Giorgos Kallis, "A Four-day Workweek." http://www.europeanfinancialreview.com/?p=902.

44　Andreas Kotsadam and Henning Finseraas, "The State Intervenes in the Battle of the Sexes: Causal Effects of Paternity Leave," *Social Science Research* (November 2011). http://www .sciencedirect.com/science/article/pii/S0049089X11001153.

45　Ankita Patnaik, 'Merging Spheres: The Role of Policy in Promoting Dual-Earner Dual-Carer Households,' Population Association of America 2014 Annual Meeting. https://www .researchgate.net/publication/255698124_Merging_Separate_ Spheres_The_Role_of_Policy_in_Promoting_'Dual-Earner_Dual-Carer'_Households.

46　Rutger Bregman, 'Zo krijg je mannen achter het aanrecht,' *De Correspondent*. https://decorrespondent.nl/685/Zo- krijg-je- mannen-achter-het-aanrecht/26334825-a492b4c6.

47　Niels Ebdrup, "We Should Only Work 25 Hours a Week, Argues Professor," *Science Nordic* (February 3, 2013). http:// sciencenordic.com/we-should-only-work-25-hours-week-argues-professor.

48　Erik Rauch, "Productivity and the Workweek." http://groups .csail.mit.edu/mac/users/rauch/worktime.

49　各国の傾向の概要については以下を参照のこと。Robert Skidelsky and Edward Skidelsky, *How Much Is Enough? The Love of Money and the Case for the Good Life* (2012), pp. 29–30.

50　概要については以下を参照のこと。Jonathan Gershuny and Kimberly Fisher, "Post-Industrious Society: Why Work Time Will Not Disappear for Our Grandchildren," *Sociology Working Papers* (April 2014). http://www.sociology.ox.ac.uk/working-papers/post- industrious-society-why-work-time-will-not-disappear-for-our-grandchildren.html.

51　Richard Layard, *Happiness* (2005), p. 64. 以下も参照のこと。Don Peck, "How a New Jobless Era Will Transform America," *Atlantic* (March 2010). http://www.theatlantic.com/magazine/ archive/2010/03/how-a-new-jobless-era-will-transform-america/307919/.

52　Juliet Schor, "The Triple Dividend," in: Anna Coote and Jane Franklin (eds), *Time on Our Side. Why We All Need a Shorter Workweek* (2013), p. 14.

53　Carl Honoré, *In Praise of Slow* (2004), Chapter 8.

54　Schor, *The Overworked American*, p. 66.

55　研修、退職金（年金）制度、雇用保険、医療費にかかるコストを考えてみてほしい（特にアメリカでは医療費）。ここ数年、ほとんどの国で、こうした「時間単位で変わらないコスト」が増えている。以下を参照のこと。Schor, "The Triple Dividend," p. 9.

56　Nielsen Company, "Americans Watching More TV Than Ever." http://www.nielsen.com/us/en/insights/news/2009/ americans-watching-more-tv-than- ever.html. 以下も参照のこと。http: //www.statisticbrain.com/television-watching-statistics.

57　Bertrand Russell, *In Praise of Idleness* (1935, 2004), p. 14.

第七章　優秀な人間が、銀行家ではなく研究者を選べば

1　ストライキの状況は、当時の『ニューヨーク・タイムズ』の記事から再現した。

2　'Fragrant Days in Fun City,' *Time* (2/16/1968).

3　二〇一四年にワシントンで登録したロビイストの数は、公式にはわずか一万二二八一人だが、非公式に活動するロビイストがいるので、この数は現状を正確に語っていない。Lee Fang, "Where Have All the Lobbyists Gone?" *Nation* (February 19, 2014). http://www.thenation.com/article/shadow- lobbying-complex/.

4　Jean-Louis Arcand, Enrico Berkes, and Ugo Panizza. “Too Much Finance?” *IMF Working Paper* (June 2012).
5　Scott L. Cummings (ed.), *The Paradox of Professionalism. Lawyers and the Possibility of Justice* (2011), p. 71.
6　Aalt Dijkhuizen, “Hoogproductieve en e ciënte land bouw: een duurzame greep!?” (March 2013). https://www.wageningenur .nl/upload_mm/a/3/9/351079e2-0a56-41-8f9c- ece427a42d97_NVTL maart 2013.pdf.
7　Umair Haque, “The Irish Banking Crisis: A Parable,” *Harvard Business Review* (November 29, 2010).
8　Ann Crotty, “How Irish pubs filled the banks' role in 1970,” *Business Report* (September 18, 2013).
9　Antoin Murphy, “Money in an Economy Without Banks – The Case of Ireland,” *Manchester School* (March 1978), pp. 44–5.
10　Donal Buckley, “How six-month bank strike rocked the nation,” *Independent* (December 29, 1999).
11　Haque, “The Irish Banking Crisis: A Parable.”
12　Roger Bootle, “Why the economy needs to stress creation over distribution,” *Telegraph* (October 17, 2009).
13　John Maynard Keynes, “Economic Possibilities for our Grandchildren,” (1930), *Essays in Persuasion*. http://www.econ.yale.edu/smith/econ116a/keynes1.pdf.
14　David Graeber, “On the Phenomenon of Bullshit Jobs,” *Strike! Magazine* (August 17, 2013). http://www.strikemag.org/ bullshit-job.
15　Alfred Kleinknecht, Ro Naastepad, and Servaas Storm, “Overdaad schaadt: meer managem ent, minder productiviteitsgroei,” *ESB* (September 8, 2006).
16　以下を参照のこと。 Tony Schwartz and Christine Poratz, “Why You Hate Work,” *New York Times* (May 30, 2014). http://www.nytimes .com/2014/06/01/opinion/sunday/why-you-hate- work.html? _r=1.
17　Will Dahlgreen, “37% of British workers think their jobs are meaningless,” YouGov (August 12, 2015). https://yougov.co.uk/news/2015/08/12/british-jobs-meaningless.
18　第四章で見たように、九三のヨーロッパの「積極的労働市場政策」をメタ分析したところ、少なくともその半数において効果がないか、むしろマイナスの影響が出たことが確認された。以下を参照のこと。 Frans den Butter and Emil Mihaylov, “Activerend arbeidsmarktbeleid is vaak niet effectief,” ESB (April 2008). http://personal.vu.nl/f.a.g.den .butter/activerendarbmarktbeleid2008.pdf.
19　Peter Thiel, “What happened to the future?” *Founders Fund*. http://www.foundersfund.com/the-future.
20　William Baumol, “Entrepreneurship: Productive, Unproductive, and Destructive,” *Journal of Political Economy* (1990), pp. 893–920.
21　Sam Ro, “Stock Market Investors Have Become Absurdly Impatient,” Business Insider (August 7, 2012). http://www .businessinsider.com/stock-investor-holding-period-2012-8.
22　Benjamin Lockwood, Charles Nathanson, and E. Glen Weyl, “Taxation and the Allocation of Talent.” http://papers.ssrn .com/sol3/papers.cfm?abstract_id=1324424.
23　Stijn Hustinx, “Iedereen in New York wil vuilnisman worden,” *Algemeen Dagblad* (November 12, 2014).

第八章　AIとの競争には勝てない

1　馬の種類は以下による。Agricultural Census, *A Vision of Britain through Time.* http://www.visionof britain.org .uk/unit/10001043/cube/AGCEN_HORSES_1900.

2　以下に引用されている。Erik Brynjolfsson and Andrew McAfee, *The Second Machine Age* (2014), p. 175.

3　以下に引用されている。*Leeds Mercury* (March 13, 1830).

4　Michael Greenstone and Adam Looney, "Trends," *Milken Institute Review* (Fall 2011). http://www.milkeninstitute.org/publications/review/2011_7/08-16MR51.pdf.

5　Gordon Moore, "Cramming more components onto integrated circuits," *Electronics Magazine* (April 19, 1965). http://web.eng. fiu.edu/npala/eee6397ex/Gordon_Moore_1965_Article.pdf.

6　Intel, "Excerpts from a Conversation with Gordon Moore: Moore's Law" (2005). http://large.stanford.edu/courses/2012/ ph250/lee1/docs/Excepts_A_Conversation_with_Gordon_Moore.pdf.

7　一九六五年、トランジスタの数は一二カ月ごとに二倍になるとムーアは予測した。一九七〇年、ムーアはこれを二四カ月ごとに訂正した。現在、一般に受け入れられている数字は一八カ月である。

8　Arthur Donovan and Joseph Bonner, *The Box That Changed the World: Fifty Years of Container Shipping* (2006).

9　『アトランティック』の記事を読み、わたしはチップとコンテナの出現が似ていることについて考えた。当然だが、グローバル化は技術の進歩によって可能になるのだから、グローバル化と技術の進歩は分かちがたい。以下を参照のこと。Charles Davi, "The Mystery of the Incredible Shrinking American Worker," *Atlantic* (February 11, 2013). http://www .theatlantic.com/business/archive/2013/02/the-mystery-of-the-incredible- shrinking-american-worker/273033/.

10　OECDは、GDPに占める賃金シェアが縮小した原因の八〇パーセントまでが技術（主に情報通信技術）にあると推定した。この傾向は中国やインドなどにも見られ、それらの国々でもGDPに占める労働の比率が減少している。以下も参照のこと。Loukas Karabarbounis and Brent Neiman, "The Global Decline of the Labor Share," *Quarterly Journal of Economics* (February 2014). http://qje.oxfordjournals.org/content/129/1/61.abstract.

11　Robert H. Frank and Philip J. Cook, *The Winner-Take-All Society: Why the Few at the Top Get So Much More Than the Rest of Us* (1996).

12　Walter Scheidel and Steven J. Friesen, "The Size of the Economy and the Distribution of Income in the Roman Empire," *Journal of Roman Studies* (November 2009). http://journals.cambridge. org/action/displayAbstract?fromPage=online&aid=7246320& leId=S0075435800000071.

13　Kaja Bonesmo Fredriksen, "Income Inequality in the European Union," OECD Working Papers (April 16, 2012). http://search.oecd.org/officialdocuments/displaydocument-pdf/?cote=eco/wkp(2012)29&docLanguage=En.

14　Derek Thompson, "This Is What the Post-Employee Economy Looks Like," *Atlantic* (April 20, 2011). http://

www.theatlantic. com/business/archive/2011/04/this-is-what-the-post-employee-economy-looks-like/237589/.

15　例えば、放射線科医の場合、10年以上訓練を受けて高給取りの専門医になる。だが、後どれだけ長く続けられるだろう？　彼らはもうじき、同じ仕事を一〇〇分の一の費用で、しかもより良くできるハイテクのスキャナーと対決することになるかもしれないのだ。弁護士もすでに同じような問題に直面している。かつては山のような法律文書の中から必要な法律や事例を探すために、報酬の高い法学者を必要としたが、今ではその仕事を、頭痛や眼精疲労とは無縁のコンピュータが代行できるようになった。ある大手化学薬品会社は、一九八〇年代と一九九〇年代に社内の法務担当職員が行なっていた業務を最近ソフトウェアで行うようになったが、かつての正解率が六〇パーセントに過ぎなかったことを知った。「硬貨を投げて決めるよりほんの少し良いだけのものにどれだけ多くの資金が使われていたか考えてほしい」と、以前雇われていた弁護士の一人は言う。以下を参照のこと。 John Marko . "Armies of Expensive Lawyers, Replaced by Cheaper Software," *New York Times* (March 4, 2011). http://www.nytimes.com/2011/03/05/ science/05legal.html.

16　最初にそう言ったのは、ウォーレン・ベニス。以下に引用されている。Mark Fisher, *The Millionaire's Book of Quotations* (1991), p. 15.

17　Carl Benedikt Frey and Michael A. Osborne, "The Future of Employment: How Susceptible Are Jobs to Computerisation?" Oxford Martin School (September 17, 2013). http://www .oxfordmartin.ox.ac.uk/downloads/academic/The_Future_of_Employment.pdf ヨーロッパについては以下を参照のこと。http:// www.bruegel.org/nc/blog/detail/article/1399-chart-of-the- week-54-percent-of-eu-jobs-atrisk-of-computerisation.

18　Gary Marcus, "Why We Should Think About the Threat of Arti cial Intelligence," *New Yorker* (October 24, 2013). http:// www.newyorker.com/online/blogs/elements/2013/10/why-we-should-think- about-the-threat-of-artificial-intelligence.html.

19　Susan B. Carter, "Labor Force for Historical Statistics of the United States, Millennial Edition" (September 2003). http:// economics.ucr.edu/papers/papers04/04-03.pdf.

20　Yale Brozen, "Automation: The Retreating Catastrophe," *Left & Right* (September 1966). https://mises.org/library/automation-retreating-catastrophe.

21　David Rotman, "How Technology Is Destroying Jobs," *MIT Technology Review* (June 12, 2013). http://www.technology review.com/featured story/515926/how-technology-is-destroying-jobs.

22　以下に引用されている。Brynjolfsson and McAfee, *The Second Machine Age*, p. 27.

23　Ian Morris, *Why the West Rules – For Now* (2010), p. 495.

24　同上。 p. 497.

25　Diane Coyle, *GDP. A Brief But Affectionate History* (2014), p. 79.

26　Frank Levy and Richard Murnane, *The New Division of Labor* (2004).

27　高度な技術を要する仕事でさえ、二〇〇〇年以降脅威にさらされ、熟練を要しない仕事になりつつある。ますます、被雇用者は自分の仕事に対して資格過剰となっている。以下を参照のこと。 Paul Beaudry, David A. Green, and Ben Sand, "The Great Reversal in the Demand for Skill and Cognitive Tasks," National Bureau of Economic Research (January 2013). http://www.economics.ubc.ca/les/2013/05/pdf_paper_paul- beaudry-great-reversal.pdf.

28　Bas ter Weel, "Banen in het midden onder druk," CPB Netherlands Bureau for Economic Policy Analysis Policy Brief (June 2012). http://www.cpb.nl/sites/default/ les/publicaties/ download/cpb-policy-brief-2012-06-loonongelijkheid-nederland-stijgt.pdf.

29　グローバル化が技術の進歩を抑制する場合もありうる。結局のところ、現在、衣類は、鋼鉄製のロボットアームや自動制御できるサイボーグではなく、ベトナムや中国の繊細な子どもの手で作られているのだ。多くの企業にとってはいまだに、ロボットを使うより、アジアの国々へ仕事を外注する方が都合がいい。これもまた、二〇世紀に抱かれた大きな技術革新の夢の多くが、まだ実現していない理由かもしれない。以下を参照のこと。 David Graeber, "Of Flying Cars and the Declining Rate of Profit," *The Baffler* (2012).

30　Andrew McAfee, "Even Sweatshops Are Getting Automated. So What's Left?" (May 22, 2014). http://andrew m cafee. org/2014/05/mcafee-nike-automation-labor-technology-globalization/.

31　Steven E. Jones, *Against Technology. From the Luddites to Neo-Luddism* (2006), Chapter 2.

32　"Leeds Woollen Workers Petition, 1786," *Modern History Sourcebook*. http://www.fordham.edu/halsall/mod/1786 machines.asp.

33　以下に引用されている。 Robert Skidelsky, "Death to Machines?" *Project Syndicate* (February 21, 2014). http://www.project-syndicate. org/commentary/robert-skidelsky-revisits-the-luddites--claim-that-automation-depresses-real-wages.

34　Oscar Wilde, 'The Soul of Man under Socialism' (1891).

35　Tyler Cowen, *Average Is Over. Powering America Beyond the Age of the Great Stagnation* (2013), p. 23.

36　同上。 p. 172.

37　以下に引用されている。 Daron Acemoglu and James A. Robinson, *Why Nations Fail. The Origins of Power, Prosperity and Poverty* (2012), p. 226.

38　Oscar Wilde, 'The Soul of Man under Socialism' (1891).

39　Thomas Piketty, "Save capitalism from the capitalists by taxing wealth," *Financial Times* (March 28, 2014). http://www.ft.com/ intl/cms/s/0/decdd76e-b50e-11e3-a746-00144feabdc0.html- axzz44qTtjlZN.

第九章　国境を開くことで富は増大する

1　OECD, "Aid to developing countries rebounds in 2013 to reach an all-time high" (April 8, 2014). http://www.oecd.org/ newsroom/aid-to-developing-countries-rebounds-in-2013-to- reach-an-all-time-high.htm.

2　Owen Barder, "Is Aid a Waste of Money?" *Center for Global Development* (May 12, 2013). http://www.cgdev.org/blog/ aid-waste-money.

3　Linda J. Bilmes, "The Financial Legacy of Iraq and Afghanistan: How Wartime Spending Decisions Will Constrain Future National Security Budgets," Faculty Research Working Paper Series (March 2013). https://research.hks.harvard.edu/publications/getFile.

aspx?Id=923.（第十章も参照のこと）

4　この数字は二〇〇九年の状況。以下を参照のこと。OECD, "Agricultural Policies in OECD Countries" (2009). http://www.oecd.org/tad/ agricultural-policies/43239979.pdf.

5　Dambisa Moyo, *Dead Aid* (2009), p. 39.

6　デュフロのTEDトークは以下で視聴できる。http://www.ted.com/talks/esther_-du flo_social_experiments_to_ fight_poverty.

7　ダニエル書の実験には「無作為化」は見られない。また現代の研究では、「二重盲検法」も用いられる。これは医師も患者も、誰がどの薬を服用しているか知らないことを指す。

8　Alfredo Morabia, "Pierre-Charles-Alexandre Louis and the evaluation of bloodletting," *Journal of the Royal Society of Medicine* (March 2006). http://www.ncbi.nlm.nih.gov/pmc/articles/pmc1383766/pdf/0158.pdf.

9　Jessica Benko, "The Hyper-Efficient, Highly Scientific Scheme to Help the World's Poor," *Wired* (December 11, 2013). http:// www.wired.com/2013/11/jpal- randomized-trials/.

10　Paul Glewwe, Michael Kremer, and Sylvie Moulin, "Textbooks and Test Scores: Evidence from a Prospective Evaluation in Kenya" (December 1, 1998). http://www.econ.yale. edu/~egcent er/infoconf/kremer_paper.pdf.

11　以下に引用されている。Ian Parker, "The Poverty Lab," *New Yorker* (May 17, 2010). http://www.newyorker.com/reporting/2010/05/17/ 100517fa_fact_parker.

12　Jessica Cohen and Pascaline Dupas, "Free Distribution or Cost-Sharing? Evidence from a Malaria Prevention Experiment," NBER Working Paper Series (October 2008). http://www.nber .org/papers/w14406.pdf.

13　以下を参照のこと。Abhijit Banerjee, Esther Du o, Rachel Glennerster, and Cynthia Kinnan, "The miracle of microfinance? Evidence from a randomized evaluation" (May 30, 2009). http://economics.mit .edu/ les/4162. ジェフリー・サックスもデュフロから攻撃された。数年前、彼はデュフロに「ミレニアム・ビレッジ」プロジェクトの評価を依頼した。「ミレニアム・ビレッジ」では、サハラ以南のアフリカの一三地区がサックスのアイデアの実験場になった。デュフロは、徹底的なRCTを行うには遅すぎると言い、サックスの依頼をはねのけた。その後、ジャーナリストのニナ・ムンクが二年にわたってミレニアム・ビレッジを調査し、二〇一三年に本を出版した。その本は広く評価された。ムンクの裁定は？　そのプロジェクトには多額の金がかかったが、成果はほとんどなかった、というものだ。

14　Christopher Blattman and Paul Niehaus, "Show Them the Money: Why Giving Cash Helps Alleviate Poverty," *Foreign Affairs* (May/June 2014). https://www.foreignaffairs.com/articles/show-them-money.

15　以下に引用されている。Parker, "The Poverty Lab."

16　Angel Gurría, "The global dodgers," *Guardian* (November 27, 2008). http://www.theguardian.com/commentisfree/2008/nov/27/comment-aid-development-tax-havens.

17　Michael Clemens, "Economics and Emigration: Trillion-Dollar Bills on the Sidewalk?" Center for Global Development, p. 85. http://www.cgdev.org/sites/default/

files/1425376_ file_ Clemens_Economics_and_Emigration_FINAL.pdf.

18 同上。

19 John Kennan, "Open Borders," National Bureau of Economic Research. http://www.nber.org/papers/w18307.pdf.

20 World Trade Organisation, "Tari Download Facility," http://tariffdata.wto.org/Default.aspx?culture=en- us.

21 Kym Anderson and Will Martin, "Agricultural Trade Reform and the Doha Development Agenda," World Bank (May 2005). http://elibrary.worldbank.org/doi/abs/10.1596/ 1813-9450-3607.

22 Francesco Caselli and James Feyrer, "The Marginal Product of Capital," IMF. http://personal.lse.ac.uk/casellif/papers/MPK. pdf. 以下も参照のこと。Lant Pritchett, "The Cliff at the Border," in: Ravi Kanbur and Michael Spence, *Equity and Growth in a Globalizing World* (2010), p. 263. http://www.hks.harvard.edu/fs/lpritch/ Labor Mobility - docs/cliff at the borders_submitted.pdf.

23 ジョンの物語の出典は以下。Michael Huemer, "Citizenism and open borders." http://open borders.info/blog/ citizenism-and-open-borders.

24 Branko Milanovic, "Global Income Inequality by the Numbers: in History and Now," World Bank Policy Research Working Paper. http://heymancenter.org/files/events/milan ovic.pdf.

25 Richard Kersley, "Global Wealth Reaches New All-Time High." Credit Suisse. https://publications.credit-suisse.com/tasks/render/ le/? leID=F2425415-DCA7-80B8-EAD989AF9341D47E.

26 United Nations Sustainable Development Knowledge Platform, "A New Global Partnership: Eradicate Poverty and Transform Economies Through Sustainable Development" (2013), p. 4. http:// www.un.org/sg/management/pdf/HLP_P2015_Report.pdf.

27 計算には以下のウェブサイトのツールを用いた。そこでは世界人口と自分の富との比較方法がわかる。www.giving whatwecan.org

28 Branko Milanovic, "Global income inequality: the past two centuries and implications for the next century" (Autumn, 2011). http://www.cnpds.it/documenti/milanovic.pdf.

29 "62 people own same as half world," Oxfam (January 20, 2014). http://www.oxfam.org.uk/media-centre/press-releases/ 2016/01/62-people-own-same-as-half- world-says-oxfam-inequality-report-davos-world-economic-forum.

30 Nicholas Hobbes, *Essential Militaria. Facts, Legends, and Curiosities About Warfare Through the Ages* (2004).

31 Milanovic, "Global Income Inequality by the Numbers."

32 二〇一五年のアメリカでの単身世帯貧困閾値は一カ月九八〇ドルだ。世界銀行が定めた貧困線は一カ月五七ドルをわずかに上回るだけで、アメリカの閾値は世界の極貧レベルのほぼ一七倍になる。

33 Michael A. Clemens, Claudio E. Montenegro, and Lant Pritchett, "The Place Premium: Wage Differences for Identical Workers Across the US Border," Harvard Kennedy School (January 2009). https://dash.harvard.edu/bitstream/handle/1/4412631/ Clemens Place

Premium. pdf ?sequence=1.

34　貧しい国の「豊かな」人々の大多数は母国に住んでいない。ハイチの統計に含まれる一日に一〇ドル以上稼ぐハイチ人五人のうち四人は、アメリカに住んでいる。移住は貧困から逃れるために残された最善の方法だ。そして、国に残ったものにも恩恵がある。二〇一二年、移民は母国に四〇〇〇億ドル送金した。海外支援の総額のほぼ四倍である。

35　Alex Nowrasteh, “Terrorism and Immigration: A Risk Analysis,” *Policy Analysis Cato Institute*. https://www.cato.org/ publications/policy- analysis/terrorism-immigration-risk- analysis.

36　Nicola Jones, “Study indicates immigration not to blame for terrorism.” http://www2.warwick.ac.uk/newsandevents/ pressreleases/study_indicates_immigration/.

37　Walter Ewing, Daniel E. Martínez and Rubén G. Rumbaut, “The Criminalization of Immigration in the United States,” *American Immigration Council Special Report* (July 2015). https://www.americanimmigrationcouncil.org/research/criminalization- immigration-united-states.

38　Brian Bell, Stephen Machin, and Francesco Fasani, “Crime and Immigration: Evidence from Large Immigrant Waves,” *CEP Discussion Paper No 984*. http://eprints.lse.ac.uk/28732/1/ dp0984.pdf.

39　F.M.H.M. Driessen, F. Duursma and J. Broekhuizen, “De ontwikkeling van de criminaliteit van Rotterdamse autochtone en allochtone jongeren van 12 tot 18 jaar,” *Politie & Wetenschap* (2014). https://www.pires earch.nl/files/1683/driessen+e.a.+ (2014)+de+ontwikkeling+van+de+criminaliteit+van.pdf.

40　Godfried Engbersen, Jaco Dagevos, Roel Jennissen, Linda Bakker and Arjen Leerkes, “Geen tijd verliezen: van opvang naar integratie van asielmigranten,” *WRR Policy Brief* (December 2015). http://www.wrr.nl/publicaties/publicatie/article/geen-tijd-verliezen- van-opvang-naar-integratie-van-asielmigranten-4/.

41　Michael Jonas, “The downside of diversity,” *The Boston Globe* (August 15, 2007). http://archive.boston.com/news/globe/ ideas/articles/2007/08/05/the_downside_of_diversity/.

42　Tom van der Meer and Jochem Tolsma, “Ethnic Diversity and Its Effects on Social Cohesion,” *Annual Review of Sociology* (July, 2014). http://www.annualreviews.org/doi/abs/10.1146/annurev-soc-071913-043309.

43　Maria Abascal and Delia Baldassarri, “Don't Blame Diversity for Distrust,” *New York Times* (May 20, 2016). http://www.nytimes. com/2016/05/22/opinion/sunday/dont- blame-diversity-for-distrust.html?_r=1.

44　移民はしばしば、ネイティブ（移住先の市民）が見下す仕事をする。豊饒の地では、高齢化に伴い、ネイティブがやりたがらない仕事が激増するはずだ。介護、清掃、トマトの収穫といった仕事に、外国人労働者の手を借りることができるのに、なぜ、生産性の高い自国の起業家、エンジニア、科学者、学者を使おうとするのか。移民による配置換えが起きたとしてもそれは一時的で局所的なものに過ぎないだろう。さらに、移民は主に、先行する移民が就いた仕事に就くものだ。

45　George Borjas, “Immigration and the American

Worker. A Review of the Academic Literature," Center for Immigration Studies (April 2013). http://cis.org/sites/cis.org/ les/borjas- econom ics.pdf.

46　Heidi Shierholz, "Immigration and Wages: Methodological advancements confirm modest gains for native workers," Economic Policy Institute (February 4, 2010). http://epi.3cdn. net/7de74ee0cd834d87d4_a3m6ba9j0.pdf. 以下も参照のこと。Gianmarco I. P. Ottaviano and Giovanni Peri, "Rethinking the Effect of Immigration on Wages." http://www.nber.org/papers/w12497.

47　Frederic Docquiera, Caglar Ozden, and Giovanni Peri, "The Wage Effects of Immigration and Emigration," OECD (December 20, 2010). http://www.oecd.org/els/47326474.pdf.

48　Tyler Cowen, *Average Is Over. Powering America Beyond the Age of the Great Stagnation* (2013), p. 169.

49　Corrado Giulietti, Martin Guzi, Martin Kahanec, and Klaus F. Zimmermann, "Unemployment Benefts and Immigration: Evidence from the EU," Institute for the Study of Labor (October 2011). http://ftp.iza.org/dp6075.pdf.
アメリカについては以下を参照のこと。Leighton Ku and Brian Bruen, "The Use of Public Assistance Benefts by Citizens and Non-Citizen Immigrants in the United States," Cato Institute (February 19, 2013). http://object.cato.org/sites/cato.org/ les/pubs/pdf/workingpaper-13_1.pdf.

50　OECD, "International Migration Outlook," p. 147. http:// www.globalmigrationgroup.org/sites/default/les/Liebig_and_ Mo_2013.pdf.

51　Mathias Czaika and Hein de Haas, "The Effect of Visa Policies on International Migration Dynamics," DEMIG project paper (April 2014). http://www.imi.ox.ac.uk/publications/wp-89-14.

52　Doug Massey, "Understanding America's Immigration 'Crisis,'" *Proceedings of the American Philosophical Society* (September 2007). https://www.amphilsoc.org/sites/default/ files/ proceedings/1510304.pdf.

53　Gallup, "700 Million Worldwide Desire to Migrate Permanently." http://www.gallup.com/poll/124028/700-million- worldwide- desiremigrate-permanently.aspx.

54　Dick Wittenberg, "De terugk eer van de Muur," *De Correspondent*.
https://decorrespondent.nl/40/de-terugkeer-van-de-muur/
1537800098648e4.

55　Dylan Matthews, "Americans already think a third of the budget goes to foreign aid. What if it did?" *Washington Post* (November 8, 2013). https://www.washingtonpost.com/news/wonk/wp/ 2013/11/08/americans- already-think-a-third-of-the- budget-goes-to-foreign-aid-what-if-it-did/.

56　Terrie L. Walmsley, L. Alan Winters, S. Amer Ahmed, and Christopher R. Parsons, "Measuring the Impact of the Movement of Labour Using a Model of Bilateral Migration Flows," World Bank. https://www.gtap.agecon.purdue.edu/resources/ down load/2398.pdf.

57　Joseph Carens, "Aliens and Citizens: The Case for Open Borders," *Review of Politics* (Spring 1987). http://

philosophyfaculty.ucsd .edu/faculty/rarneson/phil267fa12/aliens and citizens.pdf.

第一〇章　真実を見抜く一人の声が、集団の幻想を覚ます

1　Joe Keohane, "How facts back re," *Boston Globe* (July 11, 2010). http://archive.boston.com/bostonglobe/ideas/articles/ 2010/07/11/how_facts_backfire/. 以下も参照のこと。Leon Festinger, Henry Riecken, and Stanley Schachter, *When Prophecy Fails: A Social and Psychological Study of a Modern Group That Predicted the Destruction of the World* (1956).

2　この研究グループのウェブサイトは以下。http://www.culturalcognition. net.

3　Ezra Klein, "How politics makes us stupid," *Vox* (April 6, 2014). http://www.vox.com/2014/4/6/5556462/brain-dead-how-politics-makes-us-stupid.

4　Nicholas Bakalar, "Shorter Workweek May Not Increase Well- Being," *New York Times* (August 28, 2013). http://well.blogs .nytimes.com/2013/08/28/shorter-workweek-may-not- increase-well-being/.

5　Katie Grant, "Working Shorter Hours May Be 'Bad For Health,'" *Telegraph* (August 22, 2013).

6　言うまでもなく、以来、わたしはその研究を注視している。抄録から引用。「労働時間の増加が満足をもたらす一方、労働時間の削減は、仕事と生活の満足度に何ら影響を及ぼさなかった。さらにSWBのプラスの効果は、仕事の強度が増すことによって相殺される可能性があった」。言い換えれば、韓国人は週の勤務時間を短縮したものの、それまで以上に熱心に働いたのだ。

7　James H. Kuklinski et al., "Misinformation and the Currency of Democratic Citizenship," *Journal of Politics* (August 2010), p. 810. http://richardd agan.com/framing/kuklinski2000.pdf. 衝撃が驚異的な効果をあげることは、一九五四年一二月の夜に証明された。空飛ぶ円盤が現れないことを知って、セクトメンバーのひとりはもう十分だと判断した。その深夜に経験した圧倒的な否認の後、彼は信じるのを止めたと、フェスティンガーは記録している（驚くことではないが、その人物は、自分の信念に最小限の投資しかしていなかった。その夜、そこにいるために、アリゾナへのクリスマス旅行をキャンセルしただけだった）。

8　Solomon Asch, "Opinions and Social Pressure," *Scientific American* (November 1955). http://kosmicki.com/102/Asch 1955.pdf.

9　Alan Greenspan, "Speech at the American Bankers Association Annual Convention, New York" (October 5, 2004). http://www .federalreserve.gov/boarddocs/Speeches/2004/20041005/ default.htm.

10　以下に引用されている。Edmund L. Andrews, "Greenspan Concedes Error on Regulation," *New York Times* (October 23, 2008). http://www .nytimes.com/2008/10/24/business/economy/24panel.html.

11　He said this on ABC News: http://abcnews.go.com/ThisWeek/ video/ interview-alan-greenspan-10281612.

12　Edward Krudy, "Wall Street cash bonuses highest since 2008 crash: report," *Reuters* (March 12, 2014). http://www.reuters. com/article/us-usa-bonuses-idUSBREA2B0WA20140312.

13　Jurgen Tiekstra, "Joris Luyendijk: 'Dit gaat helemaal fout,'" *Volzin* (September 2013). http://www.duurzaamnieuws.nl/ joris-luyendijk-dit-gaat-helemaalfout/.

14　例えば以下を参照。Milton Friedman, "Neo-Liberalism and its Prospects," *Farmand* (February 17, 1951). http://0055d26 .netsolhost.com/friedman/pdfs/other_commentary/Farmand .02.17.1951.pdf.

15　F. A. Hayek, "The Intellectuals and Socialism," *University of Chicago Law Review* (Spring 1949). https://mises.org/etexts/ hayekintellectuals.pdf.

16　以下に引用されている。Angus Burgin, *The Great Persuasion. Reinventing Free Markets Since the Depression* (2012), p. 13.

17　以下に引用されている。同上。p. 169.

18　同上。p. 11.

19　同上。p. 221.

20　Francis Fukuyama, *The End of History and the Last Man* (1992).

21　フリードマンは生涯の終わりにこう言った。「わたしが本当に掘り下げて研究した哲学者はひとりだけだ。オーストリア人のカール・ポパーである」。ポパーは、優れた科学は「反証可能性」を主軸としており、科学を行う上では、自説の証拠ばかり探すのではなく、自説に合わないものを常に探すことが重要だと主張した。とはいえ、これまで見てきたように、大半の人は逆の方法を取ろうとする。これも、まさに新自由主義――そして、フリードマンその人――が誤ったところだと思われる。

22　Stephanie Mudge, "The Social Bases of Austerity. European Tunnel Vision & the Curious Case of the Missing Left," SPERI Paper No. 9 (February 2014). http://speri.dept.shef.ac.uk/ wp- content/uploads/2013/01/SPERI-Paper-No.9-The-Social- Bases-of-Austerity-PDF-579KB.pdf.

23　John Maynard Keynes, *The General Theory of Employment, Interest and Money* (1936), last paragraph.

24　Oscar Wilde, 'The Soul of Man under Socialism' (1891).

25　以下に引用されている。Burgin, *The Great Persuasion*, p. 217.

26　Keynes, *General Theory*, last paragraph.

終　章　「負け犬の社会主義者」が忘れていること

1　そして今、わたしたちが直面する課題には、史上最大のベンチャー・キャピタリスト、つまり、政府が着手するのが最善だろう。ほぼ全ての草分け的な革新は、結局は税金で賄われている。あなたのｉＰｈｏｎｅの中の小さな基盤技術――例えば、容量センサー、ソリッドステートメモリ、ＧＰＳ、インターネット通信装置、Ｓｉｒｉ、マイクロチップ、タッチスクリーン――もすべて、政府が給料を支払った研究者によって発明された。以下を参照。Mariana Mazzucato, *The Entrepreneurial State: Debunking Public vs. Private Sector Myths* (2013).

2　Bronnie Ware, *The Top Five Regrets of the Dying. A Life Transformed by the Dearly Departing* (2012).

解説　欧州の新しい知性の登場

日本語版編集部

二〇一四年にオランダで自費出版同然の本がコツコツと売れ、アマゾンの自費出版サービスを通じて英語に訳されたとたん、大手リテラリー・エージェントのJanklow&Nesbitの目にとまり、二〇一七年には全世界二〇カ国での出版が決まる。二〇一五年、フランスのトマ・ピケティの登場を彷彿とさせるようなシンデレラストーリーを体現しているのが本書『隷属なき道AIとの競争に勝つ ベーシックインカムと一日三時間労働』である。

筆者は、まだ二九歳の若さで、ハイエクからマルクスまでを縦横無尽に読み解き、説得力のあるデータを提示しながら、まず今日の世界の状況をこんな風に絵解きしてみせる。

産業革命以来、人類の労働時間はずっと減り続けていた。ケインズは、第一次世界大戦のあと、スペインで講演を行い、その中で、「二〇三〇年までに週の労働時間は一五時間にまでなる」と予測した。ところが、今日の我々はそんな状況ではまったくない。確かに一九七〇年代まで労働時間は減り続けていた。しかし、八〇年代以降、減少が止まり、逆に上昇に転じた国もある。

労働生産性を見てみよう。これは、八〇年代以降も順調に上がっている。しかし、逆に労働者の実質賃金は下がり、貧富の差は、国内で見ても、また世界的に見てもこれ以上ないくらいに拡大している。何しろ、今世界では上位六二人の富豪は、下位三五億人の総資産より多い富を所有しているのだ。

そうした世界を救う方法として著者が提案しているのが、ベーシックインカムと一日三時間労働そして国境線の開放だ。

中でもベーシックインカムをめぐる著者の議論には、目からうろこが何枚も落ちる人が多いのではないだろうか。日本のケースに当てはめてみれば、生活保護、奨学金などの学費援助制度、母子家庭保護のための福祉プログラム等々を全て廃止する。そのかわりに全ての個人に年間一五〇万円なりのお金を直接支給するのである。

二〇〇九年のイギリスでの実験例が第二章で紹介されている。三〇〇〇ポンド（約四五万円）のお金を与えられた一三人のホームレスは、酒やギャンブルに使ってしまうだろうという予想に反し、電話、辞書、補聴器などまず自分にとって本当に必要なものを買い求めた。二〇年間ヘロインを常用していたサイモンの場合、身ぎれいにしてガーデニング教室に通いだした。そして実験開始から一年半後には、一三人の路上生活者のうち七人が屋根のある生活をするようになった、というのである。

つまり、貧困者は第一にまとまったお金がないことで、貧困から抜け出せないのだ。教育制度や奨学金にいくらお金を使っても、そもそも貧困家庭の子どもたちはそうした制度を利用するということを思いつかない。だからまず、すべての国民に、施しではなく権利として必要最低限の生活を保障するお金を渡すという考え方だ。

開発途上国援助も、ＮＰＯや現地政府にお金を渡し、援助プログラムを支援するよりも、直接人々にお金を渡すほうが、はるかに効果がある、と説く。また、中間の官僚やNPO等の人件費等にかかるお金を考えれば、実は費用対効果でも実効性のある方法だということが、各地の実験のデータをもとに綴られるのだ。

確かに、このベーシックインカム制度が導入されれば、日本の生活保護制度をめぐる様々な問題は一挙に解決するだろう。日本の生活保護の場合、常に左派と右派の論戦の焦点になるのは不正受給の問題だが、これは、行政側が審査をして認定するという作業があるために生じる問題だ。小田原市の職員が「保護舐めんな!」とプリントされたジャンパーを揃いで作って、生活保護家庭を訪問していたような問題もなくなる。そもそも職員がこうしたジャンパーを作ってしまうのは、国、自治体の「生活保護の適正化」という支給総額枠の圧力があるからだ。

ルトガー・ブレグマンという知性は、オランダという国の背景を抜きにして考えることはできない。

オランダは、労働とインターネットの分野でフロンティアを切り開いてきた。

労働の分野では、一九八二年のワッセナー合意から始まる労働環境の先進化が有名だ。失業対策としてのワークシェアリングから始まったこの改革は、一九九六年には正規雇用者と非正規雇用者の賃金について同一労働同一賃金を定めた。その結果、失業率は、一九八三年の一四パーセントから、二〇〇一年の二・四パーセントまで縮小した。労働分配率が効率的になった結果、企業収益も改善、国際競争力もつき、投資が促進された。

このオランダモデルの成功は、本書でブレグマンが説く、一日三時間労働で残りの時間を人生にとって本当に有意義なものに使うという主張の背景になっているだろう。

オランダは世界でもインターネット普及がいち早く進んだ国のひとつで、ブレグマンの所属する「デ・コレスポンデント」というプラットフォームは、そのオランダならではのモデルだ。二〇一三年に数人のジャーナリストたちがわずか八日間で、一〇〇万ユーロ（約一億三〇〇〇万円）をクラウドファンディングで集めて始められたものだ。そのスタンスは同ウェブサイトによれば、以下のとおり。

一、広告収入に一切頼らない。一年六〇ユーロの購読料収入で運営する。
二、従来の客観報道はやめる。書き手の怒り、疑問、喜びが素直に出た記事を出す。
三、日々のニュースを追うのではなく深い背景を抉るストーリーを追う。

ブレグマンは、オランダのユトレヒト大学（二〇一四年の学術ランキング、欧州第一〇位）で歴史学を学んだが、「デ・コレスポンデント」に参加してからは、そうした読書歴を背景に、自由に取材をし、本書で綴るような現代社会の様々な矛盾を解決する方策の提案記事を書いてきた。それが話題となり、「デ・コレスポンデント」初の書籍として出版したのが二〇一四年のオランダ語版、そしてアマゾンのプリントオンデマンドを利用して出版したのが、二〇一六年の英語版だった。

ちなみに最初のオランダ語版のタイトルは『ただでお金を配りましょう』。英語版プリントオンデマンドでタイトルは『現実主義者のための理想郷』と変わった。

日本語版は、ブレグマン本人と相談をした結果、ハイエクの『隷属への道』を本歌取りした『隷属なき道』となった。本書の第一〇章で、ブレグマンは、社会主義とケインジアン全盛の時代に、自由市場が解決するという新自由主義のアイデアの力を信じたフリードリヒ・ハイエクを高く評価しているが、二〇一七年の『隷属なき道』は機械（＝ＡＩ）に隷属するのではなく、本当に意味のある人生を人々が生きるという意味を込めている。

ブレグマンは本書の出版を記念してオランダ大使館の招きで、二〇一七年の五月一四日から二〇日まで日本に滞在。慶應義塾大学での講義の他、様々なメディアのインタビューをこなした。

「週一五時間労働、ベーシックインカム、そして国境のない世界」。いずれも、夢物語としか聞こえないという批判と無視の沈黙の中で、ブレグマンは言う。

奴隷制度の廃止、女性参政権、同性婚……いずれも、当時主張する人々は狂人と見られていた、と。何度も、何度も失敗しながらも、偉大なアイデアは必ず社会を変えるのだ、と。

著者

ルトガー・ブレグマン　Rutger Bregman

1988年生まれ、オランダ出身の歴史家、ジャーナリスト。

ユトレヒト大学、カリフォルニア大学ロサンゼルス校(UCLA)で歴史学を専攻。これまでに歴史、哲学、経済に関する4冊の著書を出版。その一つ、『進歩の歴史』(*History of Progress*)は、2013年の最高のノンフィクション作品としてベルギーで表彰されている。

広告収入に一切頼らない先駆的なジャーナリストプラットフォーム「デ・コレスポンデント(De Correspondent)」の創立メンバー。日々のニュースではなく、その背景を深く追うことをコンセプトとしており、5万人以上の購読者収入で運営されている。

オランダで本タイトルの原書が2014年に「デ・コレスポンデント」から出版されると国内でベストセラーに。2016年にAmazonの自費出版サービス(CreateSpace)を通じて英語版を出版したところ、大手リテラリー・エージェントの目に留まり、日本を含めて20カ国での出版が決定。

BBC、『ワシントンポスト』、『ガーディアン』などのメディアを始め、世界中から注目される新世代の論客。

訳者

野中香方子　Kyoko Nonaka

翻訳家。お茶の水女子大学文教育学部卒業。主な訳書に『ジハーディ・ジョンの生涯』(ロバート・バーカイク)、『ネアンデルタール人は私たちと交配した』(スヴァンテ・ペーボ)、『137億年の物語』(クリストファー・ロイド、すべて文藝春秋)、『マッキンゼー流 最高の社風のつくり方』(ニール・ドシ、リンゼイ・マクレガー、日経BP社)、他多数。

装丁

永井 翔

UTOPIA FOR REALISTS

Rutger Bregman

"Utopia for Realists originated on The Correspondent,
your antidote to the daily news grind www.correspondent.com"

Japanese translation rights arranged with
Janklow & Nesbit(UK) Ltd.
through Japan UNI Agency, Inc., Tokyo

Infographics by Momkai

隷属なき道
AIとの競争に勝つ　ベーシックインカムと一日三時間労働

2017年5月25日　第1刷発行
2018年3月30日　第3刷発行

著　者　ルトガー・ブレグマン

訳　者　野中香方子

発行者　鈴木洋嗣

発行所　株式会社　文藝春秋
東京都千代田区紀尾井町3-23（〒102-8008）
電話　03-3265-1211（代）

印　刷　大日本印刷

製本所　大口製本

ISBN 978-4-16-390657-7　　Printed in Japan